もう過去はいらない

ダニエル・フリードマン

88歳のメンフィス署の元殺人課刑事バック・シャッツ。歩行器を手放せない日常にいらだちを募らせる彼のもとを，アウシュヴィッツの生き残りにして銀行強盗イライジャが訪ねてくる。何者かに命を狙われていて，助けてほしいという。彼とは，現役時代に浅からぬ因縁があった――犯罪計画へ誘われ，強烈に断ったことがあるのだ。イライジャは確実に何かをたくらんでいる。それはなんだ。88歳の伝説の名刑事 vs. 78歳の史上最強の大泥棒。大好評『もう年はとれない』を超える，最高に格好いいヒーローの活躍！

登場人物

バルーク（バック）・シャッツ……………元メンフィス署殺人課刑事
ローズ・シャッツ……………………………バックの妻
ウィリアム・テカムセ・シャッツ………テキーラというあだなのバックの孫
ブライアン・シャッツ………………………バックの息子。故人
イライジャ……………………………………銀行強盗
ジャカリアス（ジャックス）・
　マディソン…………………………………大学を中退した若者
カルロ・キャッシュ…………………………麻薬商人
マイヤー・レフコウィッツ…………………弁護士
アンドレ・プライス…………………………刑事
レン・ワイスコップ…………………………巡査
ラトレッジ……………………………………麻薬課刑事
ポール・シュールマン………………………｝泥棒
アリ・プロトキン……………………………｝

ロングフェロー・モリー……………………労働組合の組織者
チャールズ・グリーンフィールド…………コットン・プランターズ・ユニオン
銀行の支店長
ライリー・カートライト……………………同行の副支店長
アルヴィン・クルーグ………………………クルーグ運輸の経営者
アブラムスキー………………………………ラビ

もう過去はいらない

ダニエル・フリードマン
野口百合子訳

創元推理文庫

DON'T EVER LOOK BACK

by

Daniel Friedman

もう過去はいらない

バディ&マーガレット・フリードマン、
サム&ゴールディ・バーソン、
伯母ローズ・バーソンに本書を捧げる

謝辞

わたしのエージェントであるヴィクトリア・スカーニック、ならびに海外著作権担当者であるエリザベス・フィッシャーに感謝する。わがバック・シャッツが大成功のうちにヨーロッパに進出できたのは、おもにエリザベスのおかげだ。そして、このシリーズのためにがんばってくれた編集者のマーシア・マークランドにお礼を申し上げる。彼女の元アシスタントのカット・ブルゾゾウスキ、広報担当のヘクター・デジャン、ローラ・クラーク、ローレン・ヘス、クレッサ・ロビンソン、トマス・ダン、アンドリュー・マーティンにもお世話になった。また、この場をお借りして、二〇一三年八月に亡くなったセント・マーティンズ・プレス社社長マシュー・シアのご冥福をお祈りしたい。ご逝去を深く悼むものである。

母エレイン・フリードマン、兄ジョナサン・フリードマン、祖母マーガレット・フリードマン、バビ・ゴールディ・バーソンの愛情と励ましに感謝する。レイチェル・フリードマン、シーラ&スティーヴ・バークホルツ夫妻、キャロル・バーソン、デイヴィッド・フリードマン、スキップ&スーザン・ローゼン夫妻、スティーヴン&ベス・ローゼン夫妻、デイヴィッド&リンジー・ローゼン夫妻、マーティン&ジェニー・ローゼン夫妻、スコット・バークホルツ、レイチェル・バークホルツ、クレア&ポール・パターマン夫妻、アンドリュー・パターマン、マシュー・パターマンにもお礼を申し上げる。

最後に、とくに記しておきたいことがある。一九一九年、メンフィス市警内における人種差別撤廃のこころみが失敗に終わった顚末《てんまつ》にかんする驚くべき話を、わたしは本書の十章にとりいれた。バックがユダヤ人犯罪者の情報を市警に明かすことをためらうのには、もっともな理由があると説明するためだ。

この忘れられた出来事を知ったのは、メンフィス市警に委任されたエディ・M・アシュモアがジョゼフ・E・ウォークへの取材にもとづいて執筆した、当市警の全史による。わたしは一九一九年のこの事件の二次資料を探してみたが、見つけられなかった。おそらく、ミスター・アシュモアは一次資料を綿密に調査した結果、この出来事に行きあたったのだろう。この話を自分の言葉で語りなおすにあたって、引用か脚注の形をとるべきかどうか、編集者のマーシアと話しあった。たった一ヵ所にしか記録されていない出来事だからだ。そして、必要ないという結論に至った。なぜなら、脚注は読者の目にはうるさいだろうし、事実は一人だけのものではなく、出典を明記せず小説に含まれるのはよくあることだからだ。

しかしながら、ミスター・アシュモアの著作についてはこの場で触れておくべきだと思う。牧師であり、学者であり、テネシー州の地方警察史の研究家だったエディ・アシュモアは、二〇〇七年にこの世を去った。地方警察の歴史を綿密に記録した彼の著作は注目を浴びることはあまりないにしても、貴重な資料として評価されている。

1　二〇〇九年

若気の至りというべきか、メンフィス市警の刑事だったころ、わたしはそうとうな数の警察車輌をだめにした。半端でない数の市警の所有物をこわした。丸めた電話帳を活用して、憲法で保障された人権を多数踏みにじった。だから、しかるべき地位の人間に別室へ呼びだされるのはさして目新しい経験ではない。

昔は、上司がどなりちらして怒りをぶちまけているあいだ、静かにすわってフットボールの試合のことを考えていた。そのあと、形ばかりの改悛の情を示すと、さっさと戻ってやりかけだった仕事を続けた。いつまでも怒り狂っている上司はいなかった。なぜなら、わたしはかならず凶悪な犯罪者に落とし前をつけさせ、さまざまな行きすぎはお咎《とが》めなしになったからだ。

だが、介護付きライフスタイル・コミュニティ施設、ヴァルハラ・エステートの総務部長ヴィヴィアンヌ・ワイアットをどうなだめたらいいのかは、よくわからなかった。完全に頭にきているようだ。

わたしはすわっている椅子の背に片腕を置き、問題児らしい薄笑いを向けた。「しかたがあるまい？　おれは一匹狼だ。自分の掟に従って行動する」

こっちの基準からすれば、これはかぎりなく謝罪に近い。

相手は感銘を受けた様子もなくにらみつけてきた。この女にはどうやらわたしの魅力は通じないらしい。「ミスター・コナーは、斧を持ったあなたに追いかけまわされたと言っているのよ」

「追いかけまわしたりはしなかった」

「でも斧を持っていたでしょう、ミスター・シャッツ」

「バックと呼んでくれ、シュガー」

「彼は殺されると思ったのよ、バック。それから、わたしのことはミズ・ワイアットと呼んで」

わたしは鼻を鳴らした。「ミズ・ワイアット、コナーを殺す気なら殺す気だとはっきり言う。斧が必要だったのは、やつのけったくそ悪い揺り椅子をバラすためだ」

「あの椅子はミスター・コナーにとってとても大切なものなの。ここに来る前の人生からやっと持ちだせた、数少ないようすがの一つなのよ。生活が変わって、あなた自身がどれほどだいへんだったか考えてみて。そして、自分のしたことがどれだけ彼を傷つけたか想像してみて」

　わたしは肩をすくめてなにも言わなかった。ここへ来たときは撃たれた傷と砕けた骨からの回復途上にあり、車椅子に乗っていた。動いたり、朝ベッドから起きたり、夜ベッドに寝たりするのに介助が必要だった。トイレでも介助が必要だった。

　自主独立と、半世紀のあいだ暮らしてきた家を失ったことに、わたしはがっくりきていた。毎朝目をさましては、自分をここまで痛めつけた男に止《とど》めを刺されていたほうがましだったんじゃないかと、かなり本気で思った。

　楽なほうを選んで死んでいたら、犯人のランドール・ジェニングズを殺す機会は得られなかったわけだし、やつの脳みそを病室の壁一面に飛び散らせてやったのはじつに痛快だった。しかし、回復への道は一筋縄ではいかなかった。立って小便ができるようになるまでには、九週間に及ぶ長い理学療法が必要だった。それでもまだ、便器の横の壁に設置された手すりにつかまらなければならず、そのせいでうまく狙いをつけられなかった。よごした床を拭こうとして初めてかがんだときには立ちあがれず、コールボタンを押してヘルパーを呼ばなければならなかった。

　そのころよりはましだとはいえ、わたしはまだ弱っている。ちゃんと斧をふるうことさえできなかった。肩がまわろうとしないし、体がしかるべくねじれようともしない。足はふらつく。揺り子の片方と腕木の片方をなんとかたたき割り、座面に少し穴を開けてやったが、終わったときには汗びっしょりで息を切らし、けったくそ悪い揺り椅子はまだ椅子の形を留めていた。

半年前なら、バラバラにして焚きつけにしてやれたのに。

ヴィヴィアンヌ・ワイアットはこういうことをすべて知っている。わたしは椅子の背から腕を下ろし、ウィンドブレーカーのポケットに両手を突っこんだ。

耐えしのんできたさまざまな無礼を勘定にいれなくても、ドウェイン・コナーにはこれっぽっちも共感できない。足が一本しかない田舎者の隣人のすべてに、虫唾《むしず》が走る。やつの皮膚ときたら、馬上でカウボーイの尻に三日間敷かれたあと、天日干しでかさかさになったボクサーパンツと同じだ。そして、その性格も見た目と同じだ。

「なぜミスター・コナーの揺り椅子を斧でたたきこわそうとしたの、バック?」

「友人のクレイジー・マックが訪ねてきたんだ。マックは――」間を置いた。「あなたの同類だ」

ミズ・ワイアットは片方の眉をひそめた。「黒人だってこと?」

「そうだ。コナーはそれが気にくわなかった」

コナーはマックを数種類の罵倒語で呼んだ。たとえ耳に届く範囲に黒人がだれもいなくても、わたしの孫ならたじろぐような言葉をやつは叫んだのだ。ところが、それをミズ・ワイアットに説明しても、彼女はこう言っただけだった。「他人の椅子を斧でこわしてまわってはだめでしょう。だいたい、どうして斧を持っていたの?」

「こういう事態に備えるためだ」わたしは答えた。「こわすものができたときのためだ。コナーのような男がああいうことを口にしたら、あんたたちはもっと腹をたててしかるべきじゃないのか?」

「わたしたちはなにもしないことになっているの。ここにいる無知な白人の年寄りが考えたり言ったりすることをいちいち気にしはじめたら、忙しくてほかになにもできなくなるわ。あなた一人だけで、朝が終わってしまいそうなのよ、バック」

そのあてこすりは少々気にさわった。「とにかく、おれは腹がたつ。やつはおれの客に無礼を働いたんだ。それにはどんな言い訳も通らない」

彼女はデスクの上のファイルを手にとった。「入居者のプライバシーを明かすのは不本意なんだけど、ここに来る前のミスター・コナーの数ヵ月がどんなものだったか、ざっとお話しするわね。彼が来たのは、もう自分のことが自分でできなくなったからよ。電話しても出ないので息子さんが様子を見にいったら、ミスター・コナーは自宅の床の上で倒れていたの。数日間その状態だった、自分の排泄物にまみれてね。ひどい臭いだったそうよ。バプテスト病院の救急に運びこまれて、大きな血のかたまりが大腿動脈をふさいでいるのがわかった。脚は壊死していて、肉が腐って骨からはがれかけていたの。切断するしかなかったのよ」

「あのくそじじい、いい気味だ」わたしは言ってやった。「おれの友人に向かって、ああいう口のききかたは許さない。クレイジー・マックは統合失調症のせいでとても感じやすいんだ」

ヴィヴはデスクの向こうから身を乗りだした。「バック？」

「なんだ、ミズ・ワイアット？」

「あなたは、人種差別主義者のお隣さんの神経を逆なでするために、統合失調症の黒人を自分の部屋に上げたわけ？」

「もちろん違う」わたしは歩行器の腕をつかんで椅子から少し体を浮かせ、目の高さが彼女と同じになるようにした。「マックは孫たちの写真を見せにきたんだ。彼とは五十年来のつきあいでね」

彼女の顔を微笑の影がよぎった。「統合失調症の黒人とどこでお友だちになったの、バック？　ぜひ聞きたいわ」

「おれが若きパトロール警官だった有史以前のころ、騒音の苦情で出動したんだ。そうしたら、ほぼ真っ裸のマックが低層アパートの屋根の上ででかいナイフを振りまわしながらわめいていた。こういう状況は容易に悲劇に転じるんだが、おれは冷静に対処して危機を回避した」

「どうやって？」

「彼の首を撃った」

彼女は眉を吊りあげた。「あなた黒人を撃ったの?」

「傷を診た医者は、当然精神安定剤も投与した。おかげで、彼の精神状態はずいぶんよくなったよ」

彼女の口がへの字になった。「それで、いまは友だちなの?」

「もちろんそうだ。おれが精神安定剤を与えてやったと彼は思っているし、それはかなり真実に近い。とても礼儀正しいんだ、わが友マックは。毎年クリスマスカードをくれる。いいか、おれは三十一人を撃ったが、それに感謝するだけの礼儀を持ちあわせていたのは彼だけだ。全員、どうしても撃たれる必要があったにもかかわらずだ」

ヴィヴィアンヌ・ワイアットがあれやこれやを考えたあげくなにも口にしないと決めるまで、長い間があった。やがて、彼女はこう聞いた。「三十一人を撃ったと言った?」

「そのうち十二人が死んだ、そいつらは死んで当然のことをしたと思う。あとはたんに無礼だっただけだ」

ヴィヴはかすかに首を振った。「上の部屋に帰したら、あなたはどうするつもり?」

わたしは肩をすくめた。「そろそろFOXのニュースショーが始まるから、それでも見るかな」

彼女の堪忍袋の緒が切れかけているのがわかった。「ミスター・コナーに対してはどうするつもりなの?」

「あんたたちは、やつをミシシッピの自宅へ送りかえすべきだと思う。そこでなら、またゆっくりと腐っていけるだろう」

「そんなことをするつもりはないわ。それから、あなたがたのもめごとのせいでここへ警察を呼ぶのはごめんよ」

「そうなるといいな」わたしは言った。「妻のローズはお客さんが大好きなんだ」

ヴィヴは人さし指でこめかみをこすった。「気をつけることね、バック・シャッツ。あなたには目を光らせておくわ」

わたしは軽く敬礼し、ゆっくり立ちあがると歩行器をセットした。「ご忠告ありがとう、ミズ・ワイアット」

歩行器につかまって、左脚をいたわりながらよろよろと彼女のオフィスを出た。入居者たちがふかふかのソファや安楽椅子にだらしなくすわっているロビーを横切った。一人二人はぼんやりと空《くう》を見つめ、あとは居眠りをしていた。腕時計を見た。七時半、ちょうど朝食の時間だ。この連中はそれを待っているのだろう。あるいは、死を。

使っている歩行器は軽く、中が空洞のアルミ管でできている。医者は、足のかわりに四輪の〝移動補助〟がついた新型モデルを勧めたが、わたしにはあぶなかしく思えた。体の下から勝手に転がりださないように自転車用の小さなハンドブレーキがついていたものの、ブレーキがいることじたいが勝手に動きだす危険があるのを告げていた。

そのかわりに、わたしは前の二本に車輪が、後ろの二本にゴムの足がついたふつうのタイプを選んだ。歩くたびにいちいち持ちあげては下ろす手間をかけずに押せるし、安定している。勝手に動きだせはしないとおおむね信じてはいるが、相手が見られていないと思っているすきにときどき薄目を開けて確認する。こそこそなにかやろうとしないように、念のためだ。

わたしはセルフサービス形式の食堂に入った。ローズは朝寝坊で早くても八時半までは起きてこないので、朝食はたいてい一人でとる。けさのメニューは卵と全粒小麦のトーストと、皮がまだ緑っぽく熟れぐあいの足りないメロンだった。

介護施設の生活は単調だと言う人間は、ヴァルハラの朝食を食べてみるといい。スクランブルエッグ一皿でさえ、焦げた部分、冷たい部分、とろとろの部分とバラエティに富んでいる。

だれも近づいてこないように、ほかの入居者からいちばん離れたテーブルに席をとった。ところが、一人が近づいてくると同じテーブルにすわった。

彼はわたしほどの年寄りではなかったが、わたしよりずっと若いくせに年寄りの人間もいる。細い口ひげをはやし、短い白髪をきれいに梳《と》かしていた。テーブルに朝食を持ってきてはいなかった。

「やあ、バルーク」彼は口を開いた。

わたしはテーブルのプラスティックの表面を指でたたいて間をとった。不意打ちされた上に逃げ道はない。この体で、遮蔽物をめざしてダッシュするのはむりだ。歩行器は腰を下ろす前にたたんでしまっているし、そうでなくともさっさと逃げるのに適した移動手段ではない。

卵をつつくのに気をとられていて、わたしはそばに来る彼に注意を払っていなかった。すわられてしまったので、上着の裾の下がりぐあいを見ることができず、銃をしのばせているのかどうか判断もできない。

かなり不利な状況だ。そこで、友好的にいくことにした。

「やあ、イライジャ。久しぶりだな」

「おれがわかるかどうか不安だったよ」

「おまえがだれかはわかっている」

「会って驚いたか？」

多少は驚いた。だが、相手を満足させてやるつもりはない。「もう、なににも驚かないさ」

「最後に話したとき、あんたは約束したな。覚えているか？」

わたしはフォークを卵に突き刺して口に運んだ。「次におまえを見たら、殺すと言った」

「そのとおり。きょう来たのは礼儀としてなんだ。脅しを実行するつもりなら、早くしたほうがいいぞ」

「なぜだ?」

どうやら、あんたが殺そうが殺すまいが、おれは四十八時間以内に死ぬからだ」

知りあいという知りあいはみんな、わたしをわずらわせずには死ねないらしい。

2　一九六五年

わたしは小柄なヨーロッパ人をにらみつけて、煙草をくわえた歯のあいだから言った。

「おれを探していたそうだな」

「ああ、探していたよ、刑事さん」自分と向かいあった椅子にすわるように、彼は手ぶりで示した。ピアニストかマジシャンのような、関節と関節のあいだが長いほっそりとした指だった。「話がしたいんだ」

わたしは相手を観察した。黒っぽい目と浅黒い肌。目立つ鼻の下の、ワックスで固めた細い口ひげ。サヴィルロー仕立て風の、白いチョークストライプの入ったグレーのスーツ。上着のカットは細身で体にぴったりと合っているので、下に銃をしのばせていないのがわかる。この素手だけで六通りの方法で倒してやれる相手だ。

しかし、彼は強そうに見えなくても、手下どもはたしかに強そうだった。みすぼらしい地下のバーに手下は五人おり、それぞれが牡牛並みの横幅だった。ヨーロッパ人の仲間と緊張した顔のバーテンダー以外、店内に人影はなく、ちんぴらの一人はドアの前に巨体を張りつかせて、だれも入ってこないようにしていた。別の出口はないかと見まわしても、ほかにはなかった。逃げるならあの男を張り倒すしかなさそうだが、やたらと図体がでかい。

「だったら話せ」わたしはうながした。

彼は太い眉をひそめた。「おれの仲間が頼んでも銃を渡してくれなかったそうだね」

吊るしのアメリカ製スーツの上着のボタンをはずして前を開け、脇におさめてある三五七マグナムが見えるようにした。

「おまえの仲間みたいな連中の頼みをきくのには慣れていないんだ。それに、武器なしでおまえみたいな輩《やから》と地下に下りていたら、ここまで長生きはしていない。しばらく前にうんと頭のいいやつから、つねに銃にしがみついていろと忠告されたんだ」

「そうはいっても、あんたが手放そうとしないその盲目的信仰の対象が身を守ってくれるというのは幻想にすぎない。わかっているはずだ。万が一話しあいが決裂して銃撃戦になった場合、われわれ全員をかたづけるにはその武器はお粗末すぎるんじゃないかな」

彼のきどった態度も偉そうなもの言いも気に入らなかった。だが、なによりも気に入らなかったのは、その言葉に含まれている暗黙の脅しだった。われわれは川沿いの、もっとも人通りの少ないブロックにいた。厄介な状況になっても、だれも助けにきてはくれない。さいわい、わたしは自力本願の男だ。

「勘定したところ、弾数《たまかず》はおまえたち全員の分がある。一発目はおまえだ、ペテン師。幻想だろうとなんだろうと、一発撃つ前におれを倒すには、お仲間は尋常じゃない速さで動かなくちゃならないぞ。おまえの言うように万が一話しあいが決裂した場合、おれの盲目的信仰の対象はおまえたちの夕べをかなり不愉快なものにしてくれるだろう」

「その点は疑わないよ、バルーク。あんたの危険度を試すつもりはないんだ。あんたは、地獄を見てさらにしたたかになって戻ってきたという噂だ。見たところ、その噂は真実らしいな。その目は野犬の目だ。だが、警告させてもらおう。おれはおれなりに、あんたと同じくらい妥協しない人間だ」

気を悪くするべきかどうか、ちょっと考えた。「おまえはつまらないことをべらべらとよくしゃべるが、自己満足のたわごとを拝聴しているひまはないんだ。いったいおまえは何者で、なんの用がある？」

「手数をかけすぎたとしたら、心から謝罪するよ。おれはイライジャと呼ばれている資産家でね。あんたに一つ提案がある」

「おれがわいろを受けとると聞いているのなら、間違いだ」わたしは言った。

「わいろを渡すためにこんな手間はかけないよ」彼は鼻にかかった楽しげな笑い声を上げた。

「かなり手の込んだ、きわめて実入りのいい犯罪計画に参加してもらえないかと思っているんだ」

「おまえの仕事におれがほしいということか」

「そうだ」

「どんな仕事だ?」

彼は微笑して、身ぎれいな男の唯一きれいでない部分を見せた。柔らかい紫色の歯茎は極度にやせて、でこぼこの歯の茶色い根の部分が露出していた。前にもこういう口を見たことはあるが、アメリカでは一度もない。アヘン中毒者でさえ、ここまでのはいない。そう、アラバマくんだりでだって見たことはない。こういう歯茎は、長期間のきびしい栄養失調に耐えてきた人間であることを物語っている。イライジャは彼の地獄を見てきたのだ。

「後戻りできないところまで乗ってくれないうちは、詳細を話すわけにはいかないよ」彼は言った。「さもないと、シャッツ刑事に逮捕されてしまうだろう」ふたたび楽しげに笑ってみせた。

わたしはしばらくのあいだ黙って相手を見つめた。ヌママムシの臭いを嗅ぎつけた野犬だ。「あんたの申し出に興味はない。逮捕については、様子を見ることにしよう」わたしは立ちあがった。後ろに動いた椅子が床をこする音がした。「悪く思うな、イライジャ、だがこの犬は鼻をきれいにしておきたいんだ」わたしは出口に向かった。ドアの前の男は通してくれそうもなかったので、上着の内側に手を入れた。

「バルーク」イライジャは呼びとめた。「あんたは戦士だ。国家の敵を殺し、刑務所に送ってきた。その働きに対して、王侯並みの待遇を受けてしかるべきなのに、奥さんのローズと息子さんのブライアンはささやかな贅沢すらできない」

これはセールストークではない、脅迫だ。わたしの家族を傷つけるという、大陸流のもってまわった言いかただ。ヨーロッパでもこの国でも、ここまで強力ではない理由で人を殺してきたし、また殺すのも厭《いと》いはしない。手が三五七マグナムのグリップにかかった。

イライジャは続けた。「一方で、富が自分たちに流れこむように社会の構造を作りあげているやつらは、一日ごとにますます肥え太り、豊かになっていく。あんたがやつらの決めたルールを守り、クズ肉を投げてもらっているあいだにだ。これが公正だとなぜ言える？ これが正義だとどうして信じられる？」

「おれはいまのままでけっこうだ」ドアの前の巨体から目を離さずに、わたしは言った。大男の顔は茹でたハムのようだった。

「どうか、ちょっと見てくれないか」イライジャの手が肩にかかった。わたしは煙草を床に吐きすててさっと向きなおり、ホルスターから銃を抜いた。彼が隅のブースから出てきたことに、気づいていなかった。この男は、音をたてずに動く。

五人のちんぴらがこぞってわたしに銃口を向け、ちょっとした膠着《こうちやく》状態になった。

「諸君、銃をしまえ」イライジャはたんたんとした穏やかな口調を崩さずに命じた。男たちは従った。わたしの三五七は彼の鼻に狙いをつけたままだ。「あんたもそうしてくれるとありがたい、バルーク。そのほうが穏やかに話ができる」

ぶっぱなして、つやつやしたその小さな頭をこなごなにしてやろうかと思った。五人のガンマンはわたしを穴だらけにするだろうが、彼のモノローグを聞いているよりはましだろう。だが、ローズを未亡人にするのは正しいことではない。大学に行きたがっている息子がいるのだ。殺されないようにしかるべき努力をするのが、家族に対する義務だと感じた。だから、マグナムをホルスターにおさめた。

「ありがとう、バルーク」イライジャは品よくうなずくと、スーツの上着をさらりとぬいだ。一回たたんで、近くにあった椅子の背にかけた。それからぴんとした白いドレスシャツの左袖をまくりあげて、わたしに前腕を示した。ひじの内側近くに、青いインクで〈A－621 02〉という認識番号が刺青《いれずみ》されていた。

「おれの子ども時代が終わりを告げた場所の記念だよ」彼は言った。「そして、あそこで学んだ教訓をつねに思い出させてくれる。社会をおおう礼儀と秩序の薄い膜はまやかしですぐに破れるし、ユダヤ人の立場はいつの時代も不安定だということをね。両親は、専門職について根を下ろし、地域社会の一員になれると信じていた。二人の考え違いはかなりきびしく罰せられたよ」

「おまえのことは知っている。聞いたことがある」現金が詰まった金庫の持ち主と、彼らの保険の引き受け手にとって、この二年は厄年だった。いい人脈を握っている密告屋数人が、首謀者はイライジャなる男だという噂を聞きこんできた。彼らによれば、イライジャは一九二九年の大恐慌のときよりもたくさんの銀行の金庫をからっぽにしたという。恐れを知らず、まるで幽霊のように出没する。どこの法執行機関も、彼が存在していることすら証明するにいたっていない。その本人がいま目の前にいるわけだ、その首に楽々と手が届く位置に。

彼は損なわれた歯茎を見せて微笑した。「強く有能なユダヤ人は、異教徒の政府から恩義を受けるべきではない。社会にとって、われわれは永遠にアウトサイダーだ。だから、社会の安定がどうだというんだ？　たとえ規則に従っていても、われわれは投獄され、処刑される。だから、法をおかしたところでかまうことはないじゃないか？」

わたしを仲間に加えようとして、彼は大きな危険をおかしている。あるいは、違うのだろうか。もしかしたら、これが彼の手口なのかもしれない。自分のために働く不満分子のユダヤ人警官の巨大ネットワークを、すでに手中におさめているのかもしれない。だから、これまで警察の手をすり抜けてこられたのだろう。

「ヨーロッパで起きたことは気の毒に思う」わたしは言った。「だが、おれはアメリカ人だ。この国のために血を流した」

「あんたの言うことは、第一次大戦で祖国のために戦ったドイツ系ユダヤ人と同じだ。彼らは密集隊形を組んで誇らしげに焼却炉へと消えていったよ」彼は床につばを吐いた。

「おれの答えはノーだ」

イライジャの黒い目がけわしくなり、薄い唇の両端が下がった。「見たところ、おれたちは似た者同士らしいが。手を組めないとしたらじつに残念だ」

「つまり、そういうことだ。おまえも辛酸をなめてきたようだから、警告しておこう。おれの街でどんな仕事もするな。おれを試すようなまねをしたら殺してやる。似た者同士であろうとなかろうとだ」

「では、われわれは敵になるんだな」彼は平然と肩をすくめて上着をはおった。「野犬に追いかけられるわけだ。この結果には失望したが、まあいいだろう。あんたに追われれば仕事がより楽しくなるだろうし、バルーク・シャッツ、あんたに恥をかかせればおれの伝説にさらに箔《はく》がつくというものだ」

彼の言いかたになにかを感じて、わたしの手の甲の毛が逆立った。礼儀正しさの薄い被膜の下に、この男はどんな怪物を飼っているのだろうと思った。だが、いまはそれを探るのにふさわしい状況ではない。相手は、人数でも銃の数でもまさっている。だから、わたしはイライジャに背を向けて、まだ出口をふさいでいる筋肉男を前にした。

「そこをどけ」

大男はわたしの肩ごしにボスを見た。イライジャはうなずいたにちがいない。男は脇に寄り、わたしはその横を押し通って外の冷気と暗闇へ出ていった。背後でドアが閉まった。視界の隅をよぎった影にはっとして、追ってきたのかと振りむいて銃を抜き、狭い入口に狙いをつけた。

だれもいなかった。

3　二〇〇九年

ヴァルハラ・エステートで、朝はそれほど悪くない時間だ。食堂の大きな板ガラスの窓から、裏の芝生が見渡せる。青々として日当たりがよく、タッチ・フットボールができるくらい広い。やりたいと思う、あるいはやれる者がいればの話だが。

過去からの亡霊に朝食を邪魔されたのは不愉快だった。一日のうちで朝食はましな時間帯の一つで、ゆっくりと楽しみたかった。なぜならこのあと、リハビリをしなければならないからだ。あれはいつだっていやなものだ。

「もうじき死ぬことを知らせにわざわざここまで来る必要はなかったのに」わたしは言った。「〈この日は葬式だからあけておいてね〉のカードでも出してくれればすんだんだ」

彼はちょっとひるんだ。その顔の贅肉にはゆがみやたるみがある。伝説だったかもしれないが、イライジャも生身の人間だ。みんなと同様に朽ちかけている。

「あんたが手を下したいんじゃないかと思ったんだ」

「もうおまえを殺したいとは思っていない。それにどのみち、おまえの身になにが起きようとまったく関心はない」

「バック・シャッツを語るべき言葉は多々あるが、その中に〝無関心〟はないな」

わたしは卵にフォークを突き刺し、皿の上で動かした。腹が減っているし、この時間に食事をとる習慣になっている。しかし、彼に見つめられながらこのしろものを飲みこめるとは思えなかった。

「前は警官だった。もう違う。はるか昔にやめたんだ。退職してからのほうが、現役だった年月よりも長い。かつては、おまえのような人間の始末をつけるために給料をもらっていた。身に覚えがあるだろう。だがいま、その仕事はほかのだれかがやっている。警察に話がしたいなら、電話番号を探すのはそんなにむずかしくはないと思うぞ」

「で、もう警官ではないというなら、いまはなんなんだ？」

「自分にその質問をしないことで、なんとか毎日を過ごしているんだ」

イライジャは歯を見せた。磨いたばかりのキッチンのタイルのように真っ白で、まっすぐな歯が並んでいた。以前彼と会ったときその口の中にあったものが、自然にこうなるはずはない。伝説の怪盗は総入れ歯なのだ。

しばらく彼がなにも言わなかったので、わたしは尋ねた。「ほんとうはどうしてほしいんだ？」

「助けてほしい」例の長いピアニストの指を、彼は曲げのばしした。昔より節くれだっていたが、動きはあいかわらずなめらかでたしかだった。

わたしは卵を口に運んだ。卵に求められる回数よりも多く嚙んだ——そうすることが必要だからで、味を楽しむためではない——それからテーブルに手をのばして、プラスティックの塩入れをつかんだ。ゼラチン状の黄色っぽいスクランブルエッグが塩の結晶でおおわれるまで、皿の上で何度もそれを振った。もう一口食べると、こんどはジャリジャリした食感があった。医者は塩分を控えろと言うが、塩はまだ味がわかる数少ないものの一つなのだ。

「それでおれを探しにきたのか？　助けてほしいから？」

彼はヨーロッパ流にそっけなくうなずいた。「前にも一度助力を求めたが、あんたは拒絶した。こんどは事情が違うかもしれないと思ったんだ」

「その考えには問題点が三つある。まず、おれは八十八歳だ。二つ目に、身障者同然だ。そして三つ目に、おれはおまえが好きじゃない」

「バルーク」イライジャはささやき声になった。「あんたが暮らすことになったこの場所を見てみろ。ここが人生の終着点になるはずだったところか？　これが、奥さんのローズにしてやりたかったことか？　最後に会ったとき、あんたは暴力的で道理の通じない、心得違いもはなはだしい男だったが、獰猛《どうもう》で誇り高くて威厳に満ちていた。ここには威厳のかけらもない」

わたしはフォークを置いた。「それがなんだというんだ？」

「あんたがここにいるのは体が悪くて介護が必要だからだ、それは知っている。おれを助けてくれたら、フルタイムの看護師を雇って、穏やかに老いていくための設備をすべて備えた立派な家を買えるだけの、金を払うよ。あんたが失った金塊のことは聞いているんだ、バルーク。友だちになってくれたら、おれがその分をとりかえしてやる」

「友だちにはあまりなりたくない。どうしてみんな、おれは友だちづきあいが嫌いだとわかってくれないんだ？」

「助けないというなら殺してくれ、くそ」イライジャは言った。「せめて、追っ手にその楽しみを与えないでくれ」

どうしたものか迷い、フォークでどれだけの傷を負わせてやれるか考えた。彼のたるんだあごの肉の下で脈打つ、頸動脈の薄青い盛りあがりを観察した。だが、テーブルごしに飛びかかっていく力が自分にあるかどうかわからなかったし、彼の血が卵の上に飛び散るのもいやだった。「どういう助けがいるんだ？」

彼はにこりともせずに、まっすぐわたしの目を見つめた。そうでなければ、かつがれたと思ったかもしれない。「あんたにできるかぎり長く、おれの身の安全を守ってほしいんだ。

そして、おれが殺されたら敵に復讐の雨を降らせてほしい」

「このところ復讐の雨はあまり降らせないんだ。ときどき小便でズボンの前を濡らす程度でね」

「何ヵ月か前に、あんたのことをニュースで見たよ。銃で近距離から相手の頭を吹きとばしたんだろう。あんたはおれが会った中で最高に食えないやつだ、バルーク。そういうところは、どれほど怒りをくすぶらせても、おれ自身はついにものにはできなかった。あんたはおれの母親の頭を撃ち抜いた兵隊よりも食えない。やつは青ざめて怯えていた。あんたは一度も怯えたようには見えなかった。不安があるようには見えなかった。食えない性分は、年をとったからといって衰えたりはしないよ。こりかたまって、もっと過激になるだけだ。そしていま、おれには食えない味方が必要なんだ」

どうせならもっと魅力的な特長をほめられたいものだ。「危険な立場にいるのなら、警察に電話したらいい」

「国家権力にこの身を軽々しくゆだねるわけにはいかない。警察のことは知らないんだ。連中はユダヤ人じゃない」

「あほぬかせ。警察を呼びたくないのは、おまえが犯罪者で、なんらかの犯罪について助けがほしいからだろう」

イライジャは身を乗りだし、いまのほのめかしにショックを受けたかのようにまた歯をむきだした。「おれは改心したんだ。いまは慈善家になった。慈善事業で、何百人ものユダヤ人難民をイスラエルに移住させてきた」

嘘だと思ってもよかったが、おそらく慈善事業というのは盗んだ金を洗濯するのに最適の方法なのにちがいない。

「イスラエルに助力を求めたらどうだ？」イライジャが地球の裏側へ行き、自分がわずらわされずにすむというアイディアは、かなり気に入った。

「おれはもう逃げない。逃げるには年をとりすぎた」

「慈善家は、おまえが言っているようなトラブルにはふつう巻きこまれないものだ」

「みんながみんな、ユダヤ人の救済に賛成しているわけじゃないんだ」

なんとなく気が咎《とが》めた。わたしは塩からい卵をもう少し食べた。海のような味がした、海でとれたニワトリの卵だろうか。「そして、こっちは助けるには年をとりすぎた。おまえを隠しておける場所もないし、守る手だてもない。無事でいたいなら、警察へ行くことだ」

彼はヨーロッパ流の上品な夢想にひたって、選択肢を思案しはじめた。わたしは無視して卵に集中した。食事をもらう列に戻ってベーグルをとってこようかと思った。ヴァルハラのスタッフはベーグルの驚くべき調理法をマスターしていて、底は黒焦げ、中はまだ凍った状態で出してくる。

「警察に行ったら、あんたの影響力でちゃんとおれが保護されるようにしてくれるか？　あんたの責任で安全を確保してくれるか？　おれの危険な立場が認められて、迫害を受けないように配慮してもらえるか？」

「なにに足を突っこんでいるにしろちゃんと説明して、いままでしてきたことをあらいざらい白状し、おまえを追っている連中について警察に話さなければだめだ」

　わたしが卵をもぐもぐと噛んでいるあいだ、イライジャは選択肢について思いめぐらしていた。「その条件は呑もう」ついに彼は言った。「だが、警察には頼らない。頼るのはあんただ。あんたにおれの安全を保障してもらいたい。そしておれが殺されたら、名誉にかけて復讐してもらいたい」

「まあよかろう。出頭するなら、おれが仲介する。まずは弁護士を見つけてこい」

「探してみよう」

「それじゃ急いだほうがいいかもしれないな、おまえはもうじき死ぬらしいから」わたしは言った。「でなきゃ、のんびりしてろ。待っていれば、問題はたぶん自然に解決する」

忘れたくないこと

警官になってしばらくたったころ、家庭内暴力の通報があって出動した。目立たない《リミナル》ダグと自称する革コートの男が容疑者だった。彼はきたない二世帯用アパートの戸口に立って、ポン引きが女を心から愛していたら、殴らないわけにはいかないときもあると説明した。

ななめにのぞくと、彼の肩ごしに家の中が見えた。女が床に横たわって、泣きながら顔を押さえていた。

「じゃあ、おまえをたっぷりと愛してやらないとな」わたしはリミナル・ダグに告げ、警棒で彼のポンコツ頭をめりこませてやった。

あのころ持ち歩いていた警棒はブラックジャックだった。革でくるんだ子どものこぶしほどの大きさの鉛が、固く巻いたスプリングに装着されていた。新しいデザインのほうが防御目的にかなっていると説かれて、サイドハンドルのついた警棒に鞍替えする警官も多かった。横から振ることになるので、腕を上げた防御姿勢のままでいられる。また、ハンドルを握ると警棒が前腕に沿うため、ナイフを持つ襲撃者に対する防護にもなるというわけだ。それに、そちらのほうが格闘中に容疑者を拘束しやすいとも言われていた。

しかし、わたしはそういった実用性には感心しなかった。なぜなら、腕でナイフをブロックするような習慣はあまりなかったからだ。だれかがナイフを持って向かってきたら、良識を働かせて発砲した。それに、警棒を横から振るのはわたしの直感に反していた。ブラックジャックなら自分のこぶしの延長のように思われたし、鉛の重さを包む革の柔らかさとスプリングの弾力性が気に入っていた。棍棒が相手の頭にはねかえる感触と、その音も好きだった。

わたしはブラックジャックを〝分別〟と呼び、ふんだんに〝分別〟を働かせた。

わたしが過剰に暴力をふるったというので、地区検事はリミナル・ダグを暴行容疑で起訴するのを拒んだ。だが、連邦検事局のだれかが入院中の女を事情聴取し、売春目的で未成年者を越境させたマン法違反でダグを訴えた。これで、彼は連邦刑務所での三年をくらった。

そして、わたしに頭を殴られたあと、彼をリミナル・ダグと呼ぶ者はいなくなった。新しい呼び名はよだれのダグ《ダグ・ドロール》で、脳の損傷の悩ましい副作用がその謂《いわ》れだった。目のけいれんとときおりの発作にも、彼は苦しむことになった。

4　一九六五年

警察の仕事をテレビドラマや刑事小説で知ったつもりになっている人々は、警官がどれほどまぐれをあてにしているかを聞くとびっくりする。われわれは冴えた推理や細かい観察によって犯罪を解決しているのではない。たいていは悪人どものほうが一枚上手《うわて》なのだ。そもそも警官が利口なら、しょっちゅう撃たれる危険のある仕事になどついていないだろう。

現実では、罪をおかして逃げおおせるのはむずかしい。つねに目撃者がいる。テレビ番組でこういう話があった。警官が通りで死体を発見し、科学捜査研究所から白衣の科学者たちを呼びよせる。技官たちは、死体のそばである合成繊維を見つける。そして、彼らはその合成繊維を人々がどんなカーペットを持っているかを記録したデータベースと照合し、犯人をつかまえる。

わたしはまやかしだと思った。知るかぎり、ほとんどのカーペットの素材はほぼ同じだし、だれかを殺すために家を出る人間が敷物の一部を体にくっつけていることはまずない。一方、もし通りに死体があって、近所を一軒一軒聞いてまわれば、かなりの確率でだれかが犯人を教えてくれる。

警官が車でパトロールしたり担当地区を歩きまわったりするのは、しかるべき場所にしかるべき時間にいあわせれば、人が思うよりもずっと効率よく悪人どもをつかまえられるからだ。

ユダヤ教会堂《シナゴーグ》に行ったとき、わたしはとりたててポール・シュールマンを探していたわけではなかった。そもそも、警察の仕事でシナゴーグへ行ったのでもなかった。週二回、午後に新しい助手のラビであるアブラムスキーからバル・ミツヴァ（十三歳に達した少年を成人と認める儀式）の教えを学んでいる息子のブライアンを、迎えにいっただけだ。角を曲がると、ブライアンとシュールマンとラビが正面から出てきたところだった。

アブラムスキーは〝現代的正統派〟と目されるラビで、見るところ、それは頰からあごにかけてのひげは剃るが、耳の前に垂らした髪は切らないという意味らしい。おかしな髪型と丸々とした顔のせいで、よちよち歩きの赤ん坊がでかくなったようだ。彼の考えのほとんどにわたしは賛成できない。それでも、木綿の服は清浄でないと信じて一年じゅう黒い毛織のスーツを着ている先輩ラビよりは、ましだと思っている。地球温暖化が叫ばれるよりも前から、テネシー州メンフィスは夏に毛織物を着るのに適した場所ではなかった。四月の終わりから十一月なかばまで、老いぼれラビは不潔な体操用靴下の山のように臭うのだ。

ポール・シュールマンは朝鮮で戦っていてしかるべき年齢だが、軍隊には行かなかった。肉体的、精神的、もしくは倫理的事由で軍務に適さないとみなされれば、兵役免除になる。シュールマンは三つ全部があてはまって不適格となった。

身長五フィート十一インチで体重二百十ポンドだが、それだけの体格でもなお小男に見える。一つには顔のせいだ。出っ歯で耳は大きく突きだし、あごは怯えたように首に埋もれている。また、ひじを胴体につけて胸の前でぽっちゃりした手を組むくせがあり、そのせいで柔順で弱々しく見える。それに、歩きかたは扁平足のように不格好だ。

たとえ温和な人間でも、ポール・シュールマンを一発殴らずにいるには努力がいるし、わたしは温和な人間だったためしがない。だから、彼が卑劣な男でわたしが好きなときに締めあげてやれるのは、なによりだった。

シュールマンが手を染めるのはたいていはけちな犯罪で、未亡人から年金の小切手をだましとったり、お人よしの黒人をいんちきな投資話に引きずりこんだりといった、ちんけな詐欺事件だ。しかし、ときおり自分の数多い弱点を克服して、手の込んだペテンや武装強盗を計画する一味にもぐりこむことがあった。

シュールマンは頭を使うタイプではないし、腕力のほうもたいしたことはないが、鍵を使わずにドアや安物の金庫を開けるときには、すばしこい指とそこそこの器用さを持っている。どこかに押し入る気なら、一流の金庫破りが見つからなかった場合のスペアといったところだ。そして彼にとってさいわいなことに、たくさんの貴重品が三流の鍵で守られている。

逆説的に聞こえるだろうが、そういう大がかりな犯罪にまぎれこむ能力のおかげで、彼は自分のけちな犯罪で長いおつとめをせずにすんでいた。刑事の仕事は釣りに似ていて、ときにはあとで大物を釣りあげるために小物を放してやるほうがいい場合もある。そして、シュールマンはキャッチ・アンド・リリースにかなり向いていた。なぜなら、ちょっとばかり締めあげれば、知っていることをなんでもすぐに吐くからだ。信頼できる密告者ほど、刑事にとって役に立つものはない。

だが、夕方シナゴーグで出会ったとき、シュールマンはわたしの車を見るなり逃げだした。

説明したとおり、捜査には運がからむことが多い。その運のうまい利用のしかたを心得ているほうが、隠れた推理力や小さな手がかりを見逃さない目を備えているよりも、犯罪の解決には重要なのだ。

二年ほど前、ユダヤ人コミュニティセンターで犯罪小説を書く作家が講演し、偶然はミステリにとって嫌われ者だと話した。世界が基本的にいかに秩序正しい場所であるか、そして犯罪や腐敗という形をとった無秩序がいかに整然と消去されるか、犯罪小説というものはそれを描くのだと作家は言った。だから、物語にもまた秩序がなければならないし、あらゆるものが論理的に起こっていかなければならない。すべてにおいてきちんと辻褄が合わなければならない。

物語の構造や秩序と無秩序といった重要なテーマについてわたしはくわしくはないが、犯罪とそれがどう罰せられるかについては多少知っている。収拾がつかなくなった事件をたくさん担当したし、偶然のおかげで急展開した事件も少なからず見てきている。

息子がシナゴーグでラビと学んでいなければ、迎えにいくこともなかっただろう。シュールマンの父親がこの年に死んでいなければ、カディーシュを唱えるために彼が夕べの礼拝に来ることもなかっただろう。シュールマンが落ち着いていれば、わたしはとくに見もしなかっただろう。この日、とりたてて彼に関心はなかったのだ。そして、彼を追いかけていなければ、イライジャにつながるどんな手がかりもわたしは見つけていなかったにちがいない。

ところがわたしはそこに行き、シュールマンはそこにおり、彼はわたしを目にしたとたん走りだした。逃げる理由があると相手が考えるなら、追いかける理由があるにちがいないとこっちは考える。だから、追いかけた。

シュールマンがダッシュしたとき、わたしは歩道沿いに駐車しようとしていた。ハンドルを切ってシフトレバーを動かすと、ダッジはまた道路に戻った。息子がなにか叫んだが、エンジンの音で聞こえなかった。クラッチをつなぐと、車は勢いよく飛びだした。ブロックの端でシュールマンに追いつき、縁石から歩道に乗りあげて進路をふさいだ。彼は前のめりになってバランスを崩しながら、必死で走っていた。車列をかわして交差点を渡り、わたしをまこうとしたらしいが、そこまで足が速くはなかった。

シュールマンはわたしの車に手をついて体を支えてから、方向転換しようとした。だが、彼が警官から逃げた経験よりも、わたしが悪人をつかまえた経験のほうがまさっていた。相手が向きを変える前に、車のドアを蹴り開けて角を彼の脚の後ろ側にぶつけてやった。シュールマンはつんのめって二、三歩よろけた。そのあいだにわたしは車から出ると、彼の背中のあいだに〝分別〟を働かせた。

鉛の重みで肉と骨が震えた。スプリングが曲がり、ブラックジャックは快いうつろな音とともにはねかえってきた。これで殴るのは、固いゴムの小槌でボンゴドラムをたたくのと似ている。その衝撃で、シュールマンはばったりと地面に倒れた。舗道にぶつかる前に、顔の下に腕を入れるひまもなかった。

「なにかおれに話したいことがあるようだな、ポール」わたしは声をかけた。

彼は舗道に大量のつばを吐きだし、そこには血が混じっていた。「ない。誓う」

「嘘をついたら、おれを怒らせるかもしれないぞ。そうなったら、おまえはけがをすることになる」

「ああ、頼む。やめてくれ」

「隠しごとがないなら、なぜ逃げだした？」

どう出るべきかを考える間を置いてから、彼は答えた。「いまの状況からすると、きわめて妥当な決断だった」そのあと、また殴られるかと少し身を固くした。

「おまえ、自分をえらく利口だと思っているな？」

「もうちょっと足が速ければ、もうちょっとばかでもいいと思っている」

「脳みそが重いせいで足が遅いわけじゃないぞ、ポール」わたしが靴の先を柔らかい腹にめりこませると、彼は胎児のように身を丸めた。

「体の中がぎしぎしいっている」

「あばらだよ。あばらを砕いてやったんだ。しゃべらないと、ほかのところもそうなるぞ」

シュールマンは答えなかったが、目はわたしの背後の一点を見つめていた。振りかえると、息子が追いついてきたところだった。

「なにしてるの、父さん?」

「車に乗ってドアを閉めろ」わたしは言った。

「どうしてミスター・シュールマンを殴ったの?」

「車に乗ってドアを閉めろ」

「いいんだ。おまえの父さんとちょっと話をしているだけだ」シュールマンが言った。

「うちの子に話しかけるな」

ブライアンは腕を組んだ。「こんなの間違ってる」

「ネタをよこせ、ポール」わたしは言った。「息子の前でおまえを殴りたいわけじゃない。だがおれはひどい癇癪《かんしゃく》持ちだ、見境をなくすかもしれないぞ」わたしがブラックジャックを振りあげると、彼はたじろいだ。いつもなら、この程度の低級なクズに吐かせるのにたいした手間はかからないのだ。ポール・シュールマンにここまで口をつぐませる人間は、めったにいない。

横にひざまずいて、彼に顔を近づけた。目をのぞきこむと、バック・シャッツへの恐怖は自分がかばっている相手への恐怖よりもまさるかどうか、決めかねているのがわかった。わたしはすばやく考えをめぐらせた。「イライジャについて知っていることを話せ。やつの次の仕事にからんでいるのか?」

ブラックジャックを握る手に力を込めた。どう出るべきかシュールマンが迷っていた十秒間、わたしは大きく立ちはだかって彼の全視界をふさいでいた。シュールマンは、こっちがすべてお見通しで、しかも激怒しているのを悟った。

「この件では、おれは外様《とざま》なんだ。知っていることはたいしてない。お願いだ、バック、また殴ったりしないでくれ」

「知っていることを話せ、そのあとどれだけの慈悲をかけられるか考えよう」

シュールマンは体を震わせたが、あばらに響いて身を縮めた。それから、縮めたことでさらに痛みが増したので小さな悲鳴を上げた。「アリ・プロトキンが噛んでいるんだが、彼の話ではイライジャはおれを信用していない。川沿いでストライキをやっている黒人たちに関係した計画だと聞いた。知っているのはそれだけだ」

無言でシュールマンの上に立ちはだかり、ほかに言いたいことがないかどうか確かめた。涙とよだれのほかに、この男から得るものはもうなさそうだった。

「おまえを逮捕してしかるべきなんだ、ポール。六ヵ月はくらうヤマに最近かかわっていたのは、ようくわかっている。しかし、おれはいま非番だし、慈悲をかけてやってもいい気分でいる。今夜ここで起きたことを考えるときには、どれほど親切にしてもらったかを思い起こすんだな。こんど逃げようとしたら、こんなはからいはまず期待できないと思え」

立ちあがると、アブラムスキーと目が合った。彼は保護するように、ブライアンの肩に手をまわしていた。

「ここは祈りの場ですよ、刑事さん」ラビは言った。

わたしは歩道で震えているシュールマンを見下ろした。「ミスター・シュールマンはもっと熱心に祈るべきだった」

ラビは顔をゆがめ、唇は色を失っていた。「この人たちはあなたの同胞ですよ。どうしたら同胞にこんなことができるんです？」

「かんたんだよ、じっさい」わたしはブラックジャックでブライアンを指した。「車に乗れ」

だが、わが息子はそこに立ったまままこぶしを固めていた。「いまの質問にちゃんと答えてよ」ある意味で、息子は彼の母親によく似ていた。

わたしはラビを見た。「この子がおれの言うとおりにするべきだという戒律はなかったかな？」

アブラムスキーは腕組みをした。「彼はほぼ大人だ。そして大人はこういうことを見過ごしにはできない。弁明したほうがいいと思いますよ」

こんなやわな子どもみたいな男が骨のあるところを見せたので、わたしは驚いた。ブライアンに向かって言った。「ポール・シュールマンはクズだ。彼は同胞じゃない。おれたちはこの男とはまったく違う。おれたちはこんなじゃない」

「あなたは大きな警棒を持っているかもしれないが、ユダヤ人であることに変わりはない。いつか、それがわかるでしょう」アブラムスキーは言った。「息子さんのために、その教訓が大きな代償をともなわないですむことを祈りますよ」

「善行《ミツヴァ》をほどこしたいなら、このうすのろのために救急車を呼んでくれ」わたしはラビに言ってからブライアンに向きなおった。「そのケツを車に乗っけろ。帰るぞ」

5　二〇〇九年

窓のない部屋で柔らかいマットにあおむけになり、わたしは蛍光灯を見上げていた。床に寝るのはひと苦労で、それも一人ではできなかった。起きあがるときはまたつらいだろう。

「あと二セット脚を上げましょう」クラウディアが言った。彼女は、理学療法士だかリハビリ技術者だかだ。

「きょうのところはもうじゅうぶんだよ」わたしは言った。

「あなたはあの斧を振りまわせるのよ、バック。あと二セットできるでしょう」彼女は自分の名前を〝クラウディ－アー〟と発音する。中米のどこかの国の出身で、もし故郷に帰ることがあれば、専制政府のために拷問係として働けるにちがいない。わたしはこれまでえりすぐりの数人に痛めつけられてきたが、この娘はだれにも引けをとらない。

「斧でもうくたくたなんだ。あれを振りまわしたのはじつにしんどいエクササイズだった。

きょうはオフの日にしていいと思う」

「オフの日はないの。よくなる日と、悪くなる日があるだけよ」

リハビリを始めて、きょうで九十二日目だ。旧敵を追跡し、悪党どもと対決したツケを払いはじめて、九十二日目だ。

すでにエアロバイクを十五分間ゆっくりと漕ぎ、コアマッスルを鍛えるのにいいというロープを引っぱる訓練を含むエクササイズを三セットやった。わたしのコアマッスルはめちゃくちゃだ。背中を撃たれると、コアマッスルに重大なダメージが生じるらしい。

ローズは、わたしの入院中にヴァルハラ・エステートに入居する手続きをした。わたしが賛成しないはずの決断だったが、じっさいのところ、ほかにどうしようもなかった。自分にとって家はもう住みやすい場所ではなくなっていた。浴槽には手すりも椅子もついていないし、車椅子からスムーズに移れるトイレもない。寝室へ行く廊下は狭すぎて車椅子では通れないし、これほどリハビリをしていても、つい最近まで朝ベッドから出るときは妻よりも力のある人間に介助してもらわなくてはならなかった。

ローズがもう少し安い施設ではなくここを選んだのは、一つには所内にリハビリ施設があり、スタッフに理学療法士がいたからだ。同様の基準からすれば、グアンタナモ収容所でもよかったかもしれない。ケニアの血を引く大統領がテロリストたちを釈放して以来、あそこにはこういう部屋ができたらしい。

「ねえ、わたしは歩行の生体力学を勉強したのよ」クラウディ－アーは言った。「人の歩行は、地球の重力とのいわば交渉の産物なの。地球はつねに中心に向かって人を引っぱっている。人体は、その重力を地上を歩く推進力として使うように進化してきたのよ」

「そしてある日直立は終わり、墓に横たわるんだ」

「だから、筋肉をいい状態に保っておくために運動しないとね。複雑なシステムのうち一つでもいかれたら、マシン全体がだめになるの」

わがマシンはポンコツもいいところだ。すりへったギヤとぼろぼろのベルトが、ピンと補修材でつぎあわせた頼りないレバーでやっと動いているようなしろもので、それも撃たれる前の話だ。

高齢者にとって回復の過程はややこしい。医者の第一の関心は、代償機能喪失とかいうものだ。つまり、わたしはあまりにも弱っているので、外傷のストレスが次々と臓器の不全を引き起こして死んでしまいかねないということらしい。

医者はこう説明した。「高齢の患者にとって、転倒したり外傷を負ったりすることは、次の半年以内にまた転倒や外傷が続いて起こる確率がきわめて高いことを意味します。たとえ、最初に負ったけがが軽くて表面的に見えるとしてもね。六ヵ月間に二度けがをしたら、続く十二ヵ月以内に死亡する確率は、比較した場合にも劇的に上昇するんですよ」

「なにと比較した場合だ？」わたしは尋ねた。

「つまり、あなたの年齢グループの死亡率はすでにそうとう高いですから」

こちらの気分をよくするにはなにを言えばいいか、その医者は心得ていた。

二週間ベッドから動けないと、この年齢の年寄りが望めるのはよくて回復不能の筋力低下だが、もっとありがちなのは脚が血のかたまりでいっぱいになり、その結果塞栓症《そくせんしょう》で死ぬケースだ。深刻な命の危険は、わたしの傷が癒えはじめるまで抗凝血剤を飲むのをやめなければならなかったせいで、いっそう大きくなった。

そこで、脇腹の銃創からの出血がまだ完全に止まらないうちにスタッフが送りこまれて、リハビリが始まった。折れた脚にギプスをつけてから、まだ何日もたっていなかった。わたしは腕を上げ下げしたり、いいほうの脚を上げたり曲げたりさせられた。

起きあがるだけで死ぬほど痛いというのに、椅子にすわるためだけに一日に何回もベッドから引っぱりだされた。二週間後に退院したが、さらにもう一ヵ月車椅子で過ごして骨がくっつくのを待った。ギプスは重すぎてつけたままでは歩けず、松葉杖や歩行器を使えば脇腹の傷口が開いてしまっただろう。

そんなに苦労したのに、ギプスがとれたとき、脚はまだわたしの体重を支えてくれなかった。歩行器を使おうとしたが、それでは不安定だとローズが心配した。だから、またさらに三週間わたしは車椅子生活を続け、そのかん、もっとしっかりするまでクラウディーアーの命令で上げたり曲げたりをくりかえした。

「もうやめていいだろう」

「あと八セットだけ」

わたしは彼女を見上げた。クラウディーアーは大柄だが太ってはいない。健康的な外見だがとりたててきれいではない。幅広で平らな目鼻立ち、女性の骨格におさまるには大きすぎる肩と手足。ときどきわたしがつまずくと、片腕でつかまえて立たせてくれる。彼女をひとことでいうなら、〝頑丈〟ということになるだろう。〝頑丈〟、それが彼女だ。まるで家具のようだ。

家具について考えていてコナーの揺り椅子のことを思い出し、わたしは笑った。あのまぬけな椅子をたたきこわしてやったときは死ぬほど痛かったし、くたびれ果てたが、それだけの価値はあった。

「なにがそんなにおかしいの、バック?」

「たいしたことじゃない」

「ほんとうにたいしたことじゃないの、それともなぜ笑ったのか思い出せないの?」

わたしの精神状態をチェックするのもリハビリの一環だ。けがをする前からすでに軽度認知障害の兆候があり、負傷の結果、精神的に防衛機制の障害とやらが起きるかもしれないのだ。

「なにも忘れていない。ただ、しゃべりたくない気分なんだ」

わたしはまた脚を上げた。脚が痛い。脇腹が痛い。コアマッスルが痛い。

三ヵ月リハビリを続けていても、日によっては疲労のあまり、終わったあと車椅子に戻ってしまうことがあった。なにもかも嫌気がさして、わたしは不機嫌になっていた。すでに不機嫌率がそうとう高いこの年齢グループと比較してもだ。

これはじっさい、ちょっと問題だった。怒るとわたしはむっつりして、むっつりすると無口になり、無口になると認知症の進行が早くなるといわれている。

主治医はこのことについて長々と説明し、最後になにかを紙に書いてわたしに渡した。手書きの文字は判読不能だったので、その紙を薬局へ持っていったら、まぬけな医者が処方したのは〝ポジティブなものの見かた〟だと薬剤師が教えてくれた。

薬局まで来たのに無意味だったことを呪ったが、そこで煙草を二カートン買えたのでまったくの無駄足ではなかった。

前の主治医はもう少しましだった。息子が死んだあと、彼の勧めで精神科医に診てもらった。精神科医は抗鬱《こううつ》剤を処方した。まだキャビネットにそのときの錠剤が入っているが、あれを飲むのはいやだった。抗鬱剤の服用中は、自分が自分でないような気がした。

「なにを考えているの、バック？」クラウディーアーが尋ねた。

「どうでもいいことだ」

「どうでもいいことなの、それともなにを考えていたのか思い出せないの？」

「おれはきみが好きじゃないともう言ったかな?」

「きょうはまだよ」

思い出した。きのう言った。そうだった。

「脚を上げながら、このリストを言ってみて」クラウディーアーは命じた。「椅子、鳥、トラック、やぶ、帽子」

「そんなのリストじゃない。なんの関係もないものを並べただけだ」

「そこがポイントなのよ。短期記憶のテストなの。前にもやったでしょう。前にやったの、覚えている?」

「もちろん」

「じゃあ、やりかたはわかっているわね。リストを言ってみて」

「やりたくない。ほかに考えることがあるんだ」わたしはイライジャのことを考えていた。彼を帰らせるべきではなかったのかもしれない、どうしたらそうできたかはわからないが。歩行器を押しながら追いかけるわけにはいかなかった。

イライジャはほんとうに弁護士を探すだろうか? ほんとうに警察に出頭するつもりだろうか? 彼がわたしにはむりな助けを求めてヴァルハラへ来た可能性は大いにある。もしそうなら、二度と連絡してこないだろう。わたしのていたらくを目にしたとき、彼が求めているものを与えられる状態ではないと悟ったかもしれない。

このシナリオ全体が罠である可能性もある。イライジャとわたしは友人として別れたのではない。五十年近くたってから、昔の大敵が姿をあらわすのが楽しいことだったためしはない。ほんの数ヵ月前、わたしは遠い過去の仇敵《きゅうてき》を探してヴァルハラと似ていなくもない場所に足を踏みいれたが、もちろん相手に親切をほどこす気などなかった。イライジャが同じような目的で来たとしても、おかしくはないのだ。

ただし、わたしが彼を憎む理由のほうが、彼がわたしを憎む理由よりもずっと多い。イライジャはほとんど無傷でメンフィスから逃亡し、かたづけなければならないごみの山をわたしにたっぷりと残していった。すでに黒字になっているのに、わざわざ清算しにくる者はいないだろう。

ともあれ、イライジャはたぶんもうあらわれない。来ないならけっこうなことだ、トラブルに巻きこまれる必要はない。だが、わたしはトラブルが好きなのだ。そして、トラブルに踏みこむチャンスはあとどのくらいあるかわからない。

「リストは、バック」

「椅子、鳥、トラック、マット……くそ」

「ほらほら。できるのはわかっているのよ」

「椅子、鳥、トラック……」

沈黙。なんの関係もない五つのもの。そんなリストをだれが覚えられる？　覚えられるわけがない。クラウディ‐アーとのリハビリにときどきローズが顔を出すが、自分もそのリストを覚えられないと言っていた。

「オーケイ、煙草休憩にしましょう」たがいに明白な事実を認める屈辱をわたしに味わわせまいとして、クラウディ‐アーは言った。「自分のを忘れてきたわ。一本いい？」

クラウディ‐アーがほかの患者と煙草を吸っているのは見たことがないが、悪癖に対してなにも言われないのはありがたかった。わたしに残されているのはもう悪癖ぐらいだ。

「おれが吸うのはフィルターなしのやつだ」

彼女は笑った。若い女のような笑いかたではなかった。「なんとかなると思う」彼女は太い腕をわたしの背中にまわして立たせた。

「そうだろうな」

わたしは歩行器の上についたゴムの握りをつかんだ。リハビリ室を出ると、蛍光灯に照らされて薬の臭いのする、看護婦のオフィスが並ぶ廊下を進んでいった。クラウディ‐アーは歩くペースを合わせてくれた。わたしが横の出入り口を通るときは、彼女がドアを開けて押さえ、外の低いコンクリートの階段二段を下りるときは腕を添えてくれた。

孫がニューヨーク大学から送ってきたフード付きパーカのポケットに手を入れ、ラッキーストライクを出した。彼女はライターで火をつけてくれた。わたしは煙を吸いこみ、できるだけ長く肺の中に留めておいた。歩行器に寄りかかると、従業員の駐車場の眺めを楽しもうとした。これが終わったら、部屋に戻って眠くなるまでFOXニュースを見るだろう。クラウディ－アーはオフィスに戻って記録をつけるだろう。そして三週間か四週間後には、神経科医との面談だ。

イライジャが電話してきて、予測のつかないなにごとかが起きなければ。イライジャが電話してくるように、わたしは祈った。

忘れたくないこと

「このグラフをちょっと見てください」テレビの画面のスーツ姿の男が言った。「十五年間の株価指数の動きですが」

「これですね」司会者が指を図に置いた。ワイシャツにネクタイ姿だが、だらしなく見えた。こういう新しい薄型テレビを見るようになってから、ケーブルニュースに出る連中の外見は前よりもひどくなった。毛穴も汗もおしろいもまる見えだ。

だが、こっちも批判する権利はあまりない。この数年の時の流れは、わたしの容貌にやさしくはなかった。ジョージ・オーウェルが言っていた、五十歳までに男は自分にふさわしい顔になると。オーウェルが言い忘れたのは、八十歳までに男はだれにもふさわしくない顔になるということだ。わたし自身は、だれかがブローランプで溶かしかけた自分のロウ人形のように見える。

「インターネット・バブルですね、ここが」テレビの男が言った。「二〇〇一年の景気後退がここ、見えますか」

ニキビの跡が見えた。カミソリで剃り残したあごのひげも見えた。わたしは自分の顔をこすり、頬に同様の剃り残しを感じた。最近はひげを剃るのがひと苦労だ。ひげ剃り用の拡大鏡を使っても、自分の手の動きがよく見えない。

ほんの二、三年前まで、毎朝折りたたみ式のカミソリで剃っていた。それが男のひげ剃りというものだ。いつもさっぱりと根もとから剃れた。ところが、両手がどうにもおぼつかなくなってしまった。顔を切ったことはなかったが、刃を替えようとしてさんざんに指を切り、抗凝血剤のせいでとんでもなく血が出たので、結局救急病院に駆けこんだ。これでローズはすっかり懲りてしまい、電気カミソリにしろと言ってきかなかった。

「そして端のここが、いまのわれわれの惨状ですよ」ゲストの男が言った。

「なぜいまこのグラフを出したんですか?」

「線がでこぼこしているのが見えますね。アップダウンが激しい。動きの予測がつかないと思うでしょう?」

「そうですね」

「違う！　カモが株式市場を見るとそう思うんです」ゲストは太い青のマーカーを出し

て、図のまんなかに対角線を引いた。「大学の数学の授業では、この線を平均値への回帰と呼んでいる。つまり、これらアップダウンの波型データは、結局のところすべてノイズにすぎないんです。そしてそのノイズがデータの持つ本質、すなわちアメリカ経済の基盤は強いということをあいまいにしている。ごく短期的に市場が乱高下する可能性はあるかもしれないが、アメリカ株の種々のポートフォリオはつねに、中期そして長期においては上昇基調にあるんです」

「なるほど。しかし、ここの二〇〇八年からあなたの言う回帰線は上がっていても、株価実績を示す線は下がっていますよ」

「それもやはりノイズです。市場の反落の影響は、慣れていない投資家がパニックになって売りに走るせいで、つねに誇張されてしまう。長い目で見れば、市場は回帰線まで戻っていくんですよ。そして回帰線は上昇している！　株価収益率《PER》のような専門的な話を始めるつもりはないが、基本は盤石であって、いま現在もたくさんの買いが入っているんです。パニックの犠牲にならないでほしい！　愚か者になってはいけません！　毎日毎日、市場のベストタイミングに仕掛けてこういうアップダウンに乗じるなんて芸当は、投資対象である産業や企業を熟知していなければできない。そういうことはプロにまかせておけばいいんですよ。とにかく優良な企業に長期間の投資をして、そこから動かないことです」

「そしてもちろん、貴金属に投資することでポートフォリオに多面性を持たせるのが賢いやりかたですね」

「そう、言わずもがなです」

わたしはリモコンでチャンネルを替えた。自分は株式市場のようなものだ。リハビリにおける日々の進歩や負傷して以来のどんな回復も、すべてはノイズにすぎない。わたしの回帰線、すなわち果てしない妥協の続く着実な下降線をあいまいにする、一時的な勝利にすぎない。わたしは夜の運転をあきらめ、次に運転そのものをほぼあきらめた。テレビの前で煙草を吸わなくなれば、室内でも吸わなくなる。好物も食べなくなる。階段も上らなくなる。

自分が持っていたものはすべて、やがて失うものだった。息子。家。自由に動くこと。頭と心。

部屋のドアが開いて、ローズが入ってきた。毎日午後にメインロビーに集まるマージャン・クラブに入っている。リハビリのあと、わたしがたいてい昼寝をする時間帯だ。知るかぎり、ヴァルハラに来る前に彼女がマージャンをしたことは一度もないし、その手のゲームに興味を示したこともない。だから、少しのあいだわたしから離れている口実にすぎないのだろう。

妻はテレビを見た。「いいニュースはあった?」

「あったためしがあるか？」

6　二〇〇九年

午後二時に電話が鳴って起こされた。午後二時にはだれも電話してこない。礼儀を知る人間は昼寝の時間に敬意を払うものだ。それに、そもそもわたしに電話してくる者は多くない。週に一、二度様子を聞いてくる息子の嫁か、日曜日の夕食前にかけてくる孫ぐらいだ。出てくれと叫んだが、ローズは部屋の中にいなかった。そこで、わたしはナイトテーブルのコードレスの受話器をとって通話ボタンを押した。

「もしもし？」

返事ではなく、ダイヤルトーンが聞こえてきた。だが室内の別の場所で電話はまだ鳴っていた。一瞬混乱したが、携帯だと気づいた。

携帯にかかってきたことはこれまでに一度もない。非常用として持っているだけだ。ただし、イライジャには携帯の番号を教えていた。固定電話にかけてきてほしくなかったのは、ローズがとるかもしれないからだ。手の届く場所に置いておくつもりだったのに、はかばかしくないリハビリでわたしはくたびれて不機嫌になり、忘れてしまった。いまいましい携帯はズボンのポケットに入っている。そして、そのズボンはいま部屋の向こう側のリクライニングチェアにかかっている。

切れる前に出るのはぜったいにむりだろうし、イライジャにかけなおす方法はわからない。出られなかった着信の番号は携帯の画面に表示されるが、イライジャは公衆電話か、追跡不能の場所からかけているはずだ。こういう電話がどういう仕組みになっているのかはよく知らないが、リダイヤルボタンを押すだけでつかまる相手ではないのは知っている。

九十二日間、リハビリを続けてきた。痛い思いをして、体を酷使してきた。いまベッドから出て電話に出られないとすれば、いったいなんのためにやってきたのだ？

負傷して以来初めて人の手を借りずになんとかベッドから出られたのは、ほんの二週間ほど前だ。三ヵ月近く毎日施設のスタッフを呼んで体を起こしてもらっていたあとでは、それは大きな勝利に思えた。だが、まだ起きるには五、六分かかるし、そのかん二度休んで息をととのえなければならない。電話が鳴っているのはたぶん二十秒ぐらいだろう。

急ぐのはよくない。一度にあまり体重をかけたら脚がもたずに倒れ、頭を床に打ちつけてまぬけな死にざまをさらすだろう。そもそも出るべきではない電話に出るために、そんな不必要な危険をおかすことはない。

しかし、遅かれ早かれ、たぶんまぬけな死にざまをさらすことになるのだ。

左足を床に出して壁の手すりに手をのばした。もう片方の手で、ベッドのそばに置いてあった歩行器につかまった。

こうして支えを確保してから、右足を床に出し、歯をくいしばって立ちあがろうとした。この動きで弱ったコアマッスルに大きな負担がかかり、縫った背中側の傷口が引きつれた。この単純な動作ができるようになるために、あれほど一生懸命リハビリをしてきたというのに、手を借りなければこんなていたらくだ。

視界が白くなり、脇腹が燃えるようにうずいた。苦痛の叫び声を上げて、手すりを放した。いまや体重は脚にかかっており、そこはまさに決してかかってはいけない場所だ。腿は震え、ひざは折れそうになり、体が前に倒れはじめた。だが、なんとか両腕を歩行器の上に広げてバランスをとりもどした。ちゃんと体を起こす前に、あえぎながら二回深呼吸をした。

そこで、電話が鳴りやんだ。

「えい、くそ」だれもいない部屋に向かって罵《ののし》った。自分が、弱くてよぼよぼでみじめでポンコツだからだ。

すると、電話はふたたび鳴りはじめた。一度切ってかけなおしたにちがいない。わたしは歩行器を押して部屋の向こうまで行き、携帯をなんとかズボンから出した。

「やあ、バルーク」

「イライジャ」

「おれを助けるのはやめたのかと思った」

「助けはしない。おまえは自首すると言った、おれは立ちあうと言ったんだ」

「けっこう。刑事弁護士に話をつけたよ。警察が守ってくれるなら、自首する用意はある」

「ポプラ・アヴェニュー二〇一の刑事司法センターへ行け。そこで落ちあおう」

彼は笑った。いまだに楽しげな笑い声だが、今回は重苦しく響いた。「おれは危険な立場にいると言わなかったか？　警官と犯罪者でいっぱいのビルに正面から入っていくために、バルーク・シャッツを探したわけじゃないんだ。おれと同じく、あんたはバッジを帯びた人間がときとして法律以外のものに奉仕しているのを知っているだろう」

イライジャにむかつく点はたくさんあるが、中でも彼の話しかたがいちばんむかついた。

「じゃあ、どうしてほしいんだ？」

「そう、あんたは買収がきかないことで有名だから、あんたが信頼する警官と話をつけてもらえるとありがたいな。こちらの指定する場所で、その警官に自首するよ。それからあんたとその警官で相談して、安全な場所に身柄を移してほしい」

「証人保護プログラムみたいなものを求めているのか？」

「きょう殺されたくはないんだ」

「どういうヤマにかかわっているのか話せ」

「警察に話すよ。あんたは警官じゃない。もう違う。あんたの仕事はかんたんだ。おれが身の安全を託せる相手との仲立ちをしてくれればいい。どうだ?」

「一人知っているやつがいる」

「よかった。その男に連絡してくれ。一時間以内につかまえられるだろう。そのころまた電話して、どこで会うか伝えるよ」

「気にくわないな」わたしは言ったが、電話はすでに切れていた。

7　二〇〇九年

わたしは一九七四年に警察の仕事から引退した。だから市警の友人はみんなもう引退しているし、まだ生きている者じたいがほとんどいない。残るつては一つだけ、二十六歳の黒人の若者アンドレ・プライスだ。仲がいいわけではない。なぜなら、わたしは彼の精神的指導者だった殺人課刑事ランドール・ジェニングズの顔を三五七マグナムで吹きとばしたからだ。ジェニングズが自分でまいた種だった。四人を殺し、鹿撃ち用のライフルで背後からわたしを撃った最低のやつだ。それでも、殺したのはアンドレの気分を害した。彼はジェニングズの葬式に来た唯一の警官で、弔辞を述べた。

みずからの名を汚《けが》した者の葬式に来て、得になることはなに一つない。彼が機嫌をとるべき人間はあの場にはいなかった。メリットはどこにもなかった。あの葬式に出たら内務部の注意を引き、勤務記録に疑わしい点が残ることになる。多少の圧力に耐えられるのでなければ出席はしなかっただろうし、やましいところがなくてもたいていの警官ならぜひとも避けて通りたい面倒ごとに、彼は首を突っこんだ。

あさましい友人のために弔辞を述べたアンドレを、わたしは立派だと思った。本物の高潔さ、本物の気骨を示している。

電話すると、彼は出るなり切った。それもまた正直な反応だ。

もう一度かけた。

「じいさん、一日なにもすることがないのはわかっているが、おれは忙しいんだ」アンドレは言った。「あんたに割《さ》いている時間はない」

「五十年近く未解決だった一連の銀行強盗を、ついに解決する男になる時間はないのか？」

「なあ、この世に存在するすべてのものをカタログに載せて、おれがこれっぽっちも興味がないクソの最たるものを一つだけ選ぶとしたら、そいつは五十年前の銀行強盗だろうよ」

「言葉に気をつけろ」

「おれはきのうあった犯罪で忙しいんだ。この二週間でドラッグがらみの殺しが半ダース起きて、まだだれもつかまっていない。五十年前の盗みなんか知ったことか」

もちろん、これはたいへん分別のある答えだ。だが、アンドレは電話を切らなかったので、わたしはイライジャのこと、ヴァルハラの朝食での奇妙な出会いのこと、助けを求められたことを話した。

「からかわれているんだよ」アンドレは言った。「そいつ、なにかたくらんでいるんだ」

「追いつめられていて、これが唯一の逃げ道なのかもしれない」

「都合のいい考えだな。あんたはこれをやりたいんだ、だから気に入らない事実は全部無視している。ほぼ間違いなく、そいつの頭にあるのは罠か裏切りだ」

都合のいい考え。うまい言いかたをする。いまの状況全体が臭う。イライジャの用心深さと秘密主義は彼を信頼できない理由になるし、ほんとうに自首したいなら、わたしを仲介人にする必要はない。

警察署に入っていくのがこわいなら、弁護士事務所に警察を来させればすむことだ。それに、警官が買収されているのが心配なら、弁護士がわたしと同じくらいかんたんに正直な警官を紹介できるはずだ。朝飯前だろう。刑事弁護士は毎日のように警官を相手にしている。こっちは老人ホーム暮らしの体が不自由な年金受給者だ。

イライジャはわたしにちょっかいを出している、それはわかっている。アンドレもわかっている。そしてわたしはこの若者を、理屈を楯にとにかく引きずりこもうとしている。

「伝説の大泥棒が自首しようというのに、失せろとは言わないものだぞ。ゾディアック・キラー（一九六〇年代から七〇年代にサンフランシスコで五人を殺した）とかユナボマー（一九七〇年代から九〇年代にかけて全米各地に手紙爆弾を送り、三人を殺害した）をつかまえるようなものなんだ。本になるような大事件だ」

過去の遺産について自分があれこれ考える人間だとは思っていなかったが、近ごろは心を、自分自身を失うということばかり考えるようになっていた。ナチの逃亡者ハインリヒ・ジーグラーと略奪された金塊を追っていた数日間は、かつての記憶にある自分、日々銃を懐《ふところ》に悪人どもを追いかけていたころの自分がよみがえった気がした。そのあげく、けがをして前よりもさらに老いぼれてしまった。もう一度、本来の自分になりたかった、たとえ罠に飛びこむ結果になっても。たとえアンドレ・プライスを巻き添えにしても。どうせ、いま以上ひどいことにもなるまい。

「おれについて本を書いてほしくなんかない」アンドレは言った。「面倒に巻きこまれるのもごめんだ」

「少しばかり危険をおかす価値のあることだってあるぞ」

「あんたのやりかたはよく知っているんだ、バック。ドンパチで打開するしかない状況に、何度となく踏みこんだのも知っている。おれとあんたはまったく違うんだ。おれは人を撃つのは好きじゃないし、撃たれるのは大嫌いだ」

「こいつは見ておく価値のある男なんだ。イライジャがなにをたくらんでいるにしろ、銃撃戦ではないと思う。きなくさい状況になったら、さっさと立ち去ればいい。だが、有名な事件を解決できるかもしれないんだから、せめて一時間ぐらいくれてもいいだろう」

「どうしようか迷っている自分が信じられないよ」アンドレは言った。

「ヴァルハラへ迎えにきてくれ、会見をお膳立てする」

「運転手をしろっていうのかよ？　おれがモーガン・フリーマンに見えるか、ジェシカ・タンディ？」（黒人の運転手とユダヤ系未亡人の交流を描いた映画『ドライビングＭｉｓｓデイジー』より）

「おれに運転してほしいのか？」

「くそ」彼は間を置いた。「ちゃんと待っていろよ、こっちは待たされるつもりはないからな」

　わたしが切った瞬間、また電話が鳴った。

「サウス・パークウェイのはずれにユダヤ人墓地がある」イライジャが告げた。「そこであんたと警官に会う。場所はわかるか？」

「わかる。どうしてそこで会いたいんだ？」

「弁護士の事務所に近い。屋内で囲まれたりしたくないと言ったら、彼がそこを勧めたんだ。人通りもあまりないし、監視の目もない。鉄道に隣接しているから、近くに高い建物もない。どこからでも見通しがきく。あんたたちがつけられていたらおれには尾行者が見えるし、奇襲があってもすぐにわかる。あんたと一緒の連中が気に入らなかったら、逃げ道はいくつもある」

「なるほど」

「場所になにか問題があるか？」

「いや」息子がそこに埋葬されていることを彼に言う必要はない。すでに知っているにちがいない。

8　二〇〇九年

ヴァルハラが建てられたのは二〇〇三年だが、正面玄関には古風なラップアラウンド・ポーチがある。いい陽気の日にはそこの揺り椅子にすわって、駐車場の車と六車線のカービー・パークウェイというすてきな景色を楽しめる。

アンドレが着いたとき、わたしは揺り椅子の一つにすわって煙草を吸っていた。彼は緊急車輛専用スペースに駐車してハザードランプをつけ、車から降りてきた。

「その歩行器はあんたの？」彼は聞いた。

「ここにほかにだれがいる？」

アンドレは笑った。「あんたにお似合いだな。クロム仕上げがいいじゃないか」

わたしは苦労して椅子から立ちあがった。ポーチから歩道までは三段の階段があり、アンドレはおもしろがっているのを隠そうともせずにわたしが下りるのを見ていた。建物の横に傾斜路があるのだが、階段を避けたら弱味を見せることになる。

　助手席のドアを開けて、歩行器をたたみはじめた。

　アンドレが乗ってきたのは覆面パトカーだった。覆面というのはまさに名前が示すとおりだ。パトカーだがしるしはない。黒と白の塗装もなく、屋根に点滅するライトもついていない。だが、間違いなく警官の車だ。カプリスやクラウン・ヴィクトリアといった四ドアのアメリカ製セダン。アンドレの車のように、しばしば後部座席が檻になっていて無線アンテナがついている。

「なにを着ているんだ？」アンドレは聞いた。

「さあ。服だ」

「そいつはヴィンテージものってやつだろう」彼は車の前をまわってきてじっくりとわたしを見た。こっちはまだ歩行器と格闘していた。彼に手伝う気はなさそうだった。「〈メンバーズ・オンリー〉のジャンパーか？」

　わたしは答えなかった。

「まさに、〈メンバーズ・オンリー〉のジャンパーだ。肩章とか全部ついている」

「息子からもらったんだ」

「いつ？　一九八五年か？」

　わたしは歩行器をたたむのを中断した。「一九八六年だ。六十五歳の誕生日プレゼントだったんだ。息子と嫁が、ローズとおれをステーキ屋に連れていってくれた。おれはリブロースを注文した。ミディアムレアにしてくれと言ったのに、ミディアムウェルだった。食べたがね」

それは思い出せるのに、クラウディーアーのリストは思い出せない。おかしなものだ、記憶とは。

「そろそろ七月だぞ、バック。上着を着るにはちょっと暑くないか？」

「血行が悪いんだ」

「それ、持っていてやろうか？」

「なぜだ？」

彼はもう笑ってはいなかった。「ぬいでほしいからさ」

「放っておいてくれ」

「ジャンパーをぬぐまではどこにも行かない」

わたしは彼を見て、どうするべきかしばらく考えた。やがて煙草をアスファルトに投げ捨てると、ジャンパーのジッパーを開けた。脇のショルダーホルスターに三五七マグナムを差していた。

「こんなことだろうと思ったよ」アンドレは言った。「おれの車に銃は持ちこめないぞ」

「いるかもしれない、きなくさい事態になったら」

「おれたちは五十年前に銀行強盗をした男をつかまえにいくんだろう。いまいくつだ？　七十五？」

わたしは計算した。「一九四四年に強制収容所にいたとき、やつは十三歳だった。だから七十八だ」

「七十八のじいさんなら扱える。あんたの応援は必要ない」

「銃を持てばだれだって危険になりうるんだ」

「知っている。だから、火器を持ったあんたに後ろに立たれたくないんだ。中に戻って置いてきてくれ」

わたしは動かなかった。

「それを持っているかぎり、どこにも連れていかないからな」アンドレは宣言した。

「おれはおまえが好きじゃない」わたしは言った。

「だったら、なぜ電話してきた？」

わたしは歩行器を組みたて、また苦労して階段を上った。部屋に戻るとローズがテレビを見ていた。

「どうして上着を着ているの？　外は三十五度以上あるのよ」

わたしはジャンパーを丸めて床に放った。

「銃を持っているの？」彼女は心配そうな顔になった。

「いましまうところだ」わたしはクローゼットの棚から古い靴の箱を手さぐりで下ろし、銃をチーズクロスで包んでしまった。

「そもそも、なんでそれを持って外へ出たの?」

「なんだっていいだろう」

「あなたが銃を身につけて歩きまわるのはなんだってよくなんかないわ。またけがをしたらどうするの」

「ちゃんと話はついている」

「なにが話はついているなの? ミスター・コナーのこと? マージャンをしているときにヴィヴィアンヌ・ワイアットが来て、とんでもないことを聞かされたわ」

「コナーの件は解決ずみだ。なにも問題はない」わたしは箱を棚に戻し、ホルスターをクローゼットの奥にしまった。ジャンパーを拾いかけたが、じっさい必要なかった。だからローズにかたづけてもらうことにした。かがむのはかなりつらいのだ。だから、ひもを結ぶ靴をはくのはあきらめた。

「斧を処分するように約束させられたの。あなたがここに銃を持ちこんでいるのを知ったら、彼女、ヒステリーを起こすわ。それを身につけて歩いたりしちゃだめよ」

「わかっている。だからはずしたじゃないか」

「六月二十一日は先週だったわね」ローズは話題を変えた。「もう七年になる。言わないほうがいいかなと思っていたのよ、あなたはリハビリでせいいっぱいだったから。でも、わたしたちなにかするべきだったんじゃないかしら。話しあうとか、お墓参りに行くとか」

「おかしなものだ、いま墓参りの話が出るとは」

「なにがおかしいの？」

「いや、おかしくない。なんでもないよ」

「悲しむのは弱さじゃないわ、バック。あなたにその気持ちがあるのはわかっているの」

「ないとは一度も言っていない。だが、そういう話をするのに意味があるとは思えないんだ」

「結婚して六十四年よ、そして彼はわたしたちの息子。自宅を出ていくのは、あなたと同様わたしだってつらかった。こういう気持ちでいるのが自分だけだなんて思いたくないわ」

「きみだけじゃないさ」わたしは言った。「夕食までには戻るよ。心配するな」

そして、歩行器を押してドアの外に出た。

9　二〇〇九年

「いいか、ジェニングズの件であんたに腹をたててはいないんだ」アンドレは言った。「彼はいつもおれによくしてくれたが、殺《や》るか殺《や》られるかという状況になったら、自分が生きのびることを第一に考えなくちゃならないのはわかっている。だけど、あんたの捜査の根底にある哲学には異論があるんだ」

わたしは座席で身をよじらせてシートベルトを締めようとしていた。他人の車の助手席に乗るのは嫌いだ。「どういう意味だ?」

「あんたは正義について旧約聖書風の道徳主義的な見かたをしている。悪人どもをたたきつぶせってやつだ。犯罪をそんなふうに捉えるべきじゃないんだ。犯罪は、なんていうか、社会現象だよ。刑罰という概念を捨てて、根っこにある原因を矯正する方法を考えるべきなんだ。でないと、逆境に生まれてきたのがいけないと、捨て鉢になった人間を責めるだけになってしまう」

「おれは大勢の盗《ぬす》っ人《と》を見てきたが、腹が減ったから盗みを働いた人間には会ったことがない。盗むのは、ドラッグがほしいからか、働くよりも楽だからだ。でなければ、銃で人を脅すのは悪いと理解するだけの、モラルと知性がないからだ」

「たとえそうでも、やっぱり社会問題なんだよ。鉛中毒と犯罪は相関関係が強いという研究結果があると、読んだことがある。小さい子どもが鉛中毒になると、脳の発達が阻害されるんだ。鉛のせいで知能指数が低くなって、共感力と自制力が損なわれる」

「たわごとに聞こえるがね」

「統計を見るといいよ。有鉛ガソリンで走る車が増加して、一九七〇年代に都市犯罪の爆発が起きている。無鉛ガソリンが普及して、九〇年代には犯罪が減少しているんだ」

わたしは軽蔑のゲップを放ち、アンドレはエアコンを強くしてよごれた空気を後部座席へ追いやった。

「そこがおれとおまえの違いだ」わたしは言った。「おまえは犯罪をコンピューターのプログラムとして見る。統計の集合体として。犯罪者イコール権利を奪われて虐《しいた》げられた一団とみなせば、彼らに同情的な意見を持つのはかんたんだ。同情するには、犯罪者を集合体として見るしかないんだ。なぜなら、個人ベースではああいうゲスどもにはまったく我慢ならないからさ。それに、統計は被害者の苦しみを抽象化してしまう。おれにとって犯罪は、いつだって個人的なものだ。人が人に対しておかすものなんだ」

アンドレはこちらを向いて、半分にした肉牛の胴体でも見るようにわたしを見た。「あんたの息子さんはなんで死んだんだ？」

走行中の州間高速道路二四〇号線の南東部はエヴロン・B・フォーゲルマン（メンフィス生まれの実業家）高速道路と呼ばれている。いまやユダヤ人の名前を冠する道路までできたわけだ。

「なんだ、いまの質問は？」

「別に。好奇心かな。秘密なのか？」

「いや。話したくないだけだ」

「つまり、どうしてだ？　癌かなにかだったのか？　交通事故？　それとも――ほかのこと？」

「〈コマーシャル・アピール〉紙にこんなことが載っていた。なにがあったか知りたければ、警官になってマイクロフィッシュ（マイクロ複写をコマにして並べて撮影した整理用シート）を調べろ、と。おれをわずらわせないでくれ」

「わかった、まずはとにかくおれに当たらないでくれ、じいさん。それから、マイクロフィッシュはもう存在しないと思う」

「おまえになんの関係がある、息子がどう死のうが？　おれを理解したくて、それがわかればなにか光明が得られるとでも思うのか？」

「そうかもしれない。どうだろう。たんなる世間話だよ」

「彼はおれの息子で、彼は死に、おれは埋葬した。その話をすれば息子を掘りだすことになるから、また埋めなくちゃならない。そんなことをしてどうなる？」

「わからない。もしかしたら、話をしてそれと向きあえば、乗りこえられるかもしれない」

「乗りこえることはない。そのまま放っておくほうがいいんだ」

「好きなようにしてくれ、バック。おれの問題じゃないからな」

「そのとおり。おまえの問題じゃない」

そのあとミッドタウン・メンフィスの荒廃した地域であるサウス・パークウェイまで、われわれは黙ってドライブした。百二十年前、ユダヤ人はみんなこのあたりに住んでいた。だが、時がたつにつれて黒人が多くなり、やがて黒人も移っていって一帯は工場地帯になった。そして工場も撤退して、すっかりさびれてしまった。いま墓地の近くにあるのは、使われなくなった工場が一つだけだ。通りの向こう側は、輸送用コンテナがぎっしりと並んだ貨物置き場になっている。

線路は息子の墓から五十ヤードしか離れておらず、通過する貨物列車の音に葬儀はしょっちゅう邪魔される。東側には奇妙な採石場らしきものがあり、深くえぐれた傷跡のような谷の底によどんだ水がたまっている。墓地は狭く、ほこりと廃墟の中、その二エーカーだけに緑がある。維持費は、高齢化して数も減っているシナゴーグの信徒たちが払っている。

ここに住んでいた人々はいなくなった。輸送コンテナは地平線のかなたのどこかへ向かっていくところで、貨物列車もそうだ。

だが、すべてに置き去られるこの場所は、わたしにとっては目的地だ。終焉の地だ。周囲のものは、自分以外はみんなどこかへ移っていく。わたしがここに来るのはここに至るためだ。死者たちが埋葬されているこの小さな地面。わたしにとってこの場所は永遠を意味する。最後にここへ来てもう立ち去りはしない日も、そう遠くないだろう。

駐車場に車を止めて、墓地を囲む生け垣のすきまから中に入った。新しい墓の上に天幕が張られているので、葬式があったばかりらしい。だが、人影はなくしんとして、いるのは墓石のあいだでリスを追いかけている野良犬と、いちばん古い区画で弁護士と一緒にあたりを眺めているイライジャだけだった。

心からここに来たいと思ったことは一度もない。先週の息子の命日にも来なかった。ローズにその話題をふりもしなかった。なぜなら、話をすれば墓参りに来ることになりかねないからだ。

それなのにいま、けさ会うまでは数十年間考えもしなかった男を逮捕するために、なんの逡巡もなく墓地にやってきた。煙草に火をつけ、そういうことには気づかなかったふりをした。

「少なくとも、待ち伏せはないようだ」わたしは言った。

「待ち伏せを予想していたのか？」アンドレは尋ねた。

「じっさい、なにがあるかわからなかったんだ」

「引っぱりこんでくれてじつにうれしいよ」

墓地の入口のそばに、砂利が詰まったプラスティックの容器と小さな噴水がある。わたしは小石を二つ拾った。「じゃあ、あれが伝説のイライジャなんだな？」アンドレは墓地の向こう側にいる半白の髪の身ぎれいな男を指さした。

「そうだ」

「あまり盗っ人には見えないな」

「腕利きの盗っ人はぜったいにそうは見えない」わたしは小道で足を止めた。「ちょっと待っていてくれ」

わたしは左側の芝生の道に入り、歩行器を押して進んだ。アンドレはついてきた。ブライアンの墓石は大きくて新しく、黒い石灰岩でできている。両側の地面は空いている。片側に彼の妻が、片側にローズとわたしが横たわる予定だ。こぶしで墓石をたたいてから、その上に小石を一つのせた。

「その石はなんのためだ?」アンドレは聞いた。

「墓地に来たときにユダヤ人はこうする。貧乏で花を買えないからだ」石の意味はよく知らない。前に一度聞いたが、忘れてしまった。

母親は、ローズとわたしが葬られる予定の区画の隣に埋葬されている。母親の墓石の上にも小石を置いた。

「エスター・〝バード〟・シャッツ」アンドレが名前を読みあげた。「あんたたちユダヤ人はほんとにあだなが好きだな」

「黒人はどんな名前が好きか、おれは言わない」

「こっちの聞こえるところではな」アンドレはしゃがんで、墓標を読んだ。「一九九八年に亡くなったのか? すごい長生きだったろうね」

「百四歳だ」

「お父さんはいないな。まだ生きているとか？」

「もっと古い区画にいる。一九二七年に死んだんだ。おれは六歳だった」

「すると、シャッツ家全員があんたやお母さんのように長生きってわけじゃないんだ」

「父は殺された」わたしは告げた。

アンドレは先を待ったが、わたしが黙っていたので言った。「それはお気の毒に」

父の葬式はわたしのもっとも早い記憶の一つだ。あのころ、墓地はほとんど空いていた。墓が並んでいたのは小さな区画二つだけで、五つ六つあるほかの区画はなにもなく、ただ芝地が広がっていた。その向こうの、息子が埋められることになるあたりはまだ整地されておらず、木立と下生えがあるだけだった。

父の葬式に来た人は多くなく、だいたいはだれなのかわたしにはわからなかった。彼らの顔も思い出せないが、祖母の顔がどれほど悲しみに打ちのめされていたかは覚えている。

「お父さんは、無慈悲な権力者たちにとって都合の悪い信念の持ち主だったのよ」母はわたしに言った。「いつか、おまえも信念を持つでしょう。信じていることが身を守ってくれはしないということを、よく覚えておきなさい」

会葬者たちは母と話そうとしていたが、母は応じず、父の墓の新しい盛り土からわたしを引き離すと、ほかの墓が並んでいる小道へ連れだした。

「きょう、おまえは世界について一つ学んだのよ、バルーク」母は言った。

「そうなの?」

「世界はいいところではないってこと。世界はやさしいところでも、公正なところでもない。お父さんが死んだのは、世界が公平で正しいところだと信じていたからよ。存在しない世界を信じていたの」母は墓地の隅へわたしを連れていった。そこにある墓はどれも小さく、墓標と台石のあいだが二フィートほどしかなかった。

「あれを見て」高さが十八インチの子羊の形をしたコンクリートの墓石を、母は指さした。似たような墓石がほかにも並んでいた。

「なんだかわかる?」

「小さい子どものお墓」わたしは答えた。

母はうなずいた。「世界はいいところだと信じても、実現することにはならない。世界はいいところだと信じても、身を守ることにはならない。どんなばかげた理由でも、他人はおまえを傷つけるのよ。理由なんかなくても傷つける」

「そんなことさせないよ」わたしは答えた。「ぼくが先にやっつけてやる」

ほぼ八十年後、ほぼ同じ場所でわたしはアンドレ・プライスにこう言った。「おまえにはどうしようもないことだ」わたしは両手をポケットに突っこんだ。イライジャと弁護士はいま、古い区画にあるあの子どもたちの小さな墓を見ていた。歳月と風雨が、小さな子羊たちをなんだか見分けのつかないかたまりに変えていた。

「さあ、銀行強盗をつかまえにいこう」

忘れたくないこと

母は細い人だった。細い腕、ほっそりしたウェスト、血色の悪いやつれた唇、拳銃の名人のように細めた目。顔の皮膚が引きつれるほど、髪をきつく結いあげていた。そのために、生来きびしい顔立ちがよけいに強調されていた。美人だったかもしれない、もう少し穏やかな面を見せられていたら。しかし、母は穏やかさや美しさには用がなく、父が殺されたあとは、男たちや彼らが信じるものにも用がなくなった。

わたしが八歳のとき、何者かが母を背後から襲って路地へ引きずりこんだ。わたしは二年生だったが、授業が終わっても母は迎えにこなかった。ユダヤ人小学校の事務室で二時間近く待っていたら、警官が呼びにきたのを覚えている。

よくないことが起きたと警官は言い、わたしはパトカー――警察のロゴがついた古い安物のフォード――に乗りこんで、分署へ行った。父の死はまだ記憶に新しく、混みあった暑い墓地の礼拝堂での式や、掘りかえされた土の臭いもまだなまなましかった。わたしは怯えきっていた。警官は固い木のベンチにわたしをすわらせ、そこを動くなと言った。悪人たちが引ったてられてくるのを眺めながら、長いあいだ待った。

ほとんどの悪党は観念して柔順に見え、おとなしく留置場へ引かれていった。一人が反抗すると、大勢の警官たちが駆けつけてきて、棍棒やこぶしでその男を静かにさせた。騒ぎが終わったとき、男は頭から血を流し、ぐったりして二人の警官に引きずられていった。

とうとう、学校に来た警官が戻ってきて、お母さんに会えるがこわがったり泣いたりしてはだめだと言った。

それから小さな事務室へ連れていかれると、そこに母がすわっていた。顔は腫《は》れあがり、左目のまわりに青黒いあざができていた。服は血まみれで、濃い赤褐色のしみになっていた。

わたしはなにも言わなかった。母の腕の中に飛びこんでいくべきなのか、逃げだすべきなのか、わからなかった。

母はただほほえみかけた。歯が二本折れていて、口の中は血だらけだった。

「相手の男はこんなもんじゃないわ」母は言った。

母はわたしを連れて家に帰り、自分の体を洗い、わたしに夕食を食べさせて寝かせた。なにがあったのか決して話さなかったし、こちらも聞くほど愚かではなかった。だが好奇心は抑えきれず、ずっと真相を知る機会をうかがっていた。だから、十八年後に警官になったとき、記録室へ行って母が襲われた事件の報告書を探した。

バード・シャッツについての最初の記憶はこうだ。たぶんわたしは四つか五つだったと思う。新年祭の服を買うために、母と一緒にダウンタウンの大きなデパートへ行った。バスに乗っていたとき、いつもあたしの手を握っていなさい、でないとだれかにさらわれてバラバラに切り刻まれてしまうかもしれないからね、と言った。子ども服売り場でオックスフォード・シャッツとズボンを買ってくれたあと、母は婦人服売り場の椅子にすわらせたわたしを売り子に見ていてもらい、自分の服を試着した。飾り気のない白い木綿のブラウスと、ごわごわした青い生地でできたくるぶし丈のスカートを買った。

新しいスカートは出来あいのままでぴったりだったが、家に帰るなり、母は裁縫箱をとりだした。

「なにをするの?」わたしは尋ねた。

「スカートにカミソリの刃を隠すのよ」母は答えた。そして、ウェストの補強された部分に鋭い刃を埋めこみ、落ちないけれど必要なときにすぐ切ってとりだせる程度の縫いかたで固定した。

「どうしてそんなことするの?」

「だれかにレイプされそうになったときのためよ」

洗濯はどうやっていたのかと思うだろうが、母は手洗いで慎重にやっていた。

使う機会が訪れた数年後、母はまだカミソリの刃を服に縫いこんでいたことがわかった。

男の暴行犯に女が与えた傷をわたしはたくさん見てきた。たいていは前腕の引っかき傷か、平手で顔につけたあざだ。殺人課の刑事だったので、そういった傷を調べなければならなかったのは、女たちにとって不幸な結果になってしまったということだ。警察が開く女性のための護身術教室では、暴行犯の性器を殴るか蹴るかするようにアドバイスしている。母は犯人の顔を引っかいたり、金玉を蹴ったりはしなかった。その卑劣漢に、ヤマネコのように立ち向かった。睾丸に飛びかかり、そこにカミソリをふるった。カミソリの刃と指の爪で、相手の腹の脂肪と腹筋を一インチ半の深さまで切り裂き、舗道の上にはらわたをまき散らした。

「相手の男はこんなもんじゃないわ」と母はわたしに言ったが、ほんとうだった。男の後始末にはモップが必要だった。

報告書を読んだあと、わたしは自分の身に及ぶリスクを承知で賭けに出て、そのことを母に尋ねた。

「はがいじめにされたとき、あいつの息が首にかかったのを覚えているわ。『おまえにいいものを見せてやるよ』と言ったのよ」長い年月がたったあとでも、母は思い出して少したじろいだ。「結局、いいものを見せてやったのはあたしのほうだった、あいつが死ぬ直前にね。自分の膵臓《すいぞう》を見せてやったわ」

一九五六年の六十二歳の誕生日まで、母は服にカミソリを縫いこんでいた。その日ローズは電気洗濯機をプレゼントし、わたしはハンドバッグに入れておける拳銃を買ってやった。

10　一九六五年

テレビではダウンタウンのストライキについて話していた。

「恩知らず、それが連中だ」クルーグ運輸のミスター・アルヴィン・クルーグと紹介された男が言った。わたしは目を細くして見つめ、彼の首がどれほど太いか見きわめようとした。テレビの画面は、どっしりした木のキャビネットから突きだしている小さな凸面《とつめん》の半球形だ。白黒の人物は不鮮明で幽霊のようだったが、首のサイズは少なくとも十八インチだとわたしは見当をつけた。両手でまわりきらない太さだ。

こういう丸太のようなやつを窒息させてやりたいときには、背後にまわって警棒をあごの下にあてがい、背に自分のひざを押しつけて喉笛が閉まるまで警棒を引っぱるのがいい。ちょっとした牡牛《おうし》並みの男でも二十秒で倒せる。たいていは、あとまで残るけがもさせずにすむ。

　けがをさせてもかまわない場合には、どれほどでかい相手だろうと倒す方法はいくらでもある。

「恩知らず？　どういう観点からものを言ってるんだ！」最近ブライアンが言うことはすべて例の新人ラビの説教のように聞こえる。「こいつらは搾取して搾取して搾取しまくったあげく、食いものにしてる相手から感謝されると思ってる」

「この前までおまえはそんなしゃべりかたはしていなかったぞ」わたしは言った。

「世の中にはびこる不正義について、前は知らなかったんだよ。ぼくは幼い子どもだったし、両親は現状肯定派だから」

「聞いたか、ローズ！」わたしはテレビの音に負けずに叫んだ。「おれたちは現状肯定派だそうだ」

「いいえ、違うわ」妻がどなりかえした。「わたしたちは東欧系ユダヤ人《アシュケナージ》よ」

「われわれは彼らに仕事を与えた。生活の糧《かて》を与えた。それなのに、これが彼らの感謝のしかたなんだ」テレビでクルーグが言った。彼のあごが憤怒《ふんぬ》のあまり震えているのか、あるいはブライアンがまたもや室内アンテナを調節しなければならないのか、どちらだろう。

「同じ仕事をしてる白人の三分の一の給料しか払ってないじゃないか」ブライアンが言った。

「黒人の給料がいくらでも、おまえには関係ないだろう？」わたしは言った。

「二十年前、ドイツ人がユダヤ人を焼却炉に送りこんでたとき、ヨーロッパの人たちは同じことを言いあってたんだ。ユダヤ人が絶滅収容所へ送られてても、おまえには関係ないだろう？　って」

「おい、そんなに殊勝ぶるのはやめろ」

「ねえ、母さん！」ブライアンは叫んだ。「父さんがぼくは殊勝ぶってるって！」

「いいえ、違うわ」妻はどなりかえした。「あなたはとってもかわいいわよ」

テレビの男はまだしゃべっていた。「……不精で、怠け者で、あてにならず、誠実さがない。盗みを働かないように、ずっと目を光らせていなくちゃならない」

「こんどは犠牲者づらかよ」ブライアンはわたしの新聞を丸めてテレビに投げつけた。「このでぶで金持ちの吸血鬼は、自分を犠牲者だと思ってる」

「なぜそれをおれたちが問題にしなくちゃならないんだ。黒人のために血を流さなくても、心配ごとはもう山ほどある。おまえは自分のバル・ミツヴァのことを心配していろ」

「問題にしなくちゃいけないのは、アウシュヴィッツから二十年たったいま、また同じことが起きてるからだよ」ブライアンは言った。「でなければ、そのあいだずうっと起きてて、まだ起きてるからだ」

「それで、おまえとラビはどうするつもりなんだ？」

「ぼくたちは立ちあがれる、くそ！」

「言葉に気をつけろ」わたしは言った。

「言葉に気をつけて」ローズが叫んだ。

テレビでは、労働組合の組織者ロングフェロー・モリーと紹介された男がしゃべっていた。「われわれのために祈ってください、神様の助けが必要だ。もしなにかくれるというなら、一日の労働に対する正当な賃金以外どんなお金もいりません。だが、いくつかの教会でストライキ参加者のための食料寄付を受けつけているので、缶詰の食品をもらえるとたいへんありがたい。そして、この男たちはもう何週間も賃金をもらっていないんです、子どもたちは飢えている。そして、クルーグ運輸の前に来て一緒に行進したい人はだれでも歓迎します。なぜなら、人間をこんなふうに扱うことはだれにも許されないからです。正しいことじゃない」

ブライアンがまた言った。「クルーグ運輸で人間の権利のためにストをしている人たち、そして簡易食堂ですわりこみデモをしている人たちやバスの後部座席に行かない人たちと、ぼくたちは団結できるんだ」

「おまえがバスのどこにすわろうと、だれも気にしない」わたしは言った。「だいたいバスに乗らないじゃないか。お母さんがどこにだって送ってくれる。黒人だらけのバスに乗ったら、おまえはこわくてたまらないに決まっているよ」

「ぼくは黒人をこわがったりしない。こわいのは、勝手に決めつけた特徴をあげつらって民族全体を虐《しいた》げる社会だ。ラビは言ってたよ、アメリカにはユダヤ人の七倍の黒人がいるって。

彼らにされることはなんでも、ぼくたちにもっとかんたんに降りかかってくる可能性があるんだ」

「その点、ラビは正しい。われわれは非難を受けやすい。だから、自分たちに関係のないことには近づくべきじゃないんだ。ユダヤ人のデカ鼻を他人の争いに突っこんで、自分たちの愛するキリストを殺したのはユダヤ人だとされているのを異教徒や黒人どもに思い出させることはない」

「悪をはびこらせるために必要なのは、善人がなにもしないことだけなんだよ」

ブライアンが正しいのかもしれない。正しいように思えたので、水をさすのはかわいそうな気がした。だが、わたしは機会があればなにもしないのをポリシーにしてきたし、なにもしないのはたいていの場合賢明な行動方針だ。おそらく悪は、なにをしようと栄えるものなのだ。

イライジャと会った件について、わたしはすぐにはなにもしなかった。上司に報告するべきだったのだろうが、ブライアンの言うとおり、市警は黒人を不当に扱ってきた。ユダヤ人の窃盗団がユダヤ人の警官を買収してユダヤ人の陰謀を進めようとしていると知らせたら、こんどはユダヤ人が不当な扱いを受けないともかぎらない。組織としてのメンフィス市警も市警を構成する人々も、こういった情報に良識をもって対処するとは思えない。

ほかの警官が口にするひどい言葉をさんざん耳にしてきた。ユダヤ人はけちだとか、ユダヤ人は政府を支配しているとか、ユダヤ人銀行家は非道だとか。わたしが聞こえる場所にいても、彼らはこういうことを言って恥じる気配もなかった。

メンフィスの法執行機関には、波乱に富んだ人種問題の歴史がある。一九一九年、フランク・モンテヴェルデ市長は市警の差別を撤廃すると公約し、黒人社会の支持を受けて当選した。そこで、彼は三人の黒人刑事を雇った。

白人が黒人に逮捕されるのは不当だろうということで、三人の仕事は黒人犯罪者の逮捕にかぎられた。ところが、黒人の客がよく来る賭博場を彼らがガサ入れしたとき、そこの持ち主だった白人のギャングのボスが黒人の捜索を受けたことを不快に思い、刑事たちをリンチにかけるために手下を送りこんだ。

刑事たちは逃げたが、彼らのうちの一人が発砲し、争いのただなかで白人が負傷した。その結果、三人は全員解雇され、一九四八年までメンフィス市警には白人しかいなかった。

その期間――わたしが生まれたころから第二次大戦直前まで――メンフィスの公安委員長をつとめていたクリフォード・デイヴィスという男は、ク《K》ー・ク《K》ラックス・ク《K》ランの魔法使いだか竜だか妖精だか、とにかく大物だった。デイヴィスの在職中、市警の三分の二はクランのメンバーだった。六〇年代なかばまでに状況はいくらか改善したが、ごくわずかにすぎなかった。デイヴィスが市警を牛耳るのをあきらめたのは、彼が合衆国下院議員に当選したからだ。そのあと、十二回も再選された。

市警にはいまだに黒人の警官はとても少なく、ユダヤ人は四人しかいない。だが、デイヴィスが雇いまくった大勢のクラン系白人はなお残っており、何人かはきんきらの階級章をつけて偉そうな肩書で呼ばれている。こういう連中にとってユダヤ人は白人より劣る存在だが、彼らがその偏狭な考えをほかのことに向けているかぎり、なんとかうまくかわしていける。だから、わたしはぜったいに自分の出自《しゅつじ》に注意を引きたくなかった。

もしイライジャがやっていることが露見したら、彼らはメンフィス市警の一握りのユダヤ人警官を無期限の停職処分にして、ユダヤ人社会を脅《おびや》かすキャンペーンを組織全体で始めかねない。

わたしがフランスで負傷したのは、故国で祖父母が受けたような仕打ちを受けるためではないし、ましてや黒人が受けているような仕打ちを受けるためでもない。ゆえに、この問題は自分一人で内密に処理しなければならない。イライジャを街から追いだすか、もし逃げないのならおとなしくさせておくのだ。無教養な白人のお偉がたどもに、署内でユダヤ人狩りを始める口実を与えてなるものか。

11　一九六五年

「メンフィスについていいことを教えてあげよう、刑事さん」労働運動の活動家、ロングフェロー・モリーが言った。「メンフィスはなにも作っていない。メンフィスはなにも穫《と》れない。メンフィスが存在する理由はただ一つ。メンフィスはものを動かす。鉄道と高速道路と川が、ここで一ヵ所に集まっているんだ。西欧文明の歴史で五指に入る内陸港だよ。千五百万トンの荷物がここを通過する、船から陸へ、陸から船へ。積んだり下ろしたり、船倉からトレーラー・トラックへ、貨物列車へ。そこで、毎年この街が扱う千五百万トンの荷物を、どうやって積み下ろししているか知っているか?」

自分で答えるために聞いているのがわかっていたので、わたしは黙ってしゃべらせておいた。

「黒人の手でさ。黒人がすべての作業をやっているんだ。メンフィスは物流で食っている街だ、そして黒人がすべての荷を動かしている。千五百万トンを船から陸へ、陸から船へ。われわれが担っているんだ。クルーグ運輸の前でデモ行進している男たちが、週七日、一時間一ドル七十五セントでこの街を背負っている。われわれは団結して、アメリカの勤勉な労働者にふさわしい賃金を要求しているんだ。それなのに、あんたはここへやってきてわれわれを犯罪者扱いする。おれが神の御心《みこころ》にかなった仕事をしているこの事務所に入ってきて、下劣な凶悪犯みたいに尋問する。刑事さん、こんなことはとうてい納得できない」

ポール・シュールマンからイライジャについて二つの手がかりを聞いた。標的はストライキ中の荷役労働者に関係していること、アリ・プロトキンが一味に加わっていること。プロトキンのほうが近づくのはたやすい。とにかくとっつかまえて、知っている情報を全部吐くまで痛めつければいいだけだ。だが、そうすればすぐにイライジャの耳に入って、最強の手がかりは失われてしまうだろう。そこで、まずはストライキの周辺を嗅ぎまわることにした。そしてほかにだれに聞くべきかわからなかったので、テレビで見た怒《いか》れる黒人を訪問することにしたのだ。かならずしも冴えた推理ではないのは認めるが、自分はシャーロック・ホームズだと言った覚えもない。

モリーは〝活動家〟あるいは〝オルグ〟と自称しているが、むしろ煽動家だろう。二、三ヵ月前にメンフィスへ来て、クルーグ運輸の本部が入るダウンタウンの高層ビルと道路をはさんで向かい側に、小さな事務所を借りた。クルーグは河川の輸送を扱う何十という企業の一つでよくいっても中規模の会社だが、賃金が安いことで有名で、労働者のほとんどが黒人だ。だから、公民権運動の煽動家にとっては理想的な標的といえよう。フォークリフトの運転手や港湾労働者は、賃金の不平等や人間の尊厳を謳うモリーに喜んで耳を傾け、彼は大勢の金持ち白人どもにとってきわめて煙たい存在になりつつあった。

この二月《ふたつき》のあいだに、モリーはクルーグの半分以上の黒人労働者を組織していた。六週間前に、ガヴァナーズ・アイランドにあるクルーグの施設で百二十人の男たちが仕事をボイコットした。それ以来、彼らはダウンタウンにあるクルーグのオフィスの前をデモ行進し、プラカードを振り、社員たちを悩ませ、秘書たちを怯えさせている。

「黒人労働者のグループが白人の組合に参加しようとすると、肉体労働者はみんな兄弟のはずなのに拒絶されるんだ」モリーは言った。「そして、黒人の労働者が組織を作り、ちゃんとした賃金を求めて平和的にデモをすると、棍棒と銃と消火ホースと獰猛《どうもう》な犬たちで武装した五十人の警官に包囲されるんだ」

「あそこに犬はいないぞ」

「まだいないかもしれないが、遅かれ早かれ、ぜったいに犬を連れてくる」

わたしたちはすわったままにらみあった。酔ったナチ親衛隊員がマーク・グロスマンというデトロイト出身のユダヤ人の若者を肥溜めに投げこみ、何日も餌を抜いて飢えさせたジャーマンシェパード二頭をけしかけたのを、わたしは思い出していた。ドイツ人どもはよごれた窓に鼻を押しつけてなりゆきを見物し、翌日捕虜たちに後始末をさせた。

「五十人の警官だよ、刑事さん」モリーは言った。「どの日だってピケを張るのはその半分もいないんだ。それに、スト破りたちが仕事場へ入るのを監視するために、ガヴァナーズ・アイランドのほうにも何人か行かせている。あとの男たちは、生活のために週二回ぐらいは日雇い仕事に出なくちゃならないんだ。あるいは、女房たちが白人の家を掃除しているあいだ子どもたちの面倒を見なくちゃならない。六十人の荷役労働者とわれわれの主張に共鳴して集まる二、三十人の市民をおとなしくさせるために、五十人の警官とはね。さらに、警察はあんたをよこしておれを苦しめている。あんたを恐れてなどいないよ、刑事さん。恐れているのはあんたたちのほうだ。外でなにが起きているか、お仲間たちと見るがいい。そうすれば、彼らが運輸会社に抗議する少しばかりの不満分子ではないとわかるはずだ。これからなにかが始まるんだとわかるはずだ。いまのままの状況が続いていいはずがない」

うすのろがぺちゃくちゃしゃべっているときに、わたしがよく考える哲学的な問いがある。人間の性格はその世界観に従って形成されるのか、それとも世界観はその性格に従って形成されるのか?

ニワトリが先か卵が先かという問題を解決できるほど自分は賢くはないが、どちらにしても社会観は人の性向をあらわしている。たとえば、わたしはこの世をきびしくて危険な場所だと信じている。だから、わたしはきびしくて危険な人間だ。同様に、だれもが自分に対して悪だくみをしていると疑ってかかる陰謀論者や妄想狂は、二心《ふたごころ》あることが多い。

「こんな話を聞きにきたんじゃない」わたしはモリーに言った。

「おれの事務所に警官は呼んでいない。でも、どうやらこっちに選ぶ権利はないらしいな。逮捕するなら前戯は省こうじゃないか」彼は両手をさしだした。

「二、三、質問をしたいだけだ。ここから出ていってほしいなら、気を落ち着けて答えてもらおうか」

彼はちょっと間を置いて、まじめな顔でわたしを見た。「弁護士を呼んだほうがよさそうだな」

罪をおかした人間——プロ級のクズども——はすぐにも弁護士を呼びたがるが、独善的なタイプもまたそうだ。殊勝ぶったやつらは自分たちの権利にとても敏感なのだ。いま相手にしているばかがどっちのタイプかはまだわからない。憶測はやめておくことにした。ロングフェロー・モリーがなにをしようとしているのかには、あまり興味がない。黒人たちをだまそうとしているのなら、それを阻止するのはわたしの仕事ではない。追いかけているのは、ユダヤ人の銀行強盗だ。

問題は、わたしがイライジャの計画についてなにも知らないに等しいことだ。確実な手がかりは、それがストライキと関係しているということしかない。だから、モリーからぜひともなにか聞きだす必要がある。

「ストに関連した強盗が計画されているというタレこみがあったんだ」わたしは言った。「あんたがなにかしたと言っているわけじゃない。あんたたちが被害者になるかもしれないし、この事務所が狙われるかもしれない。阻止するために協力してほしいんだ」

モリーの指の爪は清潔で、髪も地肌近くまで刈ってこざっぱりとしている。話しながら下を見るくせがあり、自分がそうしているのに気づくとわざとらしく顔を上げてわたしをにらむ。

相手が白人なら、これは偽りの、あるいは生来のゆがんだ性格のしるしと考える。しかし、黒人が下を見るのは、彼らに目を伏せるように要求する世の中に生まれついたからだろう。そういうときモリーが顔を上げるのは、違う世の中で生きていきたいからだ。

しかもモリーはスリーピースのスーツを着ている。知りあいの大勢の警官は、ビジネススーツを着た若い黒人に対して不愉快そうな顔をする。この男を一目見たら、よからぬことをたくらんでいると考えるにちがいない。だが、モリーを壁に向かって立たせて身体検査をしてみれば、彼の上着にはラベルがなく裏地も安物だとわかるはずだ。

安アパートや長屋で仕立てものをして、家計をやりくりしている黒人の女たちがいる。何人かはすばらしい仕事をする。同程度の技術を持つ白人なら、そういう女たちが稼ぐ五、六倍の金をもらえるだろう。衣料品店でわたしが買う同じような服にくらべると、ほんのわずかの金額しかモリーは払っていないにちがいない。自分もモリーのようなスーツを買う気がないでもないが、黒人たちはなぜか積極的に紹介しようとはしない。

「だったら、なぜ刑事さんはそのへんの犯罪者を放っておいておれを尋問しているのかな。おかしいじゃないか?」

「個人的な含みはないんだ。ただ、おれが知るべきことをあんたが教えてくれるかもしれないんでね」

彼はデスクの向こう側に腰を下ろし、てのひらを上にして両手を広げた。「へえ、じゃあ質問してみろよ」

「ストの参加者から組合費みたいなものをとっているか？」

「新聞を読まないのか？　労働組合はおれたちを入れてくれない。支部のリーダーたちとまったく話を進められないんだ。頭の固いやつらめ。全員そうだ。ワシントンの全国組織にも行ってきたよ。抵抗がある、と言われた。われわれのたぐいは入れたくないという、遠まわしの言いかたさ」

「どんな金も集めてはいないんだな？」

「彼らに金はない。みんな貧しいんだ。けんめいに働いているのに、あんなに貧しくていいはずがないよ。だからあそこでデモをしているんだ」

「事務所に大金を置いているか？　ここに金庫は？」

「おれをなんだと思っているんだ？　ここの人たちから金をだましとっているとでも？　なにかの詐欺を働いているっていうのか？」

「あんたを疑っているわけじゃない。ストライキ中の労働者に関係した盗みを計画しているギャングがいる。それがわかっているだけなんだ」

「それはおれとは無関係だ。盗むような価値のあるものはここにはなんにもないよ。おれにはこの一部屋の事務所しかなくて、家賃の支払いは遅れそうだ。だいたいの夜は床に寝ている。ストライキの参加者か牧師が、夕食とベッドを提供してくれるときは別だが」

モリーのデスクの後ろ側にあるファイリング・キャビネットの上には、歯ブラシが入ったよごれたグラスが一個のっていた。目利きの刑事ならもっと早く気づいて、正しい結論を出していたはずだ。

「だったら、おれは見当違いのところに来たかもしれないな。不愉快に思ったのなら、申し訳なかった」息子とラビならこの会話をどう感じるだろうか。そう思った瞬間、ポール・シユールマンを殴った父親に向けたブライアンの目つきを見たときと同じ気持ちになった。

「大金のある場所を探しているのなら、銀行へ行くべきなんじゃないか」モリーは言った。

じっさい、それは悪くない考えだった。

忘れたくないこと

テレビで、孫が大統領になってほしいと思っている男が苦しい弁明をしていた。「最近の激しい論争を招いた発言は、たんに物議をかもしただけではありません。たんに、宗教的指導者が不正と考えることに対してもの申したというだけではない。そうではなく、この国に対するひじょうにゆがんだ見かたを示しています――白人による人種差別がこの国にはびこっているとして、アメリカのよい点を見ずに、アメリカの悪い点ばかりをあげつらっている。中東の争いは、イスラム過激派の正道を踏みはずした憎悪のイデオロギーのせいではなく、妥協をよしとしないイスラエルのような同盟国の行為が原因だと主張している」

「自分をイスラエルの味方だとユダヤ人に思ってほしいなら、彼はもっとがんばらなくちゃだめだ」わたしは言った。「何年間ジェレマイア・ライト（バラク・オバマが長年師と仰いできた黒人牧師だが、アメリカ政府や白人を糾弾する説教が原因でオバマと決別した）の教会に所属していたんだ？　ファラカーン（アフリカ系アメリカ人のイスラム組織の指導者）に師事していたのと変わらないぞ」

　わたしは機嫌が悪かった。なぜなら、この先自分にもっと悪いことがどれだけ起きるか、気づいていなかったからだ。二〇〇八年の三月のことで、背中を撃たれて自宅と自立と尊厳を失うまであと一年近くあった。

　オバマの発言をノートに書くために、手にしていた煙草をくわえた。そして、前後のつながりがわかるようにその下に〈ジェレマイア・ライト＝反ユダヤ主義者〉と書きそえた。

「彼の言ったことを写しているの？」ローズが尋ねた。

「覚えておきたいんだ、あとでブライアンが電話してきたときに話ができるように」

「ウィリアムよ」

「なに？」

「孫の名前はウィリアムよ」

「そう言わなかったか？」

「あの子はこの男に投票するべきだって言っているわ」

「だれが？」

「ウィリアム。孫のウィリアムよ」

「ふん。あれになにがわかる？」

「いろいろなことを知っているわよ。〈ニューヨーク・タイムズ〉を読んでいるんだから。わたしはまだヒラリーが指名されるという希望を捨てていないけれどね」

「ありえないよ。この男になるだろう、でなければジョン・マケインだ」

「だれがそう言ったの？」

「だれだったかな」

「きっとウィリアムよ」

「ああ、きっとそうだろう」

「女性が大統領になるのを見るまで生きていたかったの。どうやらだめみたいね」

「人類の数千年の歴史における女性の努力が、すべてヒラリー・クリントンの戴冠にかかっているわけだ。それを、この男がだめにしようとしている」

「あなたってときどきほんとうに癪《しゃく》にさわるわ」

テレビではオバマが話していた。「わたしが教会に行っていたとき、彼の物議をかもすような発言を聞いたことがあるか？　あります。彼の政治的意見の多くに大いに異議があったか？　もちろんです――みなさんの中にも、牧師や司祭やラビから大いに異議のある発言を聞いたことのある方は大勢いるでしょう」

「あなた、これには一本とられたわね」ローズが言った。

「ライトはオバマの子どもたちに洗礼をほどこしたんだぞ」

「アブラムスキーはブライアンのバル・ミツヴァで一緒に祈りを唱えたけど、あなたは彼が大嫌いだったじゃない」

「それとは違う」

「ほぼ同じよ」

「黒人社会との関係を否定できないのと同じく、彼との関係を否定はできません」オバマは言った。「わたしの白人の祖母との関係を否定できないのと同じく、彼との関係を否定はできません――祖母はわたしを育て、わたしのために何度も何度も犠牲を払ってくれました。わたしをこの世のなによりも愛してくれました。でも、祖母はかつて一度だけ、通りで後ろから来る黒人がこわいと打ち明けたことがあります。そして、一度ならず人種的あるいは民族的な偏見を口にして、わたしをたじろがせたことがあります」

「あなたならきっと彼の白人のおばあさんが好きになるわね」ローズが言った。

「ジョン・マケインは戦争の英雄だ」

「ウィリアムの話だと、マケインには経済を回復させる力がないそうよ」

「そもそも国はこんな不景気になっているはずではなかったんだ、もしだれかがウィリアムに相談していたらな」

「マケインはフィル・グラム（アメリカの経済学者、政治家）を財務長官にするだろうって、ウィリアムは言うの」

「それは悪いことなのか？」

「ウィリアムはそう思っているらしいわ」

「ブライアンが生きていたときのほうが、そしてウィリアムが電話してこなかったときのほうが、世の中はよかった」

「わたしもブライアンが生きていたときのほうがよかったと思う」

「ああ」

テレビでは、孫のごひいきの大統領候補がさらに語気を強め、激しい身ぶりをまじえて訴えはじめた。「公認されているも同然の人種差別――しばしば暴力によって黒人の土地所有が妨害されたり、アフリカ系アメリカ人の事業主にローンが認められなかったり、黒人の自家所有者が農民住宅局の住宅ローンを組めなかったり、黒人が組合や警察や消防署から排除されたり――こういった差別は、次の世代に残す資産を黒人家庭が蓄えられないことを意味します」

ローズは袖で涙をぬぐっていた。

「聞きたくないのか？　この番組を見ている必要はないぞ。アニマル・チャンネルではなにをやっているかな」

「違うの、このせいじゃないの。ただ……」

「アメリカン・ドリームのかけらをつかもうとして奮闘し、道を切り開いてきた人々が多くいる一方で、それができなかった人々も大勢います」オバマは言った。「差別によって、最終的にさまざまな意味で敗れてしまった人々です。失敗の遺産は次の世代に受け継がれていく——希望もなく将来の展望もなく、街角にたむろしたり刑務所でみじめな生活を送ったりする若い男たち。そういう若い女たちもじょじょに増えている。成功した黒人たちにとってさえ、人種と人種差別の問題は彼らの根本的な世界観に影響を与えつづけているのです」

「わかるよ」わたしは灰皿で煙草の火をもみ消し、ノートを置いてもう一本に火をつけた。「その話はやめよう」

「話すのはいいことよ」ローズは言った。「そう、つらいけれど、いいことだと思う」

「年じゅうつつきまわしていたら、傷は癒えない」

オバマの演説は最高潮に達していた。「じつは、同様の怒りが白人社会の一部にも存在しています。アメリカの白人の労働者階級、そして中産階級は、人種によってことさら特権を与えられているとは感じていない。彼らの経験とは移民の経験です——彼らからすれば、自分たちはだれからもなにも受けとっていないし、この手でゼロからやってきたのです。いま彼らは将来を案じ、自分たちの夢が色あせていくのを感じている。賃金が上がらず、グローバルな競争の激しい時代、チャンスはゼロサムゲームになりつつあります。そこでは、他人の夢は自分の損失の上に築かれるのです」

「わたし、この人のこと好きだわ」ローズは言った。

「信用できない。大統領らしく見えないよ」

「ヒラリーだって見えないわよ」

「それにいったいどういう名前なんだ？　バラクだと？」

「バルーク」

「なに？」

「あなたはバラク、わたしはバルークと言ったの」

「ああ、聞こえたよ。なんだ？」

「なんでもない」

わたしは灰皿に煙草の灰を落とした。「ああ、そうか」

「バラク。バルーク。バラク。バルーク」彼女は笑った。

「そっちが正しいからって、こっちが間違っているとはかぎらないぞ。アニマル・チャンネルはなにをやっているか見てみよう。きっときみの好きなペンギンのやつだよ」

「結局のところ、必要なのは世界の偉大な宗教のすべてが求めているもの以上でも以下でもありません――自分たちにしてほしいことを他人にもせよ、ということです。聖書に書かれているように、弟の番人になろうではありませんか。妹の番人になろうではありませんか。みんなが共通の関心を持てるようにつとめようではありませんか」

わたしはリモコンに手をのばした。

12　一九六五年

メンフィスにはたくさんの銀行があるが、クルーグ運輸にいちばん近い銀行こそがストライキとつながりがありそうだ。わたしはそこへ出かけていった。

不可能を排除したとき、それがどれほどありそうになくても、残ったものが真実だとシャーロック・ホームズは言った。わたしの経験では、まずは明白なことから出発し、それ以上深く調べずにすむように祈るほうがいい。

コットン・プランターズ・ユニオン銀行のダウンタウン支店は、ロングフェロー・モリーの事務所から一ブロック半のところにあり、クルーグの前でピケを張っている連中からは二百ヤードしか離れていない。そして、街でもっとも大きく富裕な銀行の一つだ。摩天楼の一階全体に店舗を構え、重役たちや管理部門のオフィスがその上の五階分を占めている。

愛想のいい支店長チャールズ・グリーンフィールドは、わたしと同じシナゴーグに通っている。彼は来《きた》るべき息子のバル・ミツヴァの祝いを述べたが、銀行の業務について話すのはやんわりと拒絶した。

「飲みものはいかがかな、刑事さん？」

「いただこう」わたしは言った。「スコッチをロックで。ある中でいちばん古いやつを頼む」

彼のオフィスを見ると、自分がどれほど大物かをみんなに知らしめたいのだとわかる。ビルの一角を占拠して、壁の二面は川を見晴らすガラス窓になっている。

内装は贅沢なシガー・クラブのようだ。革張りの椅子。革張りのソファ。重厚な木のデスク。ふかふかのじゅうたん。そしてもちろん充実した品揃えのバーがあり、これを利用しない手はない。

グリーンフィールドは口もとを引きしめた。「礼儀として聞いたまでだよ。断ると思った」

「ただのスコッチを断るわけがあるか？」

「警官は仕事中飲んではいけないんじゃないのかね」

「そうだ。だが、渋滞を抜けるためにダッシュボードに回転灯をつけたり、騒々しい連中を殴って黙らせたりしてはいけないことになっていても、おれは毎日のように両方ともやっている。だから、ウィスキー一杯に目くじらをたてる理由はない」

自分が脅されているのかどうか決めかねているのだろう。無関心を装《よそお》う表情が、微妙に変化しながら彼の顔をよぎった。結局、じつは無表情ではない無表情なしかめつらに落ち着いた。退屈しているというより、退屈していると見せかけているようだ。これは、ちょっとばかり揺さぶりをかけてやらねばなるまい。

グリーンフィールドの隣に立っている副支店長は、揺さぶりが必要なようにはまったく見えなかった。瓶のソーダ水のように、いまにも噴きこぼれそうだ。

グリーンフィールドはバーの前へ歩いていくと、銀色のバケットから氷をグラスに入れた。この男の氷を一日じゅう切らさないでおくのが仕事の人間がいるのだろう。小うるさい男と思われないように、彼は自分にもウィスキーをついだ。

上等な毛織のチョークストライプのスーツからのぞくグリーンフィールドの手は大きく、肩幅は広い。戦時中、彼は家族のコネで海軍にいた。アルゴンヌの戦場で迫撃砲の弾から逃げまわるのにくらべたら、いくらかはましに思える。しかし、海軍は太平洋では悲惨な局面もあったし、グリーンフィールドは身の処しかたを心得ているように見えた。

「急いで飲んじゃってくれよ、ゆっくり話してはいられないんだ」スコッチをわたしの手に押しつけて、彼は言った。「銀行の顧客について聞こうとしているのなら、召喚状を持ってくるまではなにも話すわけにはいかない」

「顧客に興味はないよ」わたしは答えた。「おれは窃盗を阻止しようとしているんだ。興奮した黒人のデモ隊からここが二ブロックも離れていないのは、知っているだろう」

グリーンフィールドは笑った。「あいつらはもう何十人もの警官に包囲されている。ここは安全だよ」

わたしは副支店長のほうを見た。「彼は安全だと思っているようには見えない」

「彼がどう考えていようと、だれも関心はない。だから彼はわたしの部下で、わたしは支店長なんだ」

副支店長はグリーンフィールドより十歳ほど年上のようだった。小柄な体格、こめかみが白くなりはじめたつやのない薄茶色の髪、細い手首。目立つ鼻、間隔の狭い丸い目、ちんまりした上唇、弱々しいあご。下から追いぬかれるのに耐えることを学んできた男のようだ。グリーンフィールドの侮辱に答えようとはしなかった。たぶん、だれも自分の味方をしてくれないという事実にあきらめきっているのだろう。

「さて、ご心配はありがたいがね、バック、こんな話をしていても意味はないと思うよ。こっちには仕事が控えているんだ。だから、グラスを干して帰ってくれるとひじょうに助かる」

「そうしてほしいならもうすぐ失礼するよ。だが、この近辺で盗みが計画されているといううんとたしかな情報があるんだ。だから、おたくが標的だと信じる理由が少しでもあるのなら、知っていることを話したほうがいい。でないと、なにかあっても手助けはできない」

グリーンフィールドは堂々たる大きなデスクの後ろに腰を下ろした。「忠告としてうかがっておくよ」

副支店長が咳をしはじめた。

「なにか言いたいことがあるのかな?」わたしは彼に尋ねた。

「チャールズ、あなたが話さないなら、わたしから」小柄な男は言った。

グリーンフィールドは肩をすくめた。「だったら、好きにしろ。しかし、わたしは反対したし、きみもそれを承知していることは心しておけよ。この守秘義務違反についてはナッシユヴィルに報告しなければならないからな。わたしの反対を押しきって、きみが自発的に情報を警察に渡したと言うぞ」

「あなたの反対はわかりますよ、わたしはこの銀行で二十年間働いてきましたから」副支店長は言った。「でも話さなければ良心が痛むんです。とにかく、顧客の秘密をもらすことには当たらないと思います。わたしが心配しているのは銀行の金であって、顧客の金じゃない」

わたしはウィスキーを一口飲み、マッチで煙草に火をつけると、グリーンフィールドのソファの背に腕をかけた。「そちらのお名前は?」

「ライリー・カートライトです。上席貸付係で、この銀行の副支店長をしております」

「けっこう、ミスター・カートライト、おれは手を貸すためにここにいる。問題を話してくれ」

「現在うちの金庫には十五万ドルが保管されています。盗まれないかと心配でたまりません」

「それはきみが年寄りで愚かで考えが時代遅れだからだ」グリーンフィールドが口をはさんだ。「いまの銀行の金庫ほど、金をしまっておくのに安全な場所はない」

「どうしてここにそんな大金が?」わたしは聞いた。

「毎週、ナッシュヴィルから現金を積んだ装甲車が来るんです」カートライトは答えた。「いつもは、クルーグ運輸が金曜日に給料支払い小切手を切り、労働者がここに来て現金にします。黒人たちは金を預けたりはしないので」

「どのみちクルーグは貯められるほどの金を払ってなどいない」わたしは言った。

グリーンフィールドは親指と人さし指で鼻をつまんで、いらだちをあらわにした。「きみ、あいつらの一味じゃないだろうね?」

「おれはなんの一味でもない」目の前のどっしりした硬材のコーヒーテーブルの上に、重そうなクリスタルの灰皿が置かれていた。わたしはそれを無視してじゅうたんに煙草の灰を落とした。

「だといいが」グリーンフィールドは言った。「あの黒人どもはただの仮病《けびょう》使いだ。歩道をデモ行進して、まるで白人たちは自分たちに借りがあるみたいなことを言う。もっと金を払ってほしいなら、権利を主張するばかりじゃなくて技術を身につけるべきなんだ」

わたしは間を置いて計算した。地下の金庫にある現金は、メンフィス市警の刑事が二十五年間の在職中に家へ持って帰る給料の総額をしのぐ。クルーグの労働者なら、その半分も稼がないうちに荷運びで体を悪くしてしまうだろう。

銀行強盗は愚か者の犯罪だ。逃げきれる者はほぼいない。警備が手厚すぎるし、いつも大勢の目撃者がいる。だが、やってみようとする者がいるのはわからなくもない。

現金で十五万ドル。それがただそこにある。理解しがたいほどだ。

「ストの参加者はたった百二十人だ。彼らの五週間分の賃金を合わせても五万ドルにいかない」わたしは言った。「なぜその三倍もあるんだ?」

カートライトは指を折って数えはじめた。「クルーグには仕事を放棄していない労働者もいて、彼らがスト破りをして物流を動かしているんです。だが、そういう連中でもデモ隊から見えるところでは小切手を現金化したがらない。デモ隊から離れたほかの支店まで行っているんですよ」

グリーンフィールドは立ちあがってもう一杯ウィスキーをついだ。「きっと、ポケットを現金でふくらませてここを出ていって、デモ隊に襲われるのがこわいんだろう。非難はできないね」

カートライトは続けた。「うちのほかの業務も同様に上がったりなんです。みんなこの付近を避けて通る。ストを支持している人もいるし、黒人をこわがっている人もいます。にもかかわらず、金を満載したトラックが毎週来るんですよ。だれも引き出しにこないのに。金庫に貯まっていくばっかりだ」

「言っただろう、金庫は金を貯めておくのに理想的な場所なんだ」グリーンフィールドは主張した。「いまは一九三〇年代じゃないんだぞ。強盗が銃を持って銀行に入ってきて金庫の中身を奪っていく時代じゃない」

「現金が必要ないなら、なぜ毎週どんどん運ばれてくるんだ?」わたしは聞いた。

「輸送をキャンセルする手順はまったく決まっていないんだよ。うちは装甲車を出す業者と輸送に対する支払い契約を結んでいて、業者は運転手や警備員の組合と仕事を確保する約束をしている。カートライトはそこがわかっていないんだ。ともあれ、四半期の終わりには帳尻を合わせて、余剰の現金はナッシュヴィルへ送りかえす。年に四回はそうしているんだ。それまで、金は金庫の中で百パーセント安全だ。通常の手続きを変える状況ではまったくない。黒人たちが騒いだり、犯罪者がうろついたりしただけで、毎回ビジネスを混乱させるわけにはいかないよ」

「ただちに余剰の現金を送りかえすべきだと思うんです、四半期の終わりを待たずに」カートライトは言った。

グリーンフィールドはゆったりした革張りのソファの背に横柄な態度で寄りかかった。

「だが、それは通常の手続きではない」

カートライトは手で額をたたいた。「盗まれるのだって通常の手続きじゃありませんよ。外の通りの騒ぎは会社と従業員のささいな争いに見えるかもしれないが、街全体が火薬庫も同然だ。あれが点火する火花かもしれません。警察は知っているんです。だから、スト参加者たちをとりかこんでいる。黒人たちはなんでもいいから暴動の口実を探しているんですよ、そうなったらメンフィスは炎上だ。それなのに、わたしたちはグラウンドゼロになる大金の真上にすわりこんでいる」

「街全体が炎上しても、うちの金庫は灰の中に傷一つなく輝いて残っているだろう。それに、何者かがこの銀行を襲いにきても、奪っていけるのは行員の手もとにある現金だけだ。せいぜい千二百ドルほどだよ」グリーンフィールドは言った。「うちの金庫は最新式でこのうえなく安全だし、こういう場所で強盗がうまくいったためしはない。行員一人一人のカウンターの下には警報ボタンがついている。貸付係のデスクにも、わたしのこのオフィスにもある。そういうボタンをだれかが押す前に銀行全体を攻略する方法はない。そしていったんボタンが押されれば、金庫は根本的に難攻不落になる」

「どんな金庫も難攻不落ではないですよ。それは傲慢だ、チャールズ」

「イライジャという窃盗犯について聞いたことがないか?」わたしは尋ねた。「おれの考えでは、彼はこの街にいる」

「きみが具体的になにを知っているのか、またどうしてそれを知っているのか、聞きたいものだ。ミスター・カートライトが、うちの銀行の内密の情報を親切にもきみに教えたんだから」グリーンフィールドは言った。

わたしはまたじゅうたんに灰を落とした。「捜査中は、情報提供者の身元は明かせない」

「こちらは役に立つ情報を提供したというのに、警察からは同じことを期待できないとは、うれしいじゃないか」トレーラー・トラックが道路にうつぶせで倒れているリスを見るような目つきで、グリーンフィールドはカートライトを見た。「イライジャのことは聞いているよ。警備を怠っている銀行を見つけるのがうまいそうだな。熟練した強盗はうちみたいな最新の銀行をかならず避けるものだ。狙うのはもっとかんたんな標的だよ」

「かんたんな標的には十五万ドルのキャッシュはない」わたしは答えた。

「フォート・ノックス（連邦金塊貯蔵所がある）には数百万ドルの価値がある金の延べ棒が天井まで詰まっているのに、イライジャはまだ襲っていないじゃないか？　行内のだれかが警報ボタンを押した瞬間、警察に電話がいって金庫は自動的にロックされる。金庫が警報で封印されると三時間のタイマーが作動して、そのあいだ扉を開けることはできない。わたしの鍵でさえだめだ。組みあわせ錠もない。とにかく三時間は開けられないんだ。特殊鋼でできていて、扉の厚さは十八インチある。工事用のブローランプを使えば、ロックが解除される一時間前に穴を開けられるかもしれないが、そのころには警察に囲まれているだろう」

「おたくの電話線が切られたら？」わたしは尋ねた。

「自動的に警報が鳴る」グリーンフィールドは答えた。「いまは科学の奇跡の時代だからね」

「たとえそうでも、どうしてミスター・カートライトが言っているように金を返さないんだ？」

「なぜなら、既定の手続きでは、四半期ごとの決算で現金の保有額を調整することになっているからだ」

「ロボットみたいだ、決まりに従うだけで」カートライトが言った。

グリーンフィールドはウィスキーを飲みほした。「そうとも」

わたしは吸い殻をクリスタルの灰皿に捨て、また新しいのに火をつけた。「どうしてなんだ？」

「盗まれた場合、わたしの行動は上司と保険会社によって調査される。臨時の装甲車を手配することで規則を破り、その装甲車が襲われたら、わたしは仕事を失い、保険会社は損害を補償してくれないかもしれない。銀行の金庫を襲うより装甲車を狙うほうがずっとかんたんなんだ、わかるだろう。輸送中の強盗は金庫破りの二十倍も多いんだよ」

「装甲車が着いたら銀行はどうするのか教えてくれ」

「それはあまり言いたくないな」グリーンフィールドは拒んだ。

「裏の路地に面した積み下ろし用の搬入口に、車をつけるんです」カートライトが告げた。

「では、裏からまっすぐ金庫まで行けるのか？」

「搬入口のドアは強化鋼でできていて、強化壁にとりつけた強化ドアフレームにはまっている。裏側には頑丈なかんぬきがかかっている。そのドアから続く廊下にはセキュリティケージが設置されていて、ケージをいじると警報が作動してすべてがロックされるんだ」グリーンフィールドは説明したが、カートライトを金庫に閉じこめられるかどうか考えているようだった。「営業時間中は武装した警備員を二人金庫の前に配置しているから、搬入口のドアになにかあったら音が聞こえるし、侵入者にセキュリティケージを破られる前に警報ボタンを押す時間はたっぷりある。金庫が開いているときは、わたしを含めてだれもそこに一人でいることは許されない。警備員の一人が小便に行きたくなったら、彼がトイレにいるあいだほかのだれかが来てかわりをつとめるんだ。映画では、どんな警備システムにも欠陥があることになっているが、じっさいは銀行の金庫に弱点はまずないんだよ。われわれはあらゆる不測の事態を予想して、すべてに対して備えているんだ」

「しかし、車には弱点があるのか？」

グリーンフィールドはかぶりを振った。「そういうわけでもない。装甲車なんだから。戦車みたいなものだよ。襲撃に耐える設計になっているし、経験豊富な完全武装の警備員が乗りこんでいる。だが銀行の金庫は、銀行の金庫ではないどんな場所よりも、現金を置くには安全なんだ」

わたしは考えた。イライジャが街にいてなにかたくらんでいるとわたしが知っているのは、確実に知るように彼自身が動いたからにすぎない。買収できる警官を見つけたかったのなら、きたない噂のある人間のところへ行ったはずだ。わたしが申し出を断るのを、おそらくイライジャは予想していたにちがいない。

グリーンフィールドの言い分が正しく、金庫は安全である可能性もある。もしかしたらイライジャは輸送中に襲うつもりで、わたしが現金を金庫から外に出させるのを期待しているのかもしれない。だがやはり、彼はグリーンフィールドの警備方法になんらかの弱点を見つけたのだと思えてならなかった。わたしがなにもしなければ、金庫を破るために彼がどんな計画をしていようと好きにできることになる。一方で、わたしが現金を移動させようとすれば、はるかにたやすく盗める装甲車に積ませる片棒をかつぐことになりかねない。

「ほかにお役に立てることはあるかな?」グリーンフィールドが聞いた。

「なさそうだ」わたしは答えた。

「そうか、では、あらためてお祝いを言うよ。息子さんによろしくな、そしてとっとと出ていってくれ」

13　二〇〇九年

「わたしの依頼人が協力的だということを、この場で確認しておきたい」弁護士が言った。

名前はマイヤー・レフコウィッツで、会った瞬間にくそったれだとわかった。じっさい、会う前からくそったれだとわかっていた。なぜなら、彼のテレビコマーシャルを見たことがあるからだ。その一つでは、アニメの宇宙船がメンフィスに墜落し、レフコウィッツが異星人のパイロットに保険金を受けとれるようにしてやっていた。

孫が言っていたが、有能な刑事弁護士とは、信頼してもらえない人々の代理として交渉する、法廷で信頼してもらえる人間だそうだ。

筋が通る話だ。ふつう刑事弁護士は依頼人に刑をまぬがれさせることはない。ほぼかならず有罪だからだ。彼らはテレビドラマの弁護士のようにたびたび裁判には出ない。彼らの仕事は取引だ。わたしが刑事だったころでさえ、犯罪者が陪審団から言いわたされる刑罰は通常の司法取引をした場合よりはるかに重かった。そして、法廷が扱う訴訟件数は以前よりもっと増えているから、司法取引をすれば刑罰は軽くなる一方、裁判で決まる刑罰はどんどん重くなっている。

だからいい刑事弁護士とは、検事局と緊密な関係を保ち、その関係と、信頼できて分別があるという評判を利用して、依頼人のためにベストの取引ができる人間なのだ。つまり、会計士や図書館司書に見えるような弁護士が望ましい。

レフコウィッツは四十がらみで、薄くなりつつある髪にべたついた整髪料をたっぷりとつけて額からなであげていた。えりの幅の広いピンストライプのスーツを着ており、生地は上等のようだが仕立てが悪く手入れも悪い。ベゼルにダイヤモンドがついたどっしりした金の腕時計、左右六本の指に光る指輪。ジェイムズ・キャグニーの映画に出てくるギャングみたいだった。

つまり、おそらくこの男は仕事ができないということだ。〈メンバーズ・オンリー〉のジャンパーを着た九十近い人間に時代遅れのスタイルだと思われたら、おしまいだと覚悟したほうがいい。レフコウィッツは道化そのものであり、こうまで徹底的に堕落のしるしで身を飾っているのを見れば、検事がこの男をまともに相手にするとは思えない。

「彼が協力的なのはちゃんとわかっている」アンドレ・プライスが答えた。彼はイライジャに手錠をかけて、覆面パトカーの後部に寄りかからせていた。そして盗《ぬす》っ人《と》のポケットの中身を調べていた。

「依頼人の所持品は返しておいてもらいたい。逮捕手続きで目録を作って受領書を出してくれるまでは」レフコウィッツが言った。

「この年寄りから盗みを働くつもりはないよ」アンドレは言った。「手錠をはずす道具や、武器として使えるものがないか確かめているだけだ。シャッツ刑事の話では、あんたの依頼人は逃げるのがお得意だそうだからな」

「わたしの依頼人は、免責特権と保護が得られた段階で供述をおこなう」レフコウィッツは宣言した。

アンドレはにやりとして首を振った。イライジャは、財布、マッチ、モーテルの鍵、それに例のインターネット電話を持っていた。アンドレは財布を開けた。

「身分証明書はないのか?」

「おれは持ち歩かない」イライジャは答えた。

「おまえは何者だ?」アンドレは聞いた。

「おれは幽霊だ。死んだ人間だ」

「あんたの依頼人は協力的なんじゃなかったのか」アンドレはレフコウィッツに言った。

弁護士の靴は茶色でベルトは黒だった。ベルトと靴の色が合っていない人間を、わたしは決して信用しない。「依頼人は、免責特権と保護が得られた段階で供述をおこなう」レフコウィッツはくりかえした。

「あんたもあまり協力的じゃないな」アンドレは携帯電話を持ち、画面に触れた。なにも起こらなかった。

「電源が入っていないんだ」イライジャは言った。

アンドレは携帯の側面にあるボタンを見つけて押した。画面が明るくなって、〈パスコードをどうぞ〉というメッセージと数字のキーボードがあらわれた。

「ロックを解除するコードは？」アンドレは尋ねた。

「セキュリティコードをみんなに触れてまわったら、セキュリティにならないだろう？」イライジャは言った。

「この茶番劇はなんなんだよ」アンドレはぶつくさ言った。「午後いっぱい、じじい二人の掛けあい漫才につきあわなくちゃならないのか？」彼は財布と携帯をイライジャのズボンのポケットに戻すと、盗っ人の後頭部に手を添えてクラウン・ヴィクトリアの後部座席に押しこんだ。

「逮捕手続きは、どこか小さい署でやってもらいたい。ポプラ・アヴェニュー二〇一の本部で、依頼人に大勢の前を歩かせたくないんだ」

「わかった」アンドレは承知した。

「これは大事なことなんだ。依頼人は、本物の危険が迫っていると信じている」

「そうすると言っているだろう」

「わたしはあとからついていくよ、そして逮捕されたらすぐに依頼人と会う。同席なしに尋問を始めないでくれ」

「始めるわけがないだろう」アンドレはイライジャのいる後部座席のドアを閉めた。

わたしは吸っていた煙草の火を消して、歩行器をたたんだ。ここに来るときは後部座席に置いておいたので、出すのはかんたんだった。だが、いまはイライジャがすわっているため歩行器はトランクにしまわなければならない。つまり、それなしでクラウン・ヴィクトリアの横を助手席のドアまで歩かなくてはならないということだ。しかも、弱った足をかばうために車につかまったりしないでだ。

わたしががんばっているあいだ、アンドレは手を貸そうともしなかった。

14

二〇〇九年

犯人用の檻の中で後ろ手に手錠をかけられ、重大犯人として逮捕されるためにイースト署に連行されているにしては、イライジャはしごく満足そうに見えた。わたしはそれが気に入らなかったし、アンドレも気に入らないようだった。

「いいか、証人保護プログラムという名前には理由があるんだぞ。証人でなければ、保護を受けられないんだ。だから、おれになにかしてほしいのなら、すんなり悪事を認めたほうがいい。そして、友だちを全員売ることだな」アンドレは言った。

「必要なものを手に入れるために、しなければならないことはする。おれのような男には、友だちはたいしていらないんだ」イライジャは言った。「おれの経験では、世の中は二種類の人間で成り立っている。利用できるやつと、利用できないやつだ」

「この車は二種類の人間を乗せている」アンドレは言った。「バッジをつけたゲス野郎が前、手錠をかけられたゲス野郎が後ろだ」

自分がゲス野郎のわけがあるかと思った。

「いいときに手錠の話が出たな」イライジャが背中を弓なりにそらして体重を手首にかけると、手錠からするりと手が抜けた。彼は勝ち誇ったように手錠をアンドレに振ってみせた。

「解錠道具をとりあげなかったのか?」わたしは聞いた。

「まさか。ちゃんとボディチェックはしたぞ。いったいどうやったのか、さっぱりわからない」

「二種類の人間がいるんだ」イライジャは言った。「手錠をかけられて満足しているやつと、拘束から逃れるためにみずから親指の関節をはずすやつと」

「そいつはちょっとした芸当だな。痛そうだ」アンドレは言った。「じゃあ、元通り手錠をかけろ、ちゃんと拘束されていないと檻から出せないからな。電気矢発射銃《テーザー》で撃ってほしいなら別だが」

「おれが撃ってもいいか?」わたしは尋ねた。

「そうだな。いい子にしていたら」アンドレは答え、クラクションを鳴らした。「とっとと走れよ！　グズの日曜ドライバーめ」

　前の小型ヴァンはひじょうにゆっくりと走っていた。のろまを追いこすためにアンドレは車線を変えたが、ヴァンはスピードアップして前に割りこみ、また速度を落とした。

「こいつ、なんのつもりだ？」

　不安になってきたが、不安はいつものことだった。高齢者の妄想は認知症の初期症状だ。わたしにとってはたえまのない目立たない音《ホワイトノイズ》のようなものだ。

「路肩に止めさせて、違反切符を切ったらどうだ？」わたしは言った。

「おれは刑事だ。交通係じゃない」

「おれはいつだってグローブボックスに違反切符の束を入れておいたものだ、いやがらせをしたくなったときのために」

「それのまずい点を挙げたらきりがないな」アンドレは言った。「あんたはきっと、ふさわしくない地区を走っていた黒人のドライバーを止めていたんだろう。それに、いまはコンピューターで違反切符を切るんだ」

「そうだろうな」

　後部座席で、イライジャが指を合わせて乱暴に両手を曲げ、はっきりと聞こえるポキンという音をたてて親指を手錠の輪の中に戻した。

わたしは、あとからついてくる弁護士の車をバックミラーで確かめた。レフコウィッツの車は服装と同じくけばけばしかった。大型のキャデラック・エスカレードで、かつて孫が、やりすぎの人間が好む車だと的確に表現していた。

車に金をかけた時代には、十二気筒エンジン、高性能トランスミッション、レース用のタイヤがついた車に人々は乗りたがった。いま、高価な車はクロムめっきの外装と革張りの内装をほどこされ、硬材がちりばめられている。角の食料品店へ行くときも一ガロンにつき四ドルでガソリンを消費せずにはおかない、装飾過多のひどいしろものだ。

アンドレの安っぽい公用車クラウン・ヴィクトリアは、レフコウィッツの六万ドルのエスカレードよりはるかに速い。あのキャデラックは、安逸と非効率と過剰な浪費の記念碑だ。病的な肥満の時代の完璧なシンボルだ。

ビル・オライリー（FOXニュースのメインキャスター）が最近このことを話していた。かつて人々はスティーヴ・マックイーンになりたがったが、いまの若者たちはヨーとかパーとか叫ぶラッパーになりたがっている。かつてここは男たちの国だったが、いまはショッピングセンターとみっともない車とプッシュボタンのない携帯電話の国だ。もうわたしのような人間のいられる場所はこの世にはないと、ときおり考えたくなるのもむりはない。だが、そんなこともない。ヴァルハラがわたしの場所であり、サウス・パークウェイに眠る息子の横にもわたしの場所がある。

レフコウィッツはなぜああいう贅沢なものを持っているのだろう? たしかに犯罪は金になるが、メンフィスの凶悪犯の弁護や交通事故の事後処理ではキャデラックやダイヤモンドを買えるだけの収入にはならない。目いっぱい借入金があるにちがいない。金時計のバンドの裏側には他人の名前が彫られているに決まっている。そしてキャデラックは、だれかが二年間リースしたやつを値切りたおして買ったのだろう。

後ろで、おんぼろのフォードF一五〇トラックがレフコウィッツの前に割りこみ、われわれの車の後部バンパーに接近してきた。これほどけんか腰の運転をしたくなるほど道は混んでいないが、メンフィスはドライバーの行儀の悪さで有名だ。アンドレはトラックに気づいていないようだった。まだ小型ヴァンののろまのことや、メル・ブルックスとカール・ライナー（ともにユダヤ系の監督・俳優・脚本家・プロデューサー）のお笑いコンビに対して引き立て役を演じなければならないことに、ぶつぶつ言っていた。

前方で、日曜ドライバーのヴァンが交差点を渡りかけ、突然なんの理由もなく停止した。アンドレは追突しないように急ブレーキをかけた。

「こいつ、どうなっているんだ?」アンドレは叫んだ。「違反切符を持っていればよかったよ」彼はギヤをリヴァースに入れたが、バックする余地はなかった。トラックが後部バンパーにくっつきそうになっていたからだ。われわれは交差点のまんなかで、前後をはさまれた状態で動けなくなった。

「ちくしょう」わたしは急いでシートベルトを締めた。

高速で突っこんでくるエンジンの音を聞くまで、アンドレはなにが起きているのかわからなかったらしい。衝突に備える間もないうちに、でかいシボレー・サバーバンが覆面パトカーの運転席側に突っこんできて、わたしの顔の前でエアバッグが爆発した。

15

二〇〇九年

衝突とエアバッグのせいで、二十秒は頭がわんわんしていた。われに返ったとき、すでに三人の男が前のヴァンから飛びだしてきて覆面パトカーの後部座席からイライジャを引っぱりだそうとしていた。

彼らは全員頭にパンティストッキングをかぶって顔を隠していたが、三人とも黒人で背が高いことはわかった。

わたしはバックミラーを見た。背後では、挟み撃ちをしたフォード・トラックからさらに二人の男が出てきていた。トラックの後ろで、レフコウィッツがキャデラックのギヤをリヴァースに入れ、少し下がってからUターンして反対方向へ逃げていくのが見えた。数秒後、レフコウィッツが車を制御できなくなってタイヤがきしむ音が聞こえ、次にガラスが割れる音と金属がひしゃげる音がした。なんというまぬけだ。

「観念しろ」悪党の一人がイライジャに言った。五人の中でいちばん背が低かったが彼がリーダー格らしく、手の指とのどもとに金の装身具が光っていた。「どんなヤバいことになっているか、おまえはわかっていない」

「ここでやっちまうべきだ」二人目が言った。「おれたちから盗めると思っているほかのやつらへの見せしめにするんだ」

「だが、そうはしないだろう?」イライジャは言った。「きみたちにはおれがとったものが必要だ。とりかえしたくて必死なんだ」

「どこにあるのか言わせてやる。痛めつければ、おまえはなにもかも吐く」

「前にも痛めつけられたことはある、きみたちより腕の立つ連中に」

「それはあとでのお楽しみだ」一人がイライジャの手首と足首にプラスティック製の手錠をはめ、もう一人が彼の頭にフードをかぶせた。

わたしはアンドレをつついた。彼は頭をまわしてこちらを見た。両目の瞳孔は大きさが違っていた。クラウン・ヴィクトリアは頑丈な車だが、交差点で大型車にT字衝突されては中の人間を完全には守れない。アンドレはおそらく頭をやられている。服は血だらけだった。

わたしの服も血だらけだった。エアバッグが当たった頬は痛いし、鼻がずきずきする。顔にさわると、手がぬるぬるした。こいつはよくない兆候なので、極力考えないようにした。

「しっかりしろ、若いの」アンドレに言った。「ヒーローになるチャンスだぞ」

「〈メンバーズ・オンリー〉のジャンパーを着ていきがっているが、ボブ・ドール（共和党の重鎮だった政治家）みたいだぞ」彼はそうつぶやき、頭が片側にぐらりと垂れた。

　外では、パンティストッキングをかぶった男たちがイライジャをブタのように縛りあげて、乱暴にヴァンの後部に放りこんでいた。高齢の患者にとって、たとえ軽傷に見えても転倒事故は一年以内の死につながる可能性が高い。パンティストッキングをかぶった怒《いか》れる黒人どもに誘拐された場合は、なおさらだ。

「ほかの二人はどうする？」フォードから降りてきた男の一人がリーダーに尋ねた。

「用はない。おまえが始末しろ」

　サバーバンは現場からバックしてUターンしようとしていた。フロントフェンダーははずれ、ヘッドライトとフロントグリルは割れているが、エンジンは大丈夫らしい。ということは、あまりひどくぶつかっていなくてアンドレのけがが深刻ではない、という意味だといいが。三人の誘拐犯はイライジャのあとから小型ヴァンに乗りこみ、ドアを閉めるなり逃走した。フォード・トラックから出てきた二人だけが残って、どっちがわたしたちを殺すかでもめていた。

「彼はおまえにやれと言ったんだ、だからおまえがやれ」背の高いほうが言った。ゆうに六フィート二インチはあり、体重も二百五十ポンドはあるにちがいない。パンティストッキングの下で髪をコーンロウ（細い三つ編みにして地肌にぴったりつけたヘアスタイル）に編んでいるのが見えた。

「おれは銃さえ持ってないんだぞ」もう一人が言った。「こんなとんでもない契約じゃなかった」こっちは小柄で五フィート七インチといったところで、やせている。

「おれは持ってる。これを使え」

「あんたの銃だろう。使いたいなら、あんたが使えよ」

「だけど、彼はおまえにやれと言ったんだ」

アンドレはまだ意識が混濁していてわけのわからないことを言っていた。わたしは手をのばして彼のシートベルトをはずした。それから慎重に彼の体を片側へ向けようとした。ヴァルハラを出る前、アンドレがわたしに三五七マグナムを置いていかせたのはついていなかった。アンドレが左利きで、彼のヒップホルスターを見つけるのに手を向こう側へのばさなければならないのもついていなかった。

不幸中のさいわいというべきは、犯人たちがわたしに注意していなかったことだ。たぶん、衝突事故でわたしたちは大けがをしたと思っているのだろう。見かけはそうとうひどいはずだ。小柄なほうが言っていた。「あの車を見ろよ。おまわりの車だぞ」

「おまわりのじゃないよ。パトカーにはでかい字で〈警察〉って書いてあるんだ。それにライトもついてない。サイレンもない」

「でもおまわりの車だよ。後部座席の檻が見えないのか？　後部に立ってるアンテナは？

パトカーだよ、だからあいつらはおまわりだ。おまわりを殺したいのか？」

「おれは言われたとおりにしようとしてるだけだ」大きいほうはずり下がったバギージーンズのウェストバンドからおもちゃのような拳銃を出すと、小さいほうの手に押しつけようとした。

小さいほうは受けとろうとしなかった。「このままずらかろうぜ。目的の男はさらったんだ。おまわりを殺す話なんか聞いてない」

「おまえはやれと言われたんだぞ」

「やったら、こんど銃器所持とかで挙げられたときあんたは司法取引をしておれを裏切り、こっちはおまわり殺しで死刑になるんだ。おれはぜったいにだれも殺さないぞ。あんたがやりたいなら、自分でやればいい。カルロがやりたいなら、彼がやればいい。おれはきょう二百ドルで後方支援を請け負っただけだ。二百ドルでおまわりを殺せるか」

「くそったれ」大きいほうが罵《ののし》った。「おれは密告なんかしないぞ」

「あんたが密告すると言ってるんじゃない。あんたが密告するかどうか知りたくないだけだ」

わたしはアンドレのホルスターのスナップを探りあて、官給の三八口径をはずした。つや消しの黒い金属はひやりとした感触だった。軽く、すっきりとした機能的なデザイン。個性に乏しい銃だが、用は足りるだろう。安全装置をはずして、装塡ずみであることを確かめた。

ドアを開けようとしたが、おそらく衝突で車体がゆがんだせいでなかなか開かなかった。わたしは肩で押した。

「こんなことになるなんて信じられない」大きいほうが言っていた。「彼はおまえにやれと言ったんだ。この腰ぬけが、わかってるのか?」彼はもう一度仲間に銃を押しつけようとした。

体重をかけるとドアは勢いよく開いたが、その瞬間わたしはよろめいてバランスを崩した。正確に狙いをつける余裕はなかったものの、なんとか小さいほうを撃つことができた。三五七マグナムを発射するときには、ゼウスが雷《いかずち》をふるうような衝撃がある。それにくらべれば、小さな三八口径を撃つのはリモコンでテレビのチャンネルを替えるようなものだ。だが、轟音《ごうおん》がとどろき、銃弾は若者のひざがしらを吹きとばした。彼は倒れて悲鳴を上げだした。安物の銃は地面に転がり、大きいほうがそれを追いかけているあいだにわたしは車からすべりでると、開いたドアで体重を支えて立ちあがった。

大きいほうの若者が銃をとったときには、こっちは体勢をととのえ、三八口径の狙いをつけていた。

「銃を捨てたらどうだ?」わたしはうながした。

彼はすぐには従わなかった。わたしに銃口を向けていたわけではないが、引き金に指をかけていた。

「落ち着けよ、じいさん」若者の手は少し震えていた。

「おれは落ち着いている」そう言って、わたしは彼を三度撃った。

一発目は左眉のすぐ上に命中し、彼の夢を見る部分と会話をする部分をぐしゃぐしゃにした。二発目は下唇のすぐ下に命中し、歯をこなごなにして舌をバラバラにしたあと、脳幹に留まった。三発目は地面に倒れる彼の肩に命中した。もうそのときには死んでいたと思う。

「クラレンスを殺しやがった!」小さいほうが叫んだ。「ひでえ!」

「警告はした」わたしは言った。「だれにも二度は警告しない」

安物の拳銃は、小さいほうが舗道で身をよじって脚を押さえているところから二フィートの地面に落ちていた。彼の頭がはっきりして銃をとろうとする前に確保する必要があるが、歩行器はまだトランクの中で手が届かない。二、三歩、よろよろと前に出たものの、それがせいいっぱいだとわかった。できるだけ体をコントロールしている状態でひざを折った。倒れるというよりはひざまずくのに近かったが、たいした違いはなかった。少なくとも、すでに負っている以上のけがはしないですんだ。赤ん坊のように、四つん這いで落ちている銃のところまで行った。手にするといくらかほっとした。なんとか舗道にすわった姿勢になったとき、救急車が到着した。

16　二〇〇九年

救急救命士の制服を着た女が、慎重な足どりで近づいてきた。こわがっているようだ。

「それを両方とも置いて、手当てしますから」彼女は言った。肌の色の薄い若い黒人で、髪をオールバックにしていた。化粧はあまりしていないが、する必要はなさそうだ。

わたしは女を見上げた。「なに？　おれは大丈夫だ。だれかアンドレを助けてくれ」指さそうとして、両手が銃でふさがっているのを見て驚いた。両手に銃を持ってどうやっていま吸っている煙草に火をつけたのか、思い出せなかった。銃を両方とも女に渡した。

「おれのじゃない」

「オーケイ」女はなんと答えていいかよくわからない様子だったが、警官の一人がやってくると銃を受けとった。

「いま調べますからね」彼女は言った。「血だらけですよ」

「そうか？」わたしはシャツを見下ろした。前は黒ずんだ血でぐっしょりと濡れていた。

「くそ。これは全部おれの血か？」

「そのようですね」

「いいか、もう一人の男のほうを見てくれ」

わたしが脚を撃った若者を二人の救命士が静かにさせようとしていたが、彼は暴れまわって傷口を押さえ、悲鳴を上げていた。検死官がもう一人の若者の死体をゴムの袋に入れていた。きびしい顔つきの救急隊がアンドレを担架に移していた。

「撃たれましたか?」女が聞いた。

「撃たれてはいないと思う」二ヵ所の擦り傷を負い、鼻血も出ているようだが、頭がぼうっとしていてよくわからなかった。

煙草を口から出した。血まみれになっていた。わたしは笑った。「おい、こいつは使用後のタンポンみたいだ」

女はわたしの顔の前で指を動かした。

「目でこの指を追えますか?」彼女は尋ね、わたしはそうしようとした。「なにが起きたか、思い出せますか?」

この事態に至った一連の出来事はたしかに少しぼやけていた。「いまいましいエアバッグが顔に当たった。プラヴィックスという抗凝血剤を医者から処方されているんだ。発作を起こさないようにするためだが、そのせいでおれは腐ったモモみたいに傷だらけになる。ときどき、ナイトテーブルにぶつかって裂傷ができたり、ひげ剃りのときに切ったりして、病院の救急へ行かなきゃならないんだ」

「ショック状態のようね」彼女は言った。

鼻血で二度救急へ行かなければならなかったことがある、たんに空気が乾燥していたせいで。エアバッグにはほんとうにひどい目にあった。

「ローズにおれは大丈夫だと伝えてくれ。このことで心配させなくていい。なにか用があったら、息子に言ってくれ」

わたしはいつのまにかあおむけになっており、救急車のほうへ運ばれていた。どうしてこうなったのか、よくわからない。彼らは担架を少し垂直気味にしていた。わたしがショック状態だからなのか、鼻血がのどに流れこまないようにするためなのか。

「イライジャは連れていかれた」わたしは言った。「狙われていると言っていたが、おれは信じなかったんだ。そしてアンドレは負傷し、イライジャはつかまった」

「このマスクをつけると呼吸が楽になりますよ」彼女がそれをわたしの顔にかぶせると、冷たい空気が傷ついた鼻に向かって流れこんできた。

「あの汚らわしいレフコウィッツのやつだ。やつがおれたちの居場所をしゃべったにちがいない。墓地まで尾行されていなかったのはわかっている。レフコウィッツをつかまえないと。イライジャがどこへ連れていかれたのか、やつが知っているだろう。まだ彼を生きたままとりもどすチャンスはあると思う、運がよければ」

彼女がわたしの腕に注射針を突き刺すと、眠くなってきた。救急車から担ぎだされて病院へ入るときには意識は薄れていた。そして、手術用スクラブを着た医者がOマイナスの輸血用血液を用意しろと叫んでいるあいだに、わたしは退屈して眠りに落ちた。

忘れたくないこと

鼻がニキビだらけのジャーナリストは、警官についてあれこれ考察を述べていた。「警察小説やアクション映画でいらいらさせられる約束ごとを一つだけ選ぶとすれば、それはヒーローは決して先に撃たない、ということですね。まず悪人たちに発砲させてから報復しなければならない」

司会者は重々しくうなずいた。「そして報復に出れば、相手を全員殺す」

「そう、それは9・11に対する反撃が始まって八年間耳にしてきたことだ。われわれが始めたのではないが、われわれが終わらせる。最初の一撃を加えたのがこちらでなければ、必要以上の報復を無限に加える権利があるというわけです」

わたしはテレビに向かって鼻を鳴らした。子どものころ、寝ている熊を棒でつつくなと教わったものだ。

「当然ながら、本物らしさを求めるのなら、警官や兵士が襲撃者にも先んじて発砲する状況は数多くあります」ジャーナリストはつけくわえた。

「そのとおり」司会者は言った。「毎回悪人に先に撃たせていたら、いつかはそのうちの一人が命中させるでしょう」

「現実世界の悪人たちは、われわれが目にする映画やテレビ番組よりもたいてい狙いが正確なんですよ」

「そうだ、あなたはもうすぐ映画になる実話スリラー、『最後の監視』を書いているときに本物の警官を取材されましたね。本物の警官と、映画やテレビで見る警官の違いはなんですか？」

「たいていの人たちが理解していないのは、警官が民間人と接触するときにはいつでも不安なものだということです。朝出勤するとき、彼らは五体満足で帰ってこられるかどうかわからない。われわれが警官と会う場合には、自分が安全でないのを知っている武装した人間を相手にしているわけです。民間人が三億挺の銃を保有している世の中なんですよ。警官が交通違反の車を止めるとき、ドライバーがグローブボックスに拳銃を入れていないともかぎらない。家庭内暴力で出動するとき、ノックしたらショットガンを構えた男が出てこないともかぎらない。毎年、この国では百人の法執行機関の人間が容疑者に殺されているんです」

「それほど多い数には思えませんが」

「そういう危険があると警官一人一人の自覚をうながすにはじゅうぶんな数ですよ。そして、銃を持っている容疑者と対決するとき、先に発砲する訓練を警官が受けていなければ、その数はもっと多くなっているでしょう。彼らには家族がいるんだ。麻薬密売人やサイコパスどもに、武力で対抗する前に自分たちを殺す公平な機会を与えてやるわけにはいきませんよ。アメリカの警察は年間約五百人の容疑者を射殺しているが、その後の調査はそういった発砲の大多数は正当だったと結論づけています」

「発砲した者たちが勤務する警察機関による調査ですよね」

「まあ、そうですけどね」

17　一九六五年

わたしは銀行の前の通りに駐車し、ダッジの中で姿勢を低くしてラジオのフットボール中継を聞いていた。助手席にはハンバーガー・サンドイッチの袋があり、飲んでいるのは気の抜けたぬるいコーラだ。

銀行の外での張りこみはたいした計画とはいえない、それはわかっていた。正面入口と装甲車が現金を下ろす裏口の両方を見張れるわけはないし、イライジャのたくらみを阻止できるまでずっと銀行の前に粘っていられるわけもない。だが、もっといい考えも浮かばなかった。

上司にはロングフェロー・モリーを調べると言って、この見張りに時間をかける口実にした。警察内部には、口のうまい黒人が留置場に入れられるのを見たがっている者が大勢いるのだ。だが、彼について連中に餌を与えてやるつもりはないので、イライジャ目当てでいつまでも張りついているわけにはいくまい。早いところ、なんとかしなければ。

気の進まない選択肢はいくつかある。一つ目は、リスクをとってグリーンフィールドを説得し、すぐにも金を動かさせることだ。わたし自身で装甲車に現金を積む作業を見張れるし、ナッシュヴィルまで積荷を護衛することだってできる。運がよければ、そしてイライジャが金庫から盗もうとしているのであれば、彼が移送を知る前に金を動かせるだろう。しかし、もしわたしの考えが間違っていて彼が装甲車を襲う気なら、まんまと相手の術策にはまることになり、銃撃戦になって自分は死ぬかもしれない。

二つ目の選択肢は、ポール・シュールマンから聞きだしたもう一つの手がかりを追うことだ。やつはアリ・プロトキンがイライジャの計画に加わっていると言った。プロトキンはシュールマンより多少はあかぬけしたこそ泥で、ゲスなシュールマンほどかんたんには裏切らないだろう。だが、銀行強盗を阻止する方法を見つけるためなら、もっと痛めつけてやる覚悟はある。望ましくないのは、プロトキンを締めあげた場合、イライジャがすぐに気づくという点だ。どの銀行を襲おうとしているのかわたしが知っているのを察知し、プロトキンがしゃべりそうなことは知られていると仮定するだろう。計画を変更されたら、事態は振りだしに戻ってしまう。

三つ目の選択肢は、情報を市警に伝えることだ。イライジャとの会見と標的となる銀行の情報の報告が遅れたことは、うまくいけば、まずい判断と受けとられる程度ですむかもしれない。だがもっとありそうなのは、ユダヤ民族が劣っている証拠と思われることだ。そうなると、わたしの昇進は何年も遅れかねない。それどころか、解雇されるかもしれない。さもなければ、適切な後方支援もなく危険な任務につかされて、やがて予見できない悲劇が起こる。こういった結果はどれも受けいれがたい。だから、イライジャと彼のユダヤ系買収網について、市警が知らないに越したことはないのだ。

残るは四つ目の選択肢だが、それを考えるのは自分の誇りが許さない。つまり、黙ってイライジャにやらせることだ。公式の捜査はおこなわれていないわけで、わたしが手を放すのは自由だ。自分は警官であり、犯罪を未然に防止するのではなく、起きてからあとかたづけするのが仕事だ。チャールズ・グリーンフィールドは銀行が襲われる可能性にまったく無頓着だったし、こっちが彼以上に心配しなければならない理由はなかろう。

イライジャは請求書の支払いに苦労している人たちから盗もうとしているのではない。飢えている子どもたちから、クルーグ運輸の前でデモをしている黒人たちから、盗もうとしているのではない。彼が狙っているのは完璧に保険でカバーされた銀行の金庫の中身だ。たしかに、被害者のいない犯罪ではないが、その被害者には顔も苦しむ心もない。あの金庫の中には、守りたいと思うものはなにもないのだ。

だが、自分自身は守らなければならない。イライジャがつかまったら、彼のたくらみを事前に知っていたことが露見する可能性がある。たとえイライジャがつかまらなくても、仲間がつかまるかもしれない。イライジャを逮捕できた法執行機関はないが、彼と共謀している人間たちはつねに優秀とも運がいいともかぎらない。彼らの次の仕事は周到に計画されていないかもしれないし、金をめぐってばかなまねをやらかすかもしれない。どのようななりゆきにしろ、イライジャの仲間たちはときには勾留され、そうなると結局はしゃべることになる。そもそもイライジャなる犯罪者の存在が知られている唯一の理由が、それなのだ。今回仲間がしゃべったら、わたしの名前が出る危険がある。

仲間のうちどのくらいが、わたしが彼と会ったのを知っているだろう？　あのときのごつい三下《さんした》が五人。それにバーテンダー。ほかに、何人があのことを耳にしているだろう？　もし、ほかのユダヤ人警官が計画に加担していて、イライジャがわたしと会ったのを知っていたら？

このまま銀行強盗をやらせたとして、自分が共犯であることを秘密にしておけるという確信はない。ふつうの白人の警官だったら、たんにイライジャとの接触を上層部に報告して潔白な立場でいられたことだろう。だが、わたしは病んだ組織にいるユダヤ人であり、安易な解決法はないのだ。

法がここまで劣化し、法の守護者がここまで偏見にとらわれているのであれば、おそらくブライアンの言い分が正しくて、わたしは新しい仕事を探すべきなのだ。おそらくイライジャの言い分が正しくて、わたしはよごれた人生に順応するべきなのだ。苦しみを感じない顔のない被害者しかいないのに、いったいどんな道徳的義務に阻まれて自分は金庫の中身を手にしようとしないのか？　アルヴィン・クルーグと彼の金を、彼が食いものにしている黒人たちから守るために武装警官が並んでいるような世界では、正義などというものはたぶん意味のない概念だ。

自分はイライジャの望みどおりにするべきだったのかもしれない。計画に加わっていれば、あとで好きなように事後処理をしてやれるではないか。

選択肢を考えながら銀行の正面を見張っていたとき、イライジャが助手席のドアを開けて乗りこんできた。

「やあ、バルーク」

わたしは飛びあがりそうになった。なぜ音をたてずに車のドアを開けられるのだ？　上着の内側に手を入れようとしたが、イライジャはわたしの腕に手をかけて銃を抜かせなかった。

「不粋《ぶすい》なまねはよそうじゃないか」彼は言った。後ろの窓をたたく音が聞こえたので、わたしは振りかえった。イライジャは車の両側に筋骨たくましい部下を配置していた。イライジャを撃てば、彼らがわたしを撃つ。

「心配するな、バルーク」彼は小さく楽しそうな笑い声をもらした。「あんたを殺しにきたんじゃないよ。あんたを殺せば警察の注意を引いてしまう。さいわい、いまのところおれのやっていることに気づいていないらしい。あんたがなにも話していないのはどうしてだろうな」

「話したかもしれないぞ」わたしは言った。「包囲網は狭《せば》まっていて、おまえにはそれが見えていないのかもしれない」

彼はまた笑った。「そうは思わないね、バルーク。クルーグの前には五十人の警官がいて貧しい黒人たちを鎮圧しようとしているのに、この銀行を護衛しているのはあんただけだ」

「警官隊はそう遠くにいるわけじゃない」

「いや、じゅうぶん遠いよ。それにこちらに注意なんかしていない」イライジャは言った。市警内部で彼に協力する別の警官をもう見つけたのかもしれない、とわたしは気づいた。もしそうなら、自分がメンフィスにいることが報告されていないのを、よく知っているはずだ。

イライジャはこういった情報を平気で口にしているようだが、金庫を襲う方法について有益な情報をもらすと期待するほどこっちは楽観的ではない。経験からいうと、傲慢はしばしば報いを受けるものだが、ときには傲慢が正当である場合もあり、今回はどうもそうらしい。

わたしはかなり頭の切れる警官だという評判をとっているものの、追いかける相手の頭がかなり鈍いのもさいわいしている。イライジャはばかではないし、わたしによけいなことをしゃべって周到な計画をだめにしたりはしないはずだ。

「息子さんのブライアンのバル・ミツヴァをお祝いしたいと思ってね」彼は流麗な書体で〈ブライアンに〉と書いてある封をした封筒を渡してきた。受けとったとき、あとで指紋を採取できるように、わたしは角だけをつまむようにした。なにも見つかりはしないだろう、そうかんたんにはいかない。

「おれの家族に近づいたら殺すぞ」わたしは告げた。

彼は脅しを無視した。「息子さんぐらいの年だったとき、おれはラビと勉強はしなかった。成人を祝うパーティもやってもらわなかった。ゲットーに住んでいたんだ。両親と妹とほかに三家族が、狭いぼろぼろのアパートで一緒に暮らしていた。世界でいちばんひどい場所だと思っていたが、それはおれに想像力が欠如していたせいだ。

ヒトラーはそんな欠如とは無縁だった。彼の頭脳は疾走する残虐行為の魔術幻灯で、そこからアウシュヴィッツが誕生したんだ。そして、じつはアウシュヴィッツよりもひどいものを作りあげた」

「疾走する魔術幻灯？　なんだそりゃ？」

彼は間を置いて、二、三十秒のあいだけわしい顔でこちらを見た。そのかん、わたしは

〝残虐行為〟を〝魔術幻灯〟にくっつけるのは表現的にどうなのかと考えていた。よくわからないが、おそらくイライジャはどこかの時点でそういう表現を見つけたのだろう。彼の話はリハーサルずみのように、前に何度となく語ってきたように聞こえた。その声にある冷たい棘《とげ》は、彼がこれを聞かせた者たちはまだ生きているのだろうかと思わせた。

イライジャはまた話しはじめた。「アウシュヴィッツはただの強制労働収容所にすぎなかったんだ。そこでたまたま大勢の人々が殺され、たまたま四つの火葬場が昼夜フル回転して死体を焼却し、油性の黒煙が空をおおっていただけだ。アウシュヴィッツのことを耳にするのは、アウシュヴィッツを生きのびた人々がいたからだ。語り伝えられる人々がいたからだ。

トレブリンカに送られた人々に会うことはぜったいにないだろう。百万人がトレブリンカへ送られたが、全員が死んだ。トレブリンカは、アウシュヴィッツのようなたんなる強制収容所ではなかった。トレブリンカは工場だ。トレブリンカは死体製造所だ。

だから、父の家と店を没収されたあと送られた不潔なゲットーのアパートへ親衛隊が来て、おれたちの顔の前に銃を突きつけて全員を外に出し、鉄道駅まで行進させてすわることもできないほどぎゅうぎゅう詰めの貨車に乗せたとき、おれたちはラッキーだったんだ。なぜなら、列車はアウシュヴィッツへ行っただけだからな。

自分のものだけじゃない糞便と尿にまみれて列車から降りたとき、おれはラッキーだった。警備兵がおれと父親を、妹と母親が行かされた左ではなく右に行かせたとき、ラッキーだった。母親がおれたちと別れるのを拒んで泣いて懇願し、妹を抱いていた母親の顔を警備兵が撃ったとき、ラッキーだった。あいつらが殺したのが母親だけでおれを殺さなかったとき、ラッキーだった。

　ラッキーだったんだ、おれがいたのはアウシュヴィッツで、アウシュヴィッツでは生きのびた人々がいたから。父親もラッキーだったのに、ハシェム（ユダヤ教で、神の遠まわしな呼びかた）が与えてくださった幸運を感謝しなかった。ナチが母親にしたことを見たあと、父親はものを食べられなくなった。声を上げて主の御名をたたえられなくなった。警備兵が毎朝点呼のためにバラックから引きずりださなかったら、おそらくカビだらけのわらの上で死んでいただろう。もう練兵場で立っていられなくなった日に、父親は殴り殺されたよ。ラビは言う、ハシェムの恵みを求めるなら、途中までハシェムを出迎えなければならないと。おれたちをアウシュヴィッツへ送ることで神が与えてくれたチャンスを、父親は生かすことができなかったんだ。むろん、ほとんどのラビはトレブリンカへ送られたから、たぶん彼らは自分たちで思っていたほどには賢くなかったんだろうよ」

　ここで、彼は陽気な笑い声を上げた。

「なぜおれにそんな話をする？」わたしは尋ねた。

「知ってほしいんだ」彼は答えた。「あんたの立場に内在する偽善を理解してほしい。ユダヤ人がキリスト教国のために権力の使徒となって働くのが、いかに滑稽《こっけい》で自滅的なことか。

そして、おれの生きかたにある必然的な論理をわかってもらいたいんだ」

「ふん、おれはどこへも行かないはずだ。おまえの手下が銃で脅しているあいだはな。だから、話して説得してみたらどうだ」

イライジャは微笑し、わたしはちょっとたじろいだ。彼のアウシュヴィッツ帰りの歯を見るのはこたえる。

「父親が死んだあと、あそこから脱出しなければだめだと悟った。そこで、おれは待ち、周囲の状況を探った。親衛隊二人の監視つきで、二十人の囚人たちと一緒に作業を割り当てられていたんだ。毎日、収容所の近くにある立ちのかされた村へ行き、解体予定の建物から使える資材をひっぺがした。監視の一人は腐った強欲な男だったよ。回収したものを盗んだり、村の家に価値のあるものが残されていないか探したりしていた。

ある日、家の外で煙草を吸っていた彼に近づいて話しかけたんだ、もう一人の監視に聞かれていないときに。危険な行為だった、警備兵に話しかけたら撃たれてもしかたがない。だが、おれはどうやったらその男の興味を引けるかわかっていた。

おれは言った、ニュルンベルク法でユダヤ人の財産が国有化される前、父親は裕福な商人だったと。そして、ゲットーに送られるのがわかったときに、戦争が終わったらとりに戻れるんじゃないかと思って父親は現金や宝石などの財産を隠したが、どこに隠したか知っている者で生きているのはもう自分しかいない。警備兵にそう話した。そして約束したんだ、収容所から出してくれたら財産をやると。

彼は五分ほど考えてから、家の中に入るともう一人の警備兵の頭をライフルの床尾《しょうび》で殴って殺し、作業していたほかのユダヤ人全員を撃ち殺した。それから、おれの腕をつかんで森の中へ連れていき、待っていろと命じた。

上官には、ユダヤ人が同僚を襲い、自分は報復として全員を殺したと報告したんだろう。だが、大量殺戮をどうやって正当化したのかはおれにとってはどうでもいい。わかっているのは、公式の記録ではおれはあの日ポーランドの廃墟となった村で殺され、合同の墓に埋められたということだ。アウシュヴィッツを生きのびた人々はいても、おれはその中の一人じゃない。死人として数えられている。

夜になるまでその森の中で待っていると、だれかが道から呼ぶのが聞こえた。陰をつたって森の端へ這っていったら、老いぼれのロバに引かせた小さな荷車に乗った若い女が見えた。女のところへ行くと、彼女はぼろきれの山の下におれを隠して粗末な農家へ連れていった。自分はあの警備兵の愛人で、財産を手にするためにおれを匿《かくま》えと言われた、と女は話した。だが、おれは彼が来るまで待ったりはしなかったよ。ナイフを見つけて女を刺し殺し、農家にあった金目のものを全部盗んだ。女がもがくのをやめるまで、十五回ナイフを突き刺した。決意は揺らがなかった。

おれは逃亡して戦争を生きぬき、必要なものはなんでも奪って命をつないだ。それを盗みだとは決して思わなかった。盗みという行為が存在するなどとは、信じていない。家族の財産を没収したニュルンベルク法はまた、所有権という概念に対する深い疑いを年少のころからおれに植えつけてくれた。この国の富の一見正当な所有者たちも、ニュルンベルク法による没収で恩恵を受けた者たちよりもまっとうな方法で豊かになったわけじゃあるまい。石炭を掘りあてるために、人間は国の全面的なあと押しを受けて緑の丘をひっぺがし、地中に深い傷をつけるというのに、ときおり札束をいくつか頂戴するだけのおれは犯罪者だ。クルーグは、黒人を搾取して石灰岩の邸宅を建てる。彼が労働者に分け与えようとしない給料を盗もうというおれを止めるために、あんたは車の中で張りこみをしている。おれに言わせれば、人が所有物を持っていられるのは、おれが奪うのを阻止できるあいだだけさ」

「おれはそういうふうには考えないな」わたしは言った。「おれが思うのは、行動には結果がつきものだってことだ」

「どうするつもりだ？　おれを閉じこめるか？　殺すか？　おれはすでに閉じこめられた。すでに殺された。こういうことは起きるしまた起きるだろうが、それはおれが犯罪者だからではなく、ユダヤ人だからだ。それなら、なぜ同時に犯罪者であってはいけない？　なぜだれかの財産を見逃してやらないといけない？」

イライジャに調子を合わせ、少しばかり心を開かせて計画についてなにか明かすのを待つのが賢いやりかただろう。しかし、防御は一度として得手《えて》だったためしはないし、この根性曲がりの話を聞くのはもううんざりだった。

「なぜなら、おれは野犬だからだ」わたしは彼に告げた。「そして、おれが飯を食う場所でおまえがクソをするのが気にくわないからだ」

彼は笑った。「気の毒に思うよ、バルーク。あんたはここにはまりこんで、その安っぽくて脂っこいしろものを食べながら不毛で寂しい寝ずの番をしているんだから。しかし、起きることは起きるし、あんたにはなにもできない」

「まあ見ていろ」わたしは答えた。

「ああ、そうだな」イライジャは音もなく車からすべりでた。フェアプレーにかんするふだんのポリシーに例外を作って、この野郎を後ろから撃ち殺すべきだと思ったので、ドアを蹴りあけて立ちあがり、銃を構えた。ところが、どういうわけかイライジャと手下二人はもう姿を消していた。

彼が渡した封筒を、やはり隅を持って手にすると、ポケットナイフで横を切って開いた。〈特別な日に〉と書かれた市販の子ども向けのカードが入っていた。カードの内側には、百ドル札が三枚はさまれていた。わたしを愚弄《ぐろう》するためだけに、イライジャはこっちが身を粉《こ》にして働く二週間分の給料に相当する額を放ってよこしたのだ。

建前上は、カードと紙幣を市警に証拠として提出するべきだった。もしかしたら専門家が指紋を採取して、なにか役に立つことがわかるかもしれない。あるいは、紙幣の通し番号からイライジャを過去の窃盗に結びつけられるかもしれない。

だが、わたしはすでに一人だけの監視任務もしくは偽装作戦に深入りしすぎていた。紙幣はポケットに入れた。じっさい、ほかにどうしようもなかった。

おそらく、イライジャはすべりやすい下り坂にわたしを押しだそうとしているのだろう。あるいは、自分はもうすべりだしているのかもしれない。もしかしたら、すでにずっと前から。

18　一九六五年

自分を感情的な人間だと思ったことは一度もないが、イライジャには頭にきた。彼はわたしの家族と生活を危険にさらし、わたしの価値観を侮辱した。わたしが築いた人生と、拠《よ》って立つものをさげすんだ。

いちばん怒りをおぼえたのは、たぶん彼が正しいという事実だった。わたしは自分が信頼していない組織にどっぷりとつかり、依存している。好きでもなく、向こうから好かれてもいない男たちと肩を並べて働き、命の危険のある状況でこういう男たちに頼らざるをえない日が、いつ来てもおかしくはない。

とはいえ、いったいどうしろというのだ？　イライジャと彼のユダヤ人バッファローの群れに加わるのか？　わたしには養わなければならない家族と、シナゴーグの仲間と、母親がいる。復讐に燃えた根なし草の幽霊ではないのだ。

イライジャの狙いはコットン・プランターズ・ユニオン銀行だとわたしが考えているのを、彼は知っている。ゆえに、グリーンフィールドに金を移送させるのはいまや危険すぎる賭けだ。しかし、わたしが知っているのをイライジャは知っているのだから、アリ・プロトキンを追及しても自分のカードをさらしすぎることにはならないだろう。ポール・シュールマンは、あの地まわりのごろつきが一味だと言っていた。

プロトキンは世界クラスのエセ信心家のクソ野郎だ。シナゴーグから歩ける距離に、小さな美しい牧場風の平屋建てを構えている。一日に三回祈りの言葉を唱え、妻はかつらをかぶって（敬虔なユダヤ教徒の女性は髪を剃ってかつらをつける）ユダヤ教の規則に厳格にのっとった食事を作っている。牛肉と乳製品に使った食器を一緒に洗わないために、プロトキンは皿洗い機を二台買いあたえたほどだ。そして、その正しいユダヤ人のライフスタイルを維持する金は窃盗と詐欺でまかなわれている。

かつては強盗がプロトキンの十八番《おはこ》だったが、大人になって件数は減ったようだ。盗品を売買したいのなら、彼に頼めばいい。けちな胴元もやっていて、おもにユダヤ人社会のギャンブル好きを相手にしている。また、未亡人や年金生活者ににせの株券を売っている。

大金がからんでいれば銃で脅すのも辞さない男だが、それでつかまったことは一度しかない。ひげを剃って面相を変え、目撃者が証言するのをむずかしくしてうまく刑罰を逃れた。イライジャに注目されるほどプロトキンの評価が高まっているとすれば、わたしの知らないところで金になるきたない商売をほかにもやっているにちがいない。彼の家はわたしの家より立派だった。

ユダヤ人から盗まないかぎり、自分のおこないは神に認められているとプロトキンは考えている。だが、この晩彼に審判を下そうとしているのは神ではなかった。

金曜日はユダヤ教の安息日なので、プロトキンは家にいるとわかっていた。フロントポーチにすわって、真剣にタルムード（おもにユダヤの律法の伝承、解説を集成した聖典）を読んでいた。わたしが車から降りるのを見ると、彼は急いで家の中に入った。

わたしは戸口へ歩いていき、こぶしでドアをたたいた。

「入れてくれ、アリ。話しあわなくちゃならないことがある」

「自分の権利は知っているぞ」彼はドアの向こうから叫んだ。「あんたに話をする必要はないんだ。令状がなければ警察はおれの家には入れない」

「テレビのドラマを見たことがあるか、状況を打開するのに楽な方法とつらい方法があると警官が犯人に言っているだろう？　というのはな、いまがそういう状況だからだ」

「状況を打開するには、あんたはおれの弁護士と話すべきだと思う」

「打開するには、おまえはおれの足と話すべきだと思うね」そう言って、ドアノブを二回蹴った。戸枠から錠前がはずれた。

ドアがさっと開いたとたん、プロトキンが銀の燭台のようなものを振りかざして飛びかかってきた。だが、こっちはすでに三五七マグナムを抜いていた。脚を撃つと、彼はわたしの足もとに倒れこんだ。

「今後の参考のために言っておくが、楽な方法のほうが痛くなかったぞ」

彼の上をまたいで家に入り、わたしを狙う者がほかに潜んでいないか確認した。狭い玄関の間から脇に入ったところにキッチンがあり、そこではプロトキンの妻がリノリウムのカウンターの後ろにしゃがみこんで、五、六歳の娘を抱きしめていた。妻も娘も、銃を持ったわたしを見て悲鳴を上げた。

「ここから出ろ」わたしは言った。

「出ていって！」プロトキンの妻は叫んだ。「警察を呼ぶわよ」

「おれが警察だ」わたしはバッジを見せた。「家から出ていくんだ。子どもに見せることはない」

「どこへ行けっていうの？」

「おれが旅行会社のまぬけな添乗員に見えるか？　さっさと行くんだ」

彼女はこわれた玄関の戸口から逃げだし、血を流している夫のそばを通るときはすすり泣きながら目をおおっていた。

わたしはほかの部屋を調べてだれもいないことを確かめ、ゆっくりと広がっていく血の海の中でプロトキンがのたうっている玄関へ向かった。

家を探索中に、プロトキンのどっしりした硬材のダイニングテーブルが安息日の夕食のためにととのえられているのを見ていた。わたしは白いリネンのテーブルクロスをつかみ、ぐいと引っぱって、陶器の皿やクリスタルのグラスを床に落とした。テーブルクロスは先祖伝来の品のように見えた。わたしはそれを引き裂きながら、玄関にいる傷ついたクズ野郎のもとに戻った。

「おまえがなにをたくらんでいるのか話す前に、出血多量で死なせちゃ意味がない」引き裂いたテーブルクロスをまにあわせの止血帯にして、彼の脚に巻いた。

「それはばあちゃんのだったんだ」

「おれのシャツで止血することもできたが、これは五ドルしたし、プロトキンだらけにするのはいやだったんだ」

「あんたは鬼だ」

「クラブソーダと塩少々でプロトキンを洗い落とせると聞いたが、それがほんとうかどうか確かめるために五ドルしたシャツをだめにしたくはない」

「あんたにはへどが出る」

「おれもおまえが好きじゃないよ、アリ。だがさっさとしゃべれば、医者がその脚を救うのにまにあうように病院へ連れていってやる」

「警察にしゃべる必要はない、自分の権利はわかっている」

「おまえはお利口なんだろう？　憲法は、みずから証言して有罪にならなくてもいい権利をおまえに認めている。そのままそこにすわって、黙っていてもいい。しかし、その止血帯は脚の血流を止めている。止血帯をとれば、どっと血が流れだす。腿の裏側の射出口はリンゴぐらいの大きさがあるぞ。おまえはもう万事休すなんだよ。早く治療を受けないと、その脚はおそらくひざの上で切断だ。そして二時間以内に病院に行かなければ、医者はわざわざ切断することもしないだろう。なぜなら、止血帯をしていても失血死するからさ。だから、アメリカ人としての権利を好きなだけ行使すればいい。だが、おれが知りたいことをさっさとしゃべらないなら、おまえは死ぬことになる」

「殺人だ」彼はうめいた。「これは殺人だ」

「ここへ来たのは常習犯を尋問するためだ」わたしは言った。「ときには、常習犯がけんか腰になって不幸な出来事が起きる。おまえはおれを燭台で殴ろうとしたな。息子が謎解きボードゲームを持っているんだ。そのゲームでは、だいたい半分の割合で殺人に燭台が使われる。それを持っておまえが襲ってきたとき食料貯蔵室にいたら、おれはびっくり仰天しただろうよ。しかるべき行動としては、撃つしかなかった」

「ブタめ」プロトキンは罵《ののし》った。「いばったゲシュタポの殺し屋め」

「いつまでだって侮辱していていいんだぞ。床を血だらけにしているのはおれじゃないからな。だが、もう一度歩きたいなら、イライジャがなにをやっているのかさっさと話せ」

「苦しめて密告させようったってだめだ。腹いせに出血多量で死んだほうがましだ」

わたしは銃を突きだした。

「それはどうかな」弾倉を回転させ、芝居がかった仕草で撃鉄を起こすと、銃口を彼の額に押しつけた。「おまえがしゃべるか、もしくはおれがほかの楽しみかたを考えるか。いばったゲシュタポの殺し屋を侮辱するのは、感心できないぞ」

「こんなまねをしておいて、よくもユダヤ人だと言えたものだな?」大きな涙がプロトキンの頬をつたい落ちた。

「おたがいさまだ、この手前勝手な独りよがりの盗《ぬす》っ人《と》め」

「おれは同胞に暴力はふるわない」

「おまえはおれの同胞じゃないよ、プロトキン。おれはおまえとは違う」

「そのことにはハシェムに感謝するよ」

かなり優雅で手慣れた動作で、わたしは三五七をホルスターにおさめずに煙草に火をつけてみせた。「一本どうだ?」

「おれの家で煙草を吸わないでくれないか。子どもがここで寝るんだ。あんたはおれの子どもを危険にさらしている」

「ふん、おれの街でユダヤ人の銀行強盗に手を貸さないでくれないか。おまえたちの計画がこけたら、おれたちみんながおまえやおまえの仲間にふさわしい扱いを受けるはめになるんだ。このあたりの人々は無差別に差別する傾向がある。思うに、ここでユダヤ人のためにならないのはおれだけじゃない。おまえこそがおれの子どもを危険にさらしている。だから、煙草を受けとったほうがいいぞ。なぜなら、すべてがこれにかかっているからだ。神はおまえの側にいても、おまえの顔の前にはスミス&ウェッソンがある。いまおれはものすごく怒っていて、なりゆき次第で喜んでおまえを殺すだろう。おまえを殺すと言ったら、信じるか?」

プロトキンはわたしを見上げた。目に涙があふれていた。「信じるよ」

「よかった。それじゃ、わかったな。しゃべるか、死ぬか、どちらかだ」

彼は煙草を受けとり、しゃべりはじめた。

19　一九六五年

「黒んぼどもが焼き打ちを始めたら、おれたちが銀行に押し入るんだ」プロトキンは言った。

「だれと組んでいる?」わたしは尋ねた。

彼はおなじみの三人の名前を上げた。悪い道に進みはじめたユダヤ人の若者たちだ。最近はみんなマイヤー・ランスキー(ユダヤ系ロシア人のギャングで、ラッキー・ルチアーノの右腕だった)になりたがっている。

「どうして黒人が暴動を起こすとわかっているんだ?」

彼は顔をしかめた。「黒んぼだからだよ。決まっているじゃないか」

市警はこの情報を知らない。いまだに、クルーグのデモ隊に武力を見せつけることで人種暴動を未然に防ごうとしているのだ。黒人たちを怖気《おじけ》づかせているのか、刺激しているのか、わかったものではない。

「金庫を襲うつもりなのか?」

「なにもかもいただくつもりさ」

「どうやって?」

「銃を持って正面から入る」

「警報装置は?」

「そこが計画のすばらしいところさ。だれも警報に応えないんだ、少なくともしばらくのあいだは。警察が駆けつけるのはうんと遅れるだろう。街じゅうで窃盗事件が起きていて、通りには暴徒があふれているからな。だれも来ないうちにおれたちはずらかるし、顔にはマスクをかぶるんだ。終わったら、黒んぼどものしわざになる」

プロトキンをこの計画に加えたのがだれだか知らないが、チャールズ・グリーンフィールドが話していた念の入った警備手段についてはあきらかになにも教えていない。これは予想していた鮮やかな計画とは違う。「イライジャがそう言ったのか？」わたしは聞いた。

「部下がだ」プロトキンはがっちりした男たちの一人の特徴を説明した。「イライジャには会ったことがない」

「その部下の役割はなんだ？」

「銀行名を教えて、どうやって暴徒たちを目くらましに利用するか説明し、計画のほとんどを決めた。仕事が終わったら、おれたちがずらかるのをそいつが手助けする。そいつの取り分は三分の一だ」

「銀行からいくら盗むつもりなんだ？」

「そいつは、一万ドルはあると言っていた。もしかしたら一万五千ドル」これは、グリーンフィールドが言っていた銀行の窓口係から奪えそうな金額の十倍前後だ。

プロトキンの信じている筋書きはでたらめだ。こいつらが正面から突入したら、できるのはせいぜい警報を作動させてつかまるか、殺されるかぐらいだ。イライジャの計画がこんなことであるはずはない。彼はこの若造どもをはめる気なのだ。だが、なんのために？　警報が鳴れば金庫はロックされ、イライジャが近づくことはできなくなってしまう。なんらかの理由で、金庫がロックされるのを望んでいるのか？

これは、ちょっと考えてみなければ。

当面は、やるべき仕事があった。プロトキンの脚を救うために救急車を呼び、そのあと彼が名前を上げた共犯者たちをつかまえるために市警に応援を要請した。安息日だったので彼らは全員家にいて、おとなしく本部へ連行された。

わたしは三人を別々の部屋に入れて尋問し、山のような質問を浴びせた。夜更けには全員が銀行を襲おうとしていたことを自白して、イライジャの名前を省いた供述書にサインした。強盗の共謀罪でメンフィスのユダヤ人ギャングどもをつかまえたところで、ちっともうれしくはなかった。しかし、彼らのちんけな計画に邪魔が入ったことは、有名なユダヤ人の怪盗がユダヤ人の手下とともに腐敗したユダヤ人の警官の協力を得て成功させた十五万ドルの銀行強盗よりは、ずっと早く忘れられるだろう。

無慈悲だと思われるといけないので言っておくが、わたしはプロトキンと仲間たちのために検事に電話をかけて、彼らは全面的に協力しており、寛大な扱いをしてやってもいいのではないかと話しておいた。銀行に近づくことすらできないうちにつかまった事実を考えれば、この先の人生を犯罪ではないものに捧げる決意をするのに、それほど長い刑期は必要ないだろう。

三人の共犯者たちはそれぞれ四年の懲役を宣告され、十八ヵ月後の仮釈放を認められた。プロトキンは首謀者だった上、わたしを襲ったので、七年の刑を受けて三年をつとめた。その後ずっと、足を引きずることになった。

だが、プロトキンが服役しているあいだに彼の信心深い妻は外で働かざるをえなくなった。それからは、かつてのような盲目的に柔順な女ではまったくなくなった。プロトキンの娘も問題児に育ち、十五歳のときに異教徒のボーイフレンドに孕《はら》まされてしまった。

この不幸に対してプロトキンはわたしを恨んだかもしれないが、もし彼が銀行の正面から突入していたら、連邦刑務所で二十五年の刑をくらうか、その前に殺されていただろう。そして、娘の〝できちゃった婚〟で花嫁を花婿に引き渡すこともできなかっただろう。

プロトキンが選んだ道なのだから、その結果を引きうけるべきだ。カスになる選択をしたら、それなりの結果がついてくる。彼はわたしの寛大さに感謝するべきだったと思う。あの愚か者は燭台でわたしを殴ろうとしたのだから。

20　一九六五年

翌朝、礼拝から家に帰ってきたブライアンが、ラビがわたしと話をしたがっていると言った。こっちはラビに話すことはあまりないが、シュールマンの一件があったので息子にオリーブの枝をさしだすべきだと思った。そこで、日没とともに安息日が終わると、ラビと会うために車でシナゴーグへ向かった。

アブラムスキーがメンフィスへ来て一年近くたつが、彼のオフィスはまだ引越しの途中のように見えた。壁の一つは造りつけの本棚になっており、半分ほどが埋まっていたが、いまだに本が詰まった段ボールが床の上にいくつも積まれていた。

「きょうは話しにきてくれてありがとうございます、シャッツ刑事。ちょっとだけ待ってください」アブラムスキーは、チャールズ・グリーンフィールドのものと同じくらい大きなどっしりした年代ものの木のデスクの向こう側に立っていた。だが、支店長のデスクがぴかぴかでなめらかだったのにくらべると、彼のは表面がへこんで傷だらけだった。

書類が詰まった収納ボックスの壁に阻まれて、デスクの椅子にすわるのはむりだった。デスクの上は、謄写版の印刷物とメモ帳と、詰めこんだ書類がはみだしたマニラフォルダーで、ほとんど表面が見えなかった。あまりにも散らかりすぎて、彼が前に立っているデスクの角がこの部屋に残された唯一の、そしてわずかな作業空間だった。

アブラムスキーは右手の人さし指で、大きな革装のタルムードのページの上を追っていた。とにかく巨大な本で、寸法はおよそ縦二フィート横十八インチ。ヘブライ語の文字はあまりにも小さく、アブラムスキーは読むのに目を細めていた。ページ一枚はごく薄いのに全体の厚さは五インチほどあり、言うまでもないことだが、すべてヘブライ語で書かれていた。

読みながら、アブラムスキーは黄色い法律用箋に左手で筆記体のヘブライ語を右から左に書いていた。唇も動かしていた。自分が読むか書くかしている言葉を声に出さずに唱えているのだろうか。それともまったく違うことを言っているのだろうか。

だが、彼がいったいなにを読むか書くか言うかしているのかを知るすべはなかった。なぜなら発音でヘブライ語だと聞きわけることはできるが、わたしは話せないし、文字の意味も理解できない。そこで、暇つぶしに彼の本棚を眺めることにした。

ラビが持っていそうな祈禱《きとう》書、ヘブライ語聖書、注釈書などはすべてそろっていた。どれも彼がいま読んでいるような、小口に金箔《きんぱく》を貼りつけて表紙に金の箔押しがある大冊本だ。

しかしながら、ペーパーバックの探偵小説が棚の一つを占領していたのは意外だった。レイモンド・チャンドラー、ダシール・ハメット、ロス・マクドナルド、そしてコナン・ドイル全集。どれも背に筋が入っているので、じっさいに読んだのだろう。本棚の下のほうには、南部へ移ってくる準備として読んだらしい書物が並んでいた。フォークナー、トウェイン、そして『アラバマ物語』。

アブラムスキーはまた、死と服喪にかんするユダヤ人の見解についての一冊を五十部も所蔵していた。大勢の必要な人々に分け与えるのだろう。このシナゴーグは一八七〇年代に建てられており、一九六五年でも信徒たちは高齢化していた。彼のオフィスの外の廊下には、大きくて重い追悼用の銘板がいくつもある。それぞれの銘板は四列に分かれており、各列に百枚の小さな額がはめこまれていて、額には亡くなった信徒たちの名前が彫られている。名前の横には、クリスマスツリーの電球のような小さな明かりがついている。それぞれの死者の命日に灯して偲《しの》ぶのだ。スイッチはないので、明かりをつけるには電球をソケットに押しこむしかなく、消すには装置全体のプラグを抜くか、熱くなった電球を手で一つ一つはずしかない。毎週だれかがあの廊下を行き来して、電球をつけたりゆるめたりしなければならないのだ。こんどはだれを追悼する番なのか、みんなにわかるように。

アブラムスキーがあの電球の番をしているのだろうかと考えたが、たぶん違うと思いなおした。シナゴーグが黒人を雇ってやらせそうなことだ。

それはともかく、故人の名前だらけの廊下や悲しみにかんする著作でいっぱいの本棚からして、この男の仕事はかなり気のめいるものにちがいない。だから、活動的な十二歳の子どもたちにバル・ミツヴァの教えをほどこすのはいい気分転換になるだろう。病院に詰めて、臨終への抵抗をあきらめつつある人々とともに祈りながら午後を過ごすよりも、身の毛のよだつ犯行現場や、川から上がるふくれあがって腐臭の漂う死体と向きあっているほうが、ずっとましだ。

アブラムスキーは大型本の作業を終えて、黄色い法律用箋を、やはり汗でにじんだヘブライ語の文字で埋まった同じような用箋の山に重ねた。

机の反対側に古ぼけた革張りの椅子が二つあり、どちらも一部はまだ紙に占領されていなかった。彼はその一つにすわり、わたしは自分もすわれるようにもう一つの椅子から書類をどけた。「散らかっていてすみません」彼は言った。「勉強しているときに思いついたことや考えたことを書きとめておかないと、あとで忘れてしまうんですよ。どんなだか、あなたならおわかりでしょう」

「いや」わたしは指で頭の横をつついた。「おれはたいてい、全部ここにしまっておく」

「だったら、その点あなたはとても運がいい。さて、きょうは来てくれてありがとうございます。息子さんのことでお話をしたかった」彼は身を乗りだしてきた。角がとれて丸くなったような体つきの穏やかな男だが、妙にエネルギッシュなところがある。つねに両手を動かしていて、話を強調するために空《くう》を切り裂いたり、耳を傾けながら自分の体をなでまわしたりしている。

「一大行事を控えて、ブライアンの準備は順調かな？」わたしは尋ねた。わたしたちは伝統を厳格に守ってはいないが、それでも正統派ユダヤ教のシナゴーグに通っている。なぜなら、わたしの家族全員が付属の墓地に埋葬されているからだ。したがって、バル・ミツヴァにあたって息子は集まった会衆の前でその日の律法をすべて唱えなくてはならない。あの子がへまをしでかしたら、母がなんと言うか考えたくもない。

「ええ。息子さんはとてもよくやっていますよ。預言書を暗記しているところだと思います。ヘブライ語を読めるようになってもらいたいものだが、それはさておき、きっとあなたは彼を誇らしく思うでしょう」

「では、なにが問題なんだろう?」

「ブライアンは、今週の初めにシナゴーグの前であった出来事についてずっと悩んでいます。わたしもまた悩んでいると申し上げなければならない」

わたしはこぶしを握りしめた。このくだらないやつが息子に及ぼす影響のせいで、家の中はもう何週間もぎすぎすしている。「ポール・シュールマンもアリ・プロトキンも、身から出た錆だ」

「プロトキン? プロトキンがどうかしたんですか?」

「ゆうべ家へ行って、彼を撃った」

アブラムスキーは一瞬息を呑んだ。「彼は——?」

「病院にいる。銀行強盗を計画し、警官を襲った罪で逮捕された。しばらくはシナゴーグに来られないだろう」

とまどいが二秒ほど顔にあらわれたが、彼はそれを抑えこんで表情を消した。「ここの信徒の一部が、わたしの望むような道徳的に正しい生活を送っていないのは、知らないではなかった。だが、彼らを裁くのはわたしの役目ではないでしょう」

「ああ。裁くのはおれの役目だ。未亡人や孤児から生活の糧《かて》を盗むとき神がともにあると思えるように、あいつらとともにヘブライ語で詠唱するのはあなたの役目だ」

「なぜそういう罪が、あなたにとってそこまで個人的な侮辱になるのですか?」

「父親の死体が道路の脇の溝で見つかったら、未亡人や孤児に対して少しばかり甘くなるのさ」

わたしがこう言うと彼は身震いし、知らなかったのだとわかった。心に浮かんだことをなんでも口走るのは、ほんとうにやめなくては。「その話をしたいですか?」彼は尋ねた。

「まっぴらだ」わたしは答えた。「冗談だろう」

「では、ブライアンについて話しましょう。父と子のあいだをラビが邪魔するのはどうかと思うので、わたしはあなたの行為を擁護しないわけにはいかないんですよ、バルーク。話をしなければならないと考えた理由はそれです。だれかが、あなたと話さなければならないと思うから」

「だから来たんだろう? 話がしたいなら、してくれ」

「ごぞんじのように、ブライアンのバル・ミツヴァの律法はワイイェーラー(「創世記」十八章―二十二章)で、ハシェムが腐敗したソドムとゴモラの町を破壊するくだりです」

「もちろん、その話は知っている。セックスに明け暮れたために神が全員を殺したんだ」

「たしかに、キリスト教の解釈では性的な堕落に焦点が当てられていますが、それだけではない。注釈によれば、これらの町の人々は強欲で冷酷だった。物乞いたちが通りで飢えていたのに、彼らは放縦《ほうじゅう》に溺れていたんです。よそ者たちに悪意を抱いて、利用し、搾取し、面白半分で殺しました。そして、彼らは不敬でもあった。ソドムの〝不自然な肉〟への欲望についての記述は、広く信じられているように同性愛だけではなく、神の御使いたちを強姦したいという邪悪な欲望も含んでいるのです」

「バル・ミツヴァの勉強は、おれが子どものころにくらべてずいぶん妙ちきりんになったものだな」

「律法は五千年間変わっていません」

「じゃあ、おれたちのころは〝不自然な肉〟のところは飛ばしていたんだろう」

「そうかもしれない。だが、律法はすべてが神聖であって、文脈の一部だけをとりだすと全体の姿を見失います」

「で、あなたの言いたいことはなんなんだ？」

「ソドムとゴモラの人々の残忍さと冷酷さに、ハシェムは彼らを焼きつくす決意をされました。だが、アブラハムが慈悲を乞うたので、ハシェムは十人の正しい者がソドムに住んでいれば、二つの町を助けようと言われた。そこで、探すために御使いたちが遣わされ、御使いたちはアブラハムの甥であるロトの家に滞在しました。ところが、ソドムの人々はロトの客人たちのことを耳にして彼の家を襲い、御使いたちを引き渡すように要求したのです。ハシェムは愕然とされ、そこで町の運命は決まってしまった。ハシェムは家族を連れて逃げるようロトに伝え、炎上する町から逃げるとき振りかえらないように警告されました。だが、ロトの妻はハシェムの言葉に従わずに振りかえり、塩の柱になってしまった。振りかえったことで、彼女はソドムの淫蕩《いんとう》と退廃を恋しく思っていることを示してしまったのだから、町とともに滅ぼされて当然だと言う人もいます。だが、多くの学者が信じているところでは、ハシェムの怒りの栄光と恐ろしさを目にしたとき、彼女は畏怖《いふ》のあまり塩の柱と化してしまったのです。ブライアンとこのことについて話しあったとき、彼はメンフィスはソドムのようになっていると言いました」

「間違ってはいない」わたしは言った。「ここには多すぎる邪悪な歴史があり、多すぎる悲惨な血が流されてきた。黒人たちにあまりにも多くの侮辱を加え、またそれをどうしようもなく延々と続けてきた。この街はいつ炎に巻かれてもおかしくないよ。そしてそのときには、ソドムの住人と同様、おれたちも身から出た錆というわけだ」

「ブライアンは言いました、あなたがロトの妻のようなのではないかと心配だと。偏狭な社会と抑圧的で暴力的な警察の、世間一般からははずれた価値観にとらわれているのではないかと」

「あの子は自分の言っていることがわかっていないんだ。おれが抑圧的で暴力的だとしたら、それはあの子を世間から守り、残酷な真実から遠ざけるためだ」

アブラムスキーは身を乗りだして、わたしの腕に手をあてた。わたしはたじろいだ。人に触れられるのは好きではない。「わかっています、彼にもそう言いました。あなたはロトの妻とは違うと。あなたはハシェムの御使いに近く、罰を与えられて当然の人々に正義の裁きをもたらそうとしていると同時に、堕落した町で希望と救いを探し求めているのだと。少年が父親を尊敬するのは正しいことであり、ブライアンに対してあなたを擁護するのは彼の師たるわたしのつとめです。しかし、彼にそう言うのは気が進まなかった。なぜなら、ほんとうだと思えないからです」

わたしは彼の手を振りはらい、ポケットからラッキーストライクの箱を出した。てのひらの上で二度たたき、一本抜きだした。

「できたら、ここでは吸わないでいただきたい」アブラムスキーは言った。「換気がよくなくて、臭いが残るんですよ」

オフィスにはカビくさい本と時間のたった屁の臭いが漂っていたが、わたしは礼儀正しいので口には出さなかった。

「ご希望はうけたまわったよ」わたしは煙草に火をつけた。「言いたいことを言ってくれ。そうしたら、ここにいやな臭いをあまり残さないうちに退散する。あと、話のあいだ灰皿を貸してもらえないか」

「ここに灰皿はありません」

「けっこう。コーラの空き缶でも、水を少し入れたグラスでもかまわない。あるいは、立ちたくないのならなにもいらないよ。おれのカーペットじゃないからな」

アブラムスキーは立ちあがり、机の書類の束の下からベージュのコーヒーマグをとりだした。さしだされたマグに、わたしは灰を落とした。

「そう、あなたは自分を御使いのようだと考えてはいないでしょうね。思うに、あなたは自分をハシェムのようにみなしている。しかし、あなたはハシェムではない。唯一のハシェムがハシェムです。そして、神の怒りを振りかえったロトの妻の身になにが起きたか、覚えておいていただきたい。恐ろしい裁きが、それを招いた人々だけではなくその周囲の人々にもどのような害を及ぼすか、覚えておいていただきたいのです。なぜなら、ユダヤ人社会にとってブライアンが大人になるのは彼がバル・ミツヴァで律法を唱えるときだが、あなたもわたしも、彼の子ども時代が終わったのは父親がシナゴーグの前でポール・シュールマンを殴りたおしたときだと知っている。それが、怒りの鉄槌を下したとき、あなたが受けとめねばならない結果です」

煙草を示してみせると、彼はコーヒーマグをさしだした。わたしはマグの底で煙草の火をもみ消した。

「あなたがおれについて言ったことを、ブライアンは信じたのか？」

「そうは思いません。彼は賢い。賢い人々に嘘をつくのはむずかしいですから」

わたしはうなずいた。それはほんとうだ。小僧は、おやじが御使いではないことを知っている。「とりあえずありがとう、分別のあるはからいだった」

「どうか近い将来、あなたも分別を働かせてください」

わたしは思わず笑ったが、アブラムスキーがその理由を理解したとは思えない。

21　一九六五年

月曜の朝一番で、チャールズ・グリーンフィールドのオフィスを訪ねた。十時半まで待たされたが、それは彼がそうできたからで、ただのいやみだ。グリーンフィールドのオフィスには北に面した窓があり、この日のこの時間には陽光が雲間から完璧な角度でさしこんで、グリーンフィールドと彼の装《よそお》いは栄光に包まれているように見えた。窓を背に、ゆったりとした革張りの王座に彼はすわり、わたしの側からだと、輝かしい大きなデスクの向こうにいる姿は明るい光輪に囲まれているようだった。

「あんたの銀行を襲撃しようとしていた窃盗団を逮捕した」わたしは告げた。

彼は感心したふうではなかった。「問題が解決したなら、なぜここに来て、きみやわたしの時間をさらにむだにしているのかわからないね」そう言いながら、自分の時間よりこちらの時間をより多くむだにしているのがわかっているうすら笑いを浮かべた。

「逮捕した男たちは、正面から銀行に入って窓口係を銃で脅して金をとるつもりだった。彼らは知らずして、もっと手の込んだ計画のカモにされていたのだと思う。そしてその計画は、この共犯たちがつかまったところであわてて中止されたりはしないだろう。あんたの金はまだ危険にさらされているんだ」

グリーンフィールドはあごをさすった。「その男たちが銃を構えて入ってきた瞬間に、窓口係か貸付係が警報ボタンを押して金庫はロックされたはずだ。もしそんな計画なら、たいしたことはないな」

わたしは煙草に火をつけた。「先週あんたは、警報と同時に金庫は三時間のタイマーが切れるまでロックされ、たとえあんたでもシステムが作動したあとは金庫を開けられないと言ったな」

「そのとおりだ」

「思いついたんだが、イライジャの計画は、警報システムを作動させてあんたたちが金庫から締めだされるのを計算に入れている。というか、むしろそこにかかっているんじゃないだろうか」

「話がよくわからないんだが」

わたしは身を乗りだした。「『赤毛組合』を知っているか？　シャーロック・ホームズの話だ。泥棒が、隣の建物の地下から銀行の金庫までトンネルを掘ろうと計画する。もし犯人があんたの金庫の上もしくは下から、もしくは壁を破って侵入したら、三時間以内にかんたんに金庫をからっぽにできる。行員に警報ボタンを押させる理由を作ればいいだけだ。それで、あんたたちを締めだせる。金庫のドアが開いて犯行がわかるころには、犯人はとっくに逃げている」

「わたしにどうしろというのかな？」グリーンフィールドの目には凶暴な光があった。

野生の北極熊が獲物を求めて一頭で何百マイルも移動するドキュメンタリーを見たことがある。発情期のメスの匂いや浜で腐っているクジラの死骸の臭いに引き寄せられて二頭のオスが出会うと、彼らは激しく闘い、ときには片方が重傷を負うこともある。

この場所ではチャールズ・グリーンフィールドは大きな熊であり、その優位に疑問を呈する者はいない。ライリー・カートライトのような、彼がそばに置く男たちは畏縮した従属的な立場の者たちだ。訪ねてくる第三者は、がっしりした体格や上等なスーツや高価な家具に圧倒されるはずだ。グリーンフィールドは支配者でいることに慣れた男であり、あれこれ指図をする人間には猛烈に腹をたてるだろう。

「聞いてくれてうれしいよ、いまからおれが指図してやる」わたしは言った。彼のスーツも肩書もオフィスも、こっちには屁でもない。それをはっきりとわからせてやりたかった。このクジラの腐臭は新たな北極熊を呼びよせており、グリーンフィールドはその事実を悟らなければならない。この五日間でわたしは二人を病院に送りこんでいるのだから、もっとも大きくて手に負えない熊を自任する権利があるというものだ。「警備の人数を増やし、ドアの外だけでなく金庫の中にも人員を配置しろ。技術者を雇っておたくの建物の基礎と天井を調べさせ、そういった箇所から金庫が狙われていないのを確認しろ。また、よぶんな現金をほかの場所に移すことを再考し、目的地までの移送の警備を強化するんだ」

グリーンフィールドは笑った。「ミスター・シャッツ、ここは銀行だ。銀行がどういうものか知っているかね？」

「概念は知っている」わたしは答えた。

「銀行は、わたしのような人間が毎日金の詰まった部屋の隣で働く場所だ。金の詰まった部屋から盗みを働きたがるのはだれか、知っているかね？」彼は尋ねるように首をかしげてみせたが、わたしは煙草の煙を吸いこんだだけだった。ここはあきらかに、縄張りを意識した彼が北極熊の小便をあらゆるものにまき散らす場面ということだ。沈黙がぎこちなくなるまで待ってから、彼は続けた。「みんなだよ、刑事さん。みんなが、できると思えば銀行から盗む。だから、きみがここへ来てだれかがわたしから盗もうとしていると言ったところで、目新しい話じゃないんだ。みんなが盗もうと思っているのに銀行がちゃんと機能している理由は、銀行から大金を盗むのをわれわれがうんとむずかしくしているからだ。だれもわたしの金庫にトンネルを掘ってはいない。金庫は、コンクリートの基礎に沈めた厚さ十八インチの特殊鋼でできているんだ。そして、警報装置が山ほど仕掛けられている。厚さ二フィートのコンクリートの壁をこわすのにどんな道具が必要か、知っているか？」

「砕石用の大ハンマー？」

「大ハンマー、そうだな。じっさい、コンクリートに穴を開ける方法は一つしかないし、それはうるさい音が出る。ぜったいに気づかれるはずだ。どんなシャーロック・ホームズ流のおふざけも、わが銀行では起きていないと思うよ」

「グリーンフィールド、侮辱する気はないが、おたくの金庫の現金を狙う頭脳的な計画が進行中だという、信頼できる本物の情報があるんだ。警備手段を講じるように忠告する」

「何度もきちんと説明したと思うがね、刑事さん、わたしはすでにしかるべき警備手段を講じているんだ。この銀行は何重もの警備を敷いている。あらゆる不測の事態に備えている。だからこそ、仕事に専念して業務を遂行できるんだよ。きみがいま邪魔している業務をね」

「自分のところの警備態勢に自信があるのはけっこうだ。だが、例外的な対応が必要と思われる、例外的な脅威が存在するんだ」

グリーンフィールドはちょっと考えた。「きみが逮捕した、窓口係を襲おうとしていた男たちは、イライジャのほんとうの計画から目をそらさせるためのおとりだと言ったな」

「ああ」

「わたしの金庫ではなく、この銀行とはまったく関係のない別のものを狙う計画から目をそらさせるために、彼らが利用されたとしたらどうだ」

「それは考えてみた。だが、ここがもっとも可能性の高い標的だし、イライジャが別のものを狙っているのなら、それがなんなのかはまったくわからない。クルーグのストライキと関係があって、彼の興味を引くだけの価値のある標的は、ほかに見当たらないんだ」

「それはわたしの問題じゃない」

「おれが間違っていればな。彼はあんたの金庫を狙っているよ」

「そうか、だったら、きみはその危険性をもう知らせてくれた。提案は忠告として聞いておこう。だから、きみはできることはすべてやった。さあ、よかったら、わたしには絵空事なんかじゃない用事があるんだ」

「ボケが」

「なんだって？」

「なんでもない。なにも言ってないよ。時間をとってくれてありがとう」

ほかに言うことが思い浮かばなかったので、わたしは辞去した。それでもこの銀行をイライジャに襲わせる気はなかったが、万が一彼がやってのけたなら、被害者としてチャールズ・グリーンフィールドほどふさわしいやつはいないと思った。

22

一九六五年

両開きの重い木のドアからグリーンフィールドのオフィスを出て、忙しそうな二人の秘書のデスクの前を通り、エレベーターの前に立った。彼はフロアの全体をわがものとしており、壁の大部分をとりはらって自分自身を崇《あが》めさせるための巨大な明るい聖堂をこしらえていた。楽しいにちがいない。

一階のロビーに下りるためにエレベーターのボタンを押した。ロビーには、ピンクの石灰岩の床からピンクの石灰岩のアーチ型天井に向かってピンクの石灰岩の柱が何本も立っている。光り輝く広々とした洞窟だ。

エレベーターを降りると、窓口係の真鍮《しんちゅう》のケージが左側に並び、右側には貸付係や上階のほかの担当者と約束がある客のための待合スペースがある。

もちろん、そこがイライジャのいた場所だった。革張りのソファにすわり、コーヒーを飲みながら新聞を読んでいた。

わたしはロビーを見渡した。変わった様子はないようだ。二、三人が窓口係と話していたが、あとはほとんど無人だった。カートライトが言っていたように、近くでストライキがおこなわれているために客が怯えて来ないらしい。

警報は聞こえないし、イライジャのいかつい三下《さんした》どもも見当たらないし、ユダヤ人の犯罪者が窓口係に銃を振りまわしてもいない。しかし、だからといって目の前で窃盗が起きていないとはかぎらない。

わたしは歩いていってイライジャの隣の椅子にすわった。

「ここでなにをしている？」

彼は例のアウシュヴィッツ由来の歯を見せて笑った。「小額のビジネスローンを申し込みにきたと言ったら信じるか？」

こいつ、いい度胸だ。

「おまえを逮捕する。立って、ここから歩いて出るんだ。反抗すれば力ずくで連行する」

イライジャは口をすぼめた。「それはいい考えかな。外でなにが待ちかまえているかわからないぞ」

銀行の一般用の出入り口はガラスの回転ドア一つだけだ。イライジャはいつもごつい手下どもを連れているから、彼らがここにいないのであれば外にいるというのは筋が通っている。イライジャが狙う銀行のロビーで彼と出くわしたのは、ただの偶然ではないかもしれない。もしこの出会いを仕組んだのなら、間違いなく脱出は計画ずみであり、彼が有利だ。

「電動丸のこがお待ちかねってわけか」

「じつのところ電動丸のこは用意していないが、出たところを銃弾で穴だらけにされるのは間違いない」彼は楽しそうに笑い、わたしはむっとした。

これはチェスゲームだ。敵は数手先を読んでいる。こっちになにができるだろう？

裏口のことを考えた。あそこから彼を連れだして部下の目をかいくぐれる可能性はある。

「あんたがけんめいに考えているときの顔は、見ていてじつにおもしろいよ」イライジャは言った。「いま、あんたは裏口からおれを連れだせないかと考えている」

そのためには、彼に金庫のすぐ前を歩かせなければならない。その先のセキュリティケージを開けなければならない。警報システムを一時止めずにそれができるか？　裏口を開けなければならないし、その先の道が安全かどうかわからない。彼の部下がそこで待っていれば、彼らを中に入れることになってしまうかもしれない。セキュリティケージのロックがはずれていたら、まっすぐ金庫へ行けてしまう。

イライジャがここにいるのには、あきらかに理由がある。わたしをからかっているのには、あきらかに理由があるのだ。もしかしたら、これなのかもしれない。これが計画なのかもしれない。彼らのカモになど、なってたまるものか。

「あんたがおれをそっちから連れだすとは思えない」イライジャは言った。「だから、出口は二つあってもどちらも使えないんだ。そして、ほんとうに心の底からおれを逮捕したいと思っているのか、バルーク？」

彼は新聞をたたんでコーヒーを一口飲んだ。

わたしは彼を逮捕したくなかった。殺すか、街から追いだしたかった。取調室にすわってしゃべりだしてほしくなかった。母親が頭を撃ち抜かれたとき、彼は黙って見ていた。父親が殴り殺されたとき、黙って待っていた。ナチの警備兵が作業中のユダヤ人二十人を殺すことになった一連の出来事の、きっかけを作った。そして、どれについても悲しみに暮れている様子はない。重荷をずっと背負う者もいれば、身軽に旅をする者もいる。この男は冷酷で自分のことしか考えていない。渡った橋をすべて燃やし、二度と振りかえらない人間だ。

これまでどれだけのヤマを踏んできたのだろう？　十か？　十五か？　その犯罪の一つ一つに腐敗したユダヤ人警官がかかわっているのかもしれない。もし彼がすべてを暴露するなら、連邦検事局の出世したい大ばか者が免責特権を与えてやる可能性がある。法執行機関の人間にとって銀行強盗一人をつかまえるのは地味な手柄だが、警察内部の腐敗を一網打尽にするのは出世を約束されるのと同じだ。それがユダヤ人の腐敗でなければ。そして、摘発する者がユダヤ人でなければ。

「あんたはおれの計画には加わっていない。しかし、もし計画がばれたら――おれがしゃべったら――あんたは一巻の終わりだ。不公平だな、バルーク？」

「くそったれ」

「おたくの市警がしかるべく機能していれば、あんたは応援を呼び、数分以内に警官が十人以上駆けつけてきておれが外に待たせている部下を制圧することができるだろうに。だが、あんたはだれも呼べない。なぜなら、おれのやっていることが仲間たちに知れるのを恐れているからだ」

「おまえをこの場で殺すこともできる」わたしは言った。

彼はまた笑った。「そうかな？　あんたの組織はたしかに、これまであんたの容赦のない行きすぎを大目に見てきた。だが、麻薬中毒者や変質者や底辺層への暴力が許されるのは、それが一般社会の秩序を強め、支える結果につながるからだ。丸腰で身なりのいい白人を銀行で射殺するのは、その秩序を崩壊させる。ビジネスにとって都合が悪いんだよ、バルーク、連中はあんたにビジネスの邪魔をするのは許さない。会ったとき、あんたを見ると犬を思い出すとおれは言ったな。ほんとうに、あんたは働き者の役に立つ動物だよ。しかしながら、人間に嚙みついたらどんな犬も同じ運命をたどるんだ」

彼の言うとおりかもしれない。

「あんたは一人ぼっちだ、バルーク。そしておれを止めることはできない。おれをここから出ていかせるしかないよ」

だが、彼の声には一瞬のためらいがあった。ほんのわずかな不安の影が。この状況を再評価するには、じゅうぶんだった。

わたしはきびしいまなざしでじっとイライジャを見た。イタチのようなチビの泥棒がいた。怯えてちっぽけで、自分のつまらなさをごまかすあいまいな言葉とにせもののヨーロッパ風の魅力を楯にして隠れている。彼はすべてが自分のものだと考えている。わたしの街へふらりとやってきて十五万ドルをかっさらって、あとの始末をこっちにさせようとしている。

だが、彼は何者を相手にしているのかわかっていない。わたしは息子が考えているような腐った組織の忠実な召使ではない。また、アブラムスキーが言っていたことは正しく、名誉を挽回できる人間を探す御使いでもない。そして、グリーンフィールドはそう信じているようだが、へまばかりやらかす労働者ではぜったいにない。

わたしは砂漠の空高く上がる煙だ。邪悪な者たちに降りそそぐどろどろの硫黄だ。太陽を隠す黒雲、水の中の血だ。わたしは蛙であり、イナゴであり、野蛮な獣《けだもの》だ。服の裾に縫いこまれたカミソリの刃だ。

回転ドアを眺め、ロビーを眺め、そしてなにをするべきか悟った。

イライジャは微笑しており、わたしは正面から微笑を返した。

こみいって見えていたものがすべて、突然すっきりした。彼は問題、わたしは解決だ。彼は釘、わたしは金槌だ。

「プロトキンと仲間を逮捕したことで、ほんとうにおまえの邪魔をしてやったらしい。おまえはここへおれを探しにきたのでさえないな？　もし会うとわかっていれば、ボディガードもなしで入ってくるわけがないんだ。標的であるこの銀行の中で対決を仕組んだりはしないはずだ。おれと言い争うところを見られたら、だれかがおまえの顔を覚えているかもしれないだろう。新しい計画を立てるための下調べのさいちゅうを、おれはつかまえたってわけだ」

「ばかばかしい」イライジャは言った。「プロトキンなどどうでもいい」しかし、彼の声の震えはさっきよりもあきらかだった。イライジャはわたしを恐れている、こわがって当然だ。

「外で待っているやつらがいるとは思わないね。おまえに手錠をかけてそこのドアから連れだしても、邪魔は入らない」

「あんたはそんな危険はおかさないよ。それに、おれを逮捕したくはないはずだ」

彼はもう笑っていなかった。わたしはまだ微笑していた。

「そのとおり、おまえを逮捕したくはない。だから大手を振って出ていかせてやろう。だがまず、おれと一緒にちょいと男子トイレへ行こうじゃないか」

立ちあがって、息ができなくなる程度に彼の腹を殴った。男子トイレの入口はエレベーターの並びで、イライジャがすわっているところから真後ろへ六歩ほどの近さだ。わたしは彼の腕をつかんで引きずっていき、中へ入った。彼は気絶寸前で抵抗できず、だれもわたしたちに気づかなかった。

チャールズ・グリーンフィールドの銀行はトイレでさえしゃれていた。壁と床は外のロビーのようなピンクの石灰岩の平板で仕上げられ、設備はすべて新しく清潔で、シンクの上の鏡は真鍮の枠にはまっていた。小便器はどれも空いており、個室も無人だった。予想どおりだ。ロビーにすわっていたあいだずっと、だれも男子トイレに出入りしていなかった。

わたしはイライジャを額がはねかえるほど強く石の壁にたたきつけた。それで彼がぼうっとしているあいだに、上着の下から〝神の怒り〟をとりだした。柔らかな革に包まれ、固く巻いたスプリングに装着されている。そのブラックジャックで彼のひざを打った。陶器が砕けたような音がした。イライジャが倒れる前に注文仕立てのスーツの上着のえりをつかみ、口に手をあてて悲鳴を上げないようにした。

「言っただろう、ここから出ていかせてやると。でも、うんとゆっくり歩いていくことになるな。そして一歩一歩が死ぬほど痛いはずだ。しばらくは足でとっとと逃げだすことはできないし、こっそり人に忍びよることもできないだろう」

わたしは彼の右手をトイレの壁に押しつけ、長いピアニストの指を開かせた。そして、鉛の重りを激しく打ちつけると、石灰岩の平板に細いひび割れがクモの巣のように走った。

「手で金庫を破るつもりじゃなかったんだといいがね」わたしは言った。「デリケートな作業には向かないだろう。少なくとも、しばらくのあいだは」

それから、できるかぎりの力を込めてブラックジャックで彼の腹を殴った。鉛の重りがへそのすぐ上を打ち、フォロースルーで胸骨にダメージを与えた。彼は床じゅうに嘔吐物をまき散らした。手を離すと、イライジャは吐いたものの上に崩れおち、体をよじりはじめた。そこで、わたしはブラックジャックで脚を殴った。念のために、背中と胸にも打撃を加えた。

そのあとブラックジャックをベルトに下げて、もとは高慢でおつにすました人間だった湿って臭いものの上をまたぎ、シンクで手を洗った。

「おれの街で騒ぎを起こすなと言ったのに、おまえは聞く耳を持たなかった。そしていまどうなったか見ろ」わたしは言った。「これも計画の一部だったか？」

彼はごぼごぼという音をたてた。

「どうやら、おまえを黙らせる方法がやっとわかったようだ。死にそうな気分だろうが、そうはならないよ。警棒は犯人をとりおさえるにあたって、より人道的な手段の一つと考えられている。ダメージを与えるのはおもに軟組織だ。痛むが、治る。その手は別としてな。おれなら、医者に診てもらう」

彼は聞きとれないことをうめいた。

「なにを言っているのかわからないが、おれの自制心に感謝しているんだろうな。もっとひどく痛めつけることもできたんだ。そうしなかったのは、おまえに動ける状態でいてほしかったからだ。だから、床から起きあがれるようになったら、いい子にしてメンフィスから出ていけ。いまは痛めつけられたと思っているかもしれないが、違う。警告したんだ。心しておけ、だれにも二度は警告しない。次におまえを見たら、殺す」

手を振って水分をとばし、煙草に火をつけて、燃えているマッチをイライジャのそばの床に投げ捨てた。そしてもう一度彼をまたいで男子トイレから出ると、ロビーを横切った。わたしの革靴の底がピンクの石灰岩の床を踏んでいく音が、砲声のように響いた。

「ここではお煙草は吸えません、お客様」わたしが男をトイレに引きずりこむのには気がつかなかったのに、煙草にはたちまち目を留めた警備員が言った。

「吸えるさ」わたしは答えた。「見ていろ」

どのみちわたしは回転ドアから出ていくところだったので、警備員は見ているしかなかった。

外に出ても、ごつい三下どもの姿はなかった。わたしはショルダーホルスターから銃を抜いて建物の横をまわりこみ、裏口に面した道をチェックしたが、そこにもだれもいなかった。イライジャもなかなかよくやった。もう少しでわたしははったりに引っかかるところだった。だが、しょせん〝もう少しで〟は失敗であって、成功ではないのだ。

忘れたくないこと

水曜の午後は、昼寝の前に映画についてのトーク番組を見るのが習慣になっている。FOXニュースより音がうるさくない。それに、動物番組にすると居眠りせずに夕食まで見てしまうのだ。その番組にはときどき俳優や監督も出るが、評論家や学者がゲストであることが多い。彼らが話題にする映画を、わたしはほとんど見ていない。映画館には二十年間行っていないのだ。こういう人々はもともとテレビのしゃべり屋ではないので、口調は静かで外見は変てこだ。そこが気に入っている。

司会者はわたしの好みだ。シリーパテ（合成ゴム粘土のおもちゃ）のような顔をしたやけに血色のいい男で、いまより二十ポンドやせていたときから一度も新しい服を買っていないらしい。だから、まるでチューブの歯磨き粉のように、きつすぎるシャツのえりから首がしぼり出されている。興奮すると前後に体を揺らすので、番組をずっと見ていればしまいには彼が引っくりかえるのが見られるのではないかと期待している。

「では、一筋縄ではいかないキャラクターやアンチヒーローが最近は人気なんですね」司会者は言った。「なぜだと思われます?」

ゲストはネット界の女性映画評論家だった。灰色っぽい髪で頭は小さく、目はやぶにらみで、幅広の濡れた唇は小さすぎる顔に対して大きすぎるようだ。

「アンチヒーローはかくべつ新しいものじゃありません。古典や北欧神話のキャラクターの多くには、いまの観客がアンチヒロイックとみなす重要な欠点がありましたからね。ミルトンは一六六七年に『失楽園』で同情的な悪魔を登場させました。そしてもちろん、ナボコフは憎むべき少女性愛者ハンバート・ハンバートの視点から『ロリータ』を書いた。一九七二年には、『ゴッドファーザー』がアカデミー賞を総なめにしています。これらはみな、『ブレイキング・バッド』や『ザ・ソプラノズ 哀愁のマフィア』といった現代のテレビドラマに見られるキャラクターの先例といえるでしょう」

彼女を見ているのは楽しかった。夢中でべらべらしゃべっているあいだ飲みこむのを忘れるらしく、長く話していると口の中がつばでいっぱいになってくる。これは、そのうちおもしろいことになる可能性がある。

「伝統的なヒーロー像は体制を象徴しているんです」彼女は続けた。「つまり、自治体になっていない西部の町に法律をもたらす新しい連邦法執行官や、世界支配をもくろむ悪者の陰謀を阻止するスーパーヒーローや、巷《ちまた》の犯罪を撲滅するタフな警官といったキャラクターですね。彼らは、現状の永続と現存する権力構造の継続のために闘う。その敵対者は明白に邪悪というよりは、一般社会とは反対の価値観を持っていたり、別種のヒエラルキーを構想したりしています」

このかん、司会者はさらに活発に体を揺らしだしていたが、ようやく口をはさんだ。

「そういったヒーローは今日《こんにち》では流行遅れだとお考えですか?」

これでネット界の評論家にはつばを飲みこむひまができ、わたしはひどくがっかりした。ダムが決壊するように応援していたのだ。

「いまの時代、現状維持には説得力がなくなってきていると思いますよ。一九七〇年代の初め、この国は十年以上にわたる公民権闘争の結末を迎えており、ベトナム戦争はまっさかり、大統領はスキャンダルまみれでした。当時の観客には『ゴッドファーザー』のヴィトー・コルレオーネを熱狂的に迎える素地がととのっていたんです。硬直化して排斥に走る権力と移民を排除する偏狭な考えに対して、コルレオーネは法の枠外に帝国を築いてみせました。

同じことがいまもまた起きているんです。現状も体制も、高潔さをなくしているように見えます。ブッシュ政権が八年、先の見えない戦争が六年続き、リーマン・ショックのあとには銀行と自動車産業への救済措置ですからね。より大きな社会的な力に対して人々は無力に感じ、利用されたあげくドラッグ精製の元締めになっていく化学教師のような人物（『ブレイキング・バッド』の主人公）に声援を送りたくなるわけですよ」

「では、より伝統的なヒーローはどうなるんでしょう？」司会者が尋ねた。

下唇からあふれる前に、彼女はたまったつばを飲みこんだ。わたしは画面に向かって罵声を上げた。

「前よりダーティになっていますね。ジェームズ・ボンドは政府によるひそかな暗殺の実行犯、バットマンは都会の最下層の人々をたたきのめすためにマッチョなゴム製スーツを来て夜《よ》な夜《よ》な出かけていく白人の富豪。辺境の町に法の裁きをもたらす保安官は、最初に切り開いた開拓者や試掘者から鉄道王や鉱山王が権利を奪いとれるように、地元を飼いならしている。そういうスーパーコップは、人々の首根っこを押さえつけるエリートのブーツみたいに見えます」

わたしは番組にあきて、チャンネルを替えた。よだれを流しそうもないし、彼女の考えかたにわたしを納得させる力はない。

テレビに出る映画評論家や学者は、悪人は自分を善人だと思っているとよく言う。コミックや三文小説ではそうかもしれないが、ほんとうのところ、凶暴な犯罪者の三分の二以上は愚かすぎてなにも考えてはいない。

彼らは、悪をなすことを選んだモラルの代行者などではない。ドラッグやセックスに対する根本的な欲望に刺激され、衝動に従って行動しているだけだ。行動の結果を、それが自分たちに対してであれ、傷つけた相手に対してであれ、正しく認識することができない。獰猛《どうもう》な獣《けだもの》と一緒だ。これは人種とは関係がなく、黒人にも白人にも同じことがいえる。

あとはだいたい心理学者が反社会性パーソナリティ障害と呼ぶ連中で、判断がつくはずの頭脳はあるものの、障害のせいでそうするを放棄している。自分たちのしたことを合理的に説明したり、正当化したり、その犯罪に主義主張の根拠があったりする犯罪者は、じっさいほんのわずかなのだ。警察で働いていて、イライジャのような人間に出会うことはめったにない。

だが、イライジャが用いるたぐいの逃げ口上はお粗末すぎて吟味には堪えないものだ。彼のような人間は、ほかの盗《ぬす》っ人《と》や人殺しとほんとうはたいして違わない。たわごとをはぎとれば、やつらは利己的な理由から他人を傷つけているだけだ。

そして、ヒーローやアンチヒーローのことはあまりよく知らないが、凶悪犯やサイコやアウトロー哲学者から最近みんなが被害を受けていないとすれば、それはおそらく彼らが襲いかかる前に、わたしのようなだれかが彼らに襲いかかっているからだ。

23 二〇〇九年

疾走する悪夢の魔術幻灯からぬけでて、わたしは半覚醒状態になった。最初に気づいたのは、わけのわからない空電音をともなった規則的なビープ音だ。その音を耳にして本能的に深い狼狽《ろうばい》を感じ、しばらくして病院の機械から聞こえてくるのだと悟った。心臓モニターだ。

まわりを見ようとしたが、見えたのは闇だけだった。目を閉じているせいだと気づいて、開けようとしたところ、その力がなかった。腕も動かせなかったが、むきだしの脚に冷たく重苦しいシーツの重みを感じたから、動けないのは脊髄《せきずい》の損傷とかではなく薬のせいだろう。ビープ音にともなう空電音が、複数の声に変わった。ゆっくりと、言葉が聞きとれるようになった。

「シャワーを浴びて休ませるために、帰したわ。ここに一晩じゅういたのよ」

「よく長いあいだこんな夫を我慢してきたよね」

「また発砲事件に巻きこまれるなんて。いったいどういうことだったのかしら?」

「一緒に乗ってた警官は重傷だって聞いたよ」

「飛んでこなくてもよかったのに」

「どうしてまだ目をさまさないんだろう？」息子の声だった。いてくれてありがたい。息子とは長いあいだ話をしていなかったような気がする。なぜだろう？

「鎮静剤を投与してあるのよ。医者は脳内出血を心配していたけれど、ＭＲＩではなんでもなかったわ。どうやら、ただのショックと鼻の骨折ね。輸血をしたせいで抗凝血剤の効果がなくなるから、血のかたまりができるのを医者は警戒しているって。そのほかは、大丈夫よ」

鎮静剤か。どうりで、手足が重いわけだ。どうりで、脳を働かせようとするだけで粘つく泥の中を進んでいるような気分になるわけだ。

「まあ、とにかくこっちへ来たかったんだよ。こういう電話はいつ来てもおかしくないって、日頃から思ってたんだ」

「でも、新しい職場での仕事があるんじゃないの」

「ニューヨークの法律事務所の夏季インターンだよ。会社は家族の緊急事態をわかってくれるんだ。それに、ぼくが一日や二日いなくったって、やっていける。本物の案件にぼくをあてるなんて、クライアントが許すわけがないよ。だから、仕事といってもだいたいがどうでもいいことなんだ。きょうのぼくの予定は、三時間のランチと、交渉技術についてパートナーが話すグループ・レクチャーと、バーの開店パーティだったんだから」

「だけど、正式に雇ってもらえなくなったらどうするの？」

「そいつはこの場に不適切なくそったれ質問だよ、ママ」

わかった、これは息子ではない。孫のウィリアムだ。いまは千ドルもするスーツを着てマンハッタンの摩天楼にあるオフィスに通っているが、それでもみんなに自分をテキーラ・シャッツと呼ばせている。きたない言葉に気をつけろと言ってやりたかったが、あごを動かせなかった。舌は、口の中で乾いて粘ついて重く感じられた。

「あの街であなたがどうしているだろう、どんな決断をしているだろうと考えると、夜眠れないのよ」息子の嫁が言った。「いつだって、あなたが大切なことをほったらかしにしているような気がして」

「ねえ、いまはそういう話をしたくないんだ」

「いつだってしたくないじゃないの」

ブライアンはどこだ？　ああ、そうだった。

起きているときには、怒りと恐れと悲しみをどこか考えなくてもすむ場所に押しこめておける。ところが夢を見ると、消化の悪いメキシコ料理のように息をふきかえしてくるのだ。目をさますたびに、つかのま彼我《ひが》の境目を漂う。それからカーテンをくぐり、失ったすべてのものの重みが押し寄せてきて、わたしはこなごなに砕ける。鎮静剤を投与されて脳と心臓がスローダウンして化学物質漬けになっていたあいだ、夢は見なかったかもしれない。いや、きっと見たにちがいない。薬で頭の回転がのろい状態で夢からさめていくとき、おぞましいこの過程にふだんより時間がかかった。まるで、かさぶたになりかけた傷口からべたつく包帯をゆっくりとはがしているかのようだ。

年をとるとものを思い出せなくなる人が多いのは、不思議でもなんでもない。記憶など、過去の痛みをまた新たにするだけなのだから。ベッドから出なくなる人が多いのもしかりだ。スクランブルエッグと失望以外、外の世界になにがある？

それはそうと、スクランブルエッグが食いたくてたまらなくなってきた。しばらくなにも腹に入れていない。それに、煙草も吸いたい。

どのくらい意識がなかったのだろうと考えた。鼻には酸素チューブが挿しこまれているが、のどに栄養チューブはないから、何日間もではなく、数時間気を失っていただけだろう。ということは、誘拐犯に殺される前にイライジャをとりもどすかすかな望みはまだある。

ニューヨークからのいちばん早い便にキャンセル待ちで乗れたのなら、ウィリアムは事故から六時間後には病院に着いたかもしれない。しかし、おそらくもっとあとだろう。ローズはすぐには息子の嫁のフランに連絡しなかったかもしれないし、フランもすぐにはウィリアムに連絡しなかったかもしれない。孫が直行便に乗れなかったことも考えられる。

シャワーと着替えのためにローズを帰したのなら、きっと妻は一晩じゅうここにいたのだ。つまり、イライジャが誘拐犯の手に落ちてから十六時間から二十時間が経過している。わたしがこういったことを考えられるという事実は、いい兆候だ。鎮静剤の効果が消えつつある。

嫁が言った。「ローズになにをしてきたかを思うと、彼にはほんとうに頭にくるわ。彼女が先に死んだらどうなるのかと、ときどき心配になるの」

「じいちゃんは施設にいるんだ。面倒見てもらえるだろう?」

「あそこは援助型だから、自分の面倒をだいたいは見られる人たちが対象なの。彼にはもうむりだと思う。そして一年ぐらいたってアルツハイマーが進めば、もっとひどい状態になるわ」

「アルツハイマーじゃないよ。軽度認知なんとかだってじいちゃんは言ってる」

「あなたは最近かなり長く一緒にいたじゃない。どう思う?」

「衰えてきてるのには気づいた。ときどき、なんの理由もなく腹がたつみたいなんだ。それに、少し混乱している感じだね」

「ローズは疲れているように見えるわ」

「一晩じゅう付き添ってたんだもの」

「違うの。いつだって疲れているように見えるのよ。すべてのことに疲れているみたい」

わたしは両手をぴくつかせるぐらいしかできず、まぶたはまだくっついていた。だが、手足はしびれた感じではなく、ちくちくする感じになりはじめていた。

「ヴァルハラのスタッフじゃ、彼の癇癪《かんしゃく》は手に負えないわよ。ローズがいて落ち着かせないことには。ちゃんと食事をさせたり、薬を飲ませたり、彼女がやっていることを全部スタッフができると思う？　必要なのは二十四時間の介護よ。でも、四六時中ああいう人たちがそばについているなんて、彼、我慢できるとは思えないわ」

「ああいう人たちっていうのは――？」

「どういう意味かわかるでしょう」

「水だ、くそ」わたしは言った。

「あらやだ。目をさましたわ」

24　二〇〇九年

わたしは起こした電動ベッドに寄りかかり、氷のかけらをなめていた。心配でたまらなかった。おそらくイライジャはどこかで殺されているだろう。イライジャのことは好きではないのだから、そんなに気にしなくてもいいのだが、彼が殺されたら個人的に腹がたつ。わたしがクラレンスの顔を撃って断固反対を唱えたにもかかわらず、誘拐されてしまったからだ。折れた鼻には石膏の添え木が当てられていた。少し痛むし、息を吸うたびにひゅうひゅうという音がする。それに、添え木の下がむずがゆくてたまらない。

孫はベッドの横の椅子にすわって、柩の中をのぞきこむようにわたしを見ていた。これでこちらの気分がよくなるはずもない。孫はスーツを着てネクタイを締めていた。空港からまっすぐここへ来たのだろう。こういう格好だと、男らしく、少々威圧的にすら見えた。わたしはいらだった。まだ子どものくせに。

ウィリアムが小さかったころ、よく握手をさせたものだ。小さな手を自分の手の中で握りつぶさんばかりにして、指関節をぐりぐりしてやった。もうそれはできない。孫の前腕は鋼《はがね》のようにがっしりしている。

週に五日ジムへ行き、一回七十五分運動して、月に三回はトレーナーと話をしていると彼は言っていた。大学が休みで帰ってきているとき、家でエクササイズしているのを見たことがあるし、ユダヤ人コミュニティセンターのジムにも通っていつものメニューをこなしていた。彼のは、わたしがクラウディーアーとやっているのとは違う。一回一時間クロストレーナーで負荷をかけて走り、汗びっしょりになってマシンから降りてくるところは、まるで洗礼を受けた直後のようだ。

その努力にもかかわらず、孫のずんぐりした体にはよぶんな肉がまだ二、三十ポンドついている。ハグすると、胸はがっしりしているが、たぷたぷした腹まわりをつかむことができる。食べるのが好きな子なのだ。

ときどき、いま食事している風変わりなニューヨークのレストランについて報告するためだけに、電話をかけてくる。日本料理店へ出かけてスシをつまむし、〝ファグ〟とかいうべトナムのオックステールスープがお気に入りだ。自分で肉を焼かなければならない韓国レストランで牛肉のほにゃららを試したかと思うと、インド料理店でチキンなんとかマサラとサグなんとかとナルニア国パンを食している。

もっと妙なのもあった。一度電話してきて、〝伝統的なモロッコの屋台料理の風味と質感にインスパイアされた〟料理を出すレストランにいると言った。

「そういういかがわしい店に行く前に予防注射とかしなくていいのか?」そのとき、わたしは聞いた。

「いまの、うけたよ」

「高いのか?」

「いや、とてもリーズナブルだよ。前菜が十二ドルから十四ドル。メインがだいたい二十六ドルから三十四ドルだな。サングリアはピッチャーでたった三十ドルだし」

「最近のモロッコ人は羽振りがいいにちがいないな」

だが、二十時間意識をなくしたあとならモロッコの屋台料理を食ってやってもいい。ピッチャーからじかに飲ませてくれるなら、サングリアに三十ドル払ってやってもいい。いまいましい氷のかけらなど、くそくらえだ。あわてて飲みこんだらもどしてしまうと看護婦が思ったのもむりはないが、のどはからからで、氷ではどうしようもない。病院にはまったくうんざりだ。

「イライジャはどうなっている?」わたしは尋ねた。「まだ見つからないのか?」

「イライジャって人は知らないよ」孫は言った。イライジャが存在しているとは思っていないのがすぐにわかった。「じいちゃんは、友だちのアンドレ・プライス刑事と一緒に車に乗ってたんだ。アンドレを覚えてる?」

「ああ、覚えている。彼はどんなぐあいだ?」

「よくない、でも生きてる。薬で昏睡状態にしてるんだ。頭に重傷を負って腫《は》れがあるんで、引かせようとしてる」

「後部座席にイライジャという男を乗せていたんだ。五十年近く未解決だった銀行強盗の犯人で、自首するところだった。車をぶつけてきた男たちが、逃げるときに彼をさらっていった」

「だれもそんなこと言ってなかったよ。警察の話じゃ、狙われたのはプライスだって。彼は麻薬がらみの殺人事件を捜査してたんだ。じいちゃんは、ちょっと混乱してるんじゃないの」

警察はイライジャのことを知りもしないのだ。目に見えない幽霊であるというのは、そういうことだ。行方不明になっても、だれも探さない。たぶん、もう死んでいるだろう。もし殺されたら、敵に〝復讐の雨を降らせる〟とわたしは彼に言った。そんなことはしたくない。

「警察に話をしないと」

孫はうなずいた。「向こうも話したがってるよ。じいちゃんには休息が必要だからって、待ってもらってたんだ」

「もうじゅうぶん休息したと思う」

孫は病室から出ると、しばらくしてからベルトに刑事の楯型記章を留めた背の高い黒人と一緒に戻ってきた。

「麻薬課ラトレッジ」彼は名乗った。四十代なかばで、こめかみが白くなりはじめている。大物の風格があった。「あなたのことはいろいろ聞いている。きょうおれが見たことからすると、噂はほんとうのようだな」

彼はテキーラのほうを向いて腕を組み、わたしと二人だけで話したいとほのめかした。テキーラはうなずいて相手の意を察したことを伝え、ベッドの横の椅子に腰を下ろして屁でもないと思っていることを告げた。どうやら、大都会で弁護士修業をしたおかげで、役人を相手にしても怖気《おじけ》づかなくなったらしい。じつに誇らしいことだ。孫が成長して生意気で傲慢になるのを見る幸せを、すべての人々が味わうべきだ。

テキーラがどこへも行かないのがはっきりすると、麻薬課ラトレッジはちょっとあごをかき、それから孫の前でも言いたいことは言えると決めたようだ。「まず約束しよう、われわれはかならずこいつらをつかまえる。この二年間、状況はよくなかった。街は財政難で、こういう問題に対応する人員も超過勤務も減っていた。警察が敗北気味だったのを否定する気はないよ。しかし、白昼堂々、通りのまんなかで刑事を狙ったこの襲撃で、みんな目をさました。プライスは最優秀の刑事の一人だったし、あなたは市警の人気者だ。若い連中は、あなたのことを一種のマスコットだと思っている」

「それを聞いて、どれほどうれしいかあんたにはわかるまい」わたしは答えた。彼がアンドレについて過去形で話したのは不吉だった。アンドレの身に起きたことは、わたしのせいといってもいい。

ラトレッジは続けた。「みんなかんかんで、ヒートアップしている。金庫も開いた。メンフィス市とシェルビー郡の全面的な支援のもと、われわれは全力をつくしている。警官になって二十年になるが、これだけ大規模なドラッグ撲滅作戦は初めてだ。FBIも出動している。連邦検事局は、これまで見向きもしなかった街の売人たちを起訴しようとしているし、いままでなら口を閉じたまま服役したやつらが、減刑なしの量刑をFBIにちらつかせられて、密告しようと行列を作っている。通りはショックと畏怖《いふ》の念に満ちているよ、バック」

わたしはうなずいた。大勢が動員され、無制限に残業し、連邦政府との協力関係も盛りあがり、だがだれもイライジャを探してはいない。

「おれが撃った若いやつらは？」わたしは聞いた。

「クラレンス・オドネル、二十二歳。報告書によれば救急隊は蘇生をこころみたが、道路に脳みそが飛び散っている状態じゃ、あまり熱心にやったとは思えない。現場で死亡が確認されたよ、当然だな。二ヵ月前に刑務所から出たばかりだったんだ。十代の娼婦たちに商売をさせてつかまり、暴行と不法監禁の罪を認めた。懲役三年の判決だったが、十八ヵ月で出てきたよ。おれには娘がいるんだ、ミスター・シャッツ。だからこう言わないわけにはいかない。おれなら、ミスター・オドネルを撃ったことにあまりくよくよしないね」

「だれかを撃ってくよくよしたことは一度もない」

ラトレッジは笑った。「そうだろうな。もう一人はジャカリアス・マディソン、二十歳。軽微な非行歴が一つ二つある。保護観察処分。ハイスクールは卒業して、去年の夏までテネシー工科大学の学生だった。悪い連中とのつきあいに巻きこまれたんだろう」

「なにかしゃべったか？」

「逮捕されてすぐ、ばりっとしたスーツ姿の如才《じょさい》のない弁護士があらわれてマディソンの弁護人だと言った。マディソンは五分話したあと彼を帰らせて、公選弁護人を頼んだよ」

「どうしてそんなことをしたんだろう？」わたしは尋ねた。

「ぼくはわかるよ」テキーラが言った。ほんとうに手を上げて椅子から少し飛びあがったように思う。「最初の弁護士は組織がらみだ。車を襲った一団が送りこんできたんだ。マディソンはその弁護士に頼みたくなかった、なぜならそいつらについての情報を提供して、司法取引をしようともくろんでるから」

「おれもそう考えている」ラトレッジは言った。「だが、公選弁護人と話したあとでマディソンはまたわれわれと話すのを拒んだ。弁護士が言ったことのなにかに怯えたにちがいない」

イライジャを誘拐した連中が公選弁護人を買収したか、脅迫したのだろうか？　どうしてそんなに早く接触できた？　どの弁護士が選任されるか、どうしてそんなに早くわかった？全知の存在だとでもいうのか？　自分がいったいなにを相手にしているのか、早く知らなければならない。

「マディソンと話をしたい」わたしは言った。

「それはいい考えだとは思えないな」テキーラは言った。「判事はじいちゃんが彼と話すのは適切じゃないと思うよ、なんといっても弁護士が同席してなくちゃ。あとで彼の供述を引っくりかえすのに利用されかねないもの」

わたしは手をのばして孫の手首をできるだけ強くつかんだ。「あの小僧にあやまりたいんだ、脚を撃ったことを」

「あなたはだれかを撃ってくよくよしたことは一度もないんだと思ったが」ラトレッジは言った。

わたしは肩をすくめた。「なんと。恐ろしい。そんなことはぜったいに言っていないと思う。おれがそんなひどい発言をするわけがない」

麻薬課ラトレッジは、応援か確認を求めてテキーラを見た。テキーラは黙ってすわって、なんの反応もしなかった。

「マディソンはまだこの病院にいる」ラトレッジは言った。「あした別の手術を受ける予定なんだ、ひざをもとに戻すために。しかし、あなたが彼と話したところでなんになるのかわからない」

「おれは三十年おまわりをやったんだ」わたしは言った。「きみが心配する理由はわかるが、捜査の邪魔をするつもりはない。二、三分、その小僧と話をするだけだよ」

「おれがだめだと言っても、どのみち彼を探しにいく気だろう?」

「まだ病院にいるならな。すぐそこじゃないか」

「だったらしかたがないな、どうせおれの許可なんか必要ないんだ。あなたを止められると思う人間がどうなるかは知っているよ」

25　二〇〇九年

麻薬課ラトレッジはジャカリアス・マディソンの病室の場所を教えてくれた。わたしはテキーラにベッドから車椅子へ移る手伝いをするのを許し、二人を残して自分が撃った若者を探しに出かけた。

年寄りなので、わたしは高齢者用ICUに入れられていた。消毒された小便の臭いのする、悲しげな白い廊下がのびていた。職員たちは、昼食前にだれかが死ぬのを見て、終業前に別のだれかが死ぬのを見る人々らしい、軽薄さと上機嫌を発散していた。

この年になると、高齢者用ICUは特別な意味を持つようになる。なぜなら、そこは自分が死ぬはずの場所だからだ。衰えゆく八十八歳にとって、高齢者用ICUで死なない方法は二つしかない。一つは、さっさと死んで救急隊に病院へ運ばれないようにすること。もう一つは、ゆっくりと死んでホスピスへ送られるようにすることだ。

車椅子で高齢者用ICUの廊下から離れるやいなや、なぜか空気が軽くなったように思えた。小便の臭いはあいかわらずだ、病院というのはとにかく小便の臭いがする。

エレベーターに乗りこんだが、何階に行くはずだったのかわからなくなってしまった。そこで、適当な階のボタンを押し、降りると近くのナースステーションへ行って助けを求めた。マディソンの病室は教えられないと看護婦は答えたので、自分の病室へ戻ってラトレッジに行きかたを書いてもらうことにした。ところがエレベーターに戻ると、高齢者用ICUが何階だったか思い出せなかった。また看護婦に助けを求めるのは気恥ずかしかったので、すべての階のボタンを押し、正しい階に着くまでドアが開くたびに外を見た。

迷子になった話をするとラトレッジは笑った。テキーラは自分が連れていくと申し出たが、それはちょっとばかり恩着せがましいと思った。ノートを探して、マディソンの病室の番号を書きとめた。寝たきり老人よろしく、孫に車椅子を押してもらうような屈辱は我慢できない。

目的の病室に着いたときには、わたしの胸は汗で湿り、車輪を押した両腕は疲れていた。イライジャを生きたままとりもどしたいなら眠っているひまなどないのだが、どうやらすぐに昼寝が必要だ。

ジャカリアス・マディソンはわたしを見てうれしそうではなかった。手錠でベッドにつながれたり、脚を撃たれたりしたこともうれしくはないのだろう。結局、彼にとってはさんざんな一日だったわけだ。

「友だちはジャカリアスと呼ぶのか？」わたしは尋ねた。

「ジャックスと呼ぶよ」

「局部サポーター《ジョックストラップ》みたいだな？」

「おもしろいじじいだ」おもしろいとはまったく思っていないのがはっきりとわかる口調だった。「なんの用だ？」

「まずはな、金玉サポーター、おれに感謝してくれてもいいんじゃないか」

「感謝する？　なにを？　もう二度とまともに歩けないんだぞ、あんたのせいで」

腕のいい整形外科医なら、折れた骨をピンでつなぐか、人工関節にとりかえて脚を元通りにできる。しかし、ジャックスのような仕事ではいい健康保険には入っていないだろう。ちゃんとした医療を受けられなければ、靭帯《じんたい》はうまく治らず、骨は変なぐあいにくっついて、脚が曲がらなくなってしまう。

こういうけがをして歩くには、一歩進むごとに脚を腰からまわさなければならない。さもなければ、いいほうの脚だけ使って悪いほうの脚は引きずるしかない。動きまわるのに便利とはいえない。

「頭を撃とうと思えば撃てたんだ、お友だちのクラレンスみたいに」わたしは言った。

「クラレンスは友だちじゃない。いとこだ」

「そうか、おれはやらなければならないことをやったまでだが、お悔やみを言わせてもらうよ」

「お悔やみなんて顔してないじゃないか。でも、別にいいよ。どのみち、やつのことはあんまり好きじゃなかった」

「とにかく、頭を撃とうと思えば撃てた」

「どうかな。やつが持ってた銃をおれがとってれば、あんたがおまわりのホルスターから銃を抜くよりも先に撃ててたんだ」

きのうの出来事のぼんやりした記憶を探り、相手の言い分が正しいのかどうか、ちょっと考えた。ジャックスの言うとおりなのかもしれない。

「だったら、おれたちはたがいに感謝すべきだな」

「撃たれてベッドにつながれてるのはおれだぞ。感謝なんかするかよ。鎮痛剤を打ってもらって眠りたいんだ。だから、なんの用か言え。たわごとを聞いてる気分じゃないんだ」

「情報がいる」

「ああ、情報は持ってた。しゃべりたくてたまらなかった。ビヨンセみたいに歌う気満々だったんだ」

テキーラの意見は正しかった。ジャックスは組織の弁護士を追いはらい、仲間を売るために公選弁護人を要請したのだ。ところが、そのあと黙りこんでしまった。わたしは理由を聞いた。

「まだ交渉の段階じゃなかったんだ」彼は答えた。「おれは弁護人になにもかもしゃべった。警察がほしがってるのは有罪判決をとるのに使える情報だと、弁護人は言った」

「で、おまえの情報では有罪判決をとれないと?」

「おれがチクるやつらが逮捕される前に殺されたら、とれない。やつらは必死だった、うんとヤバい状況だった。きのうの事件の前の話だ。いまや街のおまわり全員がやつらを追い、引き金を引きたくてうずうずしてる。あのまぬけどもがあしたまで一人でも生きてたら幸運ってものさ。仲間だった死人どもの情報を渡したところで、しゃべったことにはならないと弁護人は言うんだ。自白してるだけだって。だから、黙ってだれか重要人物が生きてつかまるのを待てとさ。そうすれば、おれは密告できる」

もっともな話だ。検事は、告訴できない死人に対する証言で量刑を軽くしたり免責特権を与えたりはしない。ジャックスが情報を提供しても利用できる相手がいなければ、その情報はジャックスに不利に使われるだけだ。いい知らせとしては、公選弁護人より不吉な人間が病院内に侵入して、彼の口をふさごうとはしていないということだ。悪い知らせとしては、イライジャがなんに巻きこまれているのかわたしは知る必要があり、事態が進展するのを待っている余裕はないということだ。

さいわい、計画があった。「だれかに不利な証言をする心配もなく、おれがおまえを放免してやれるとしたらどうだ?」

「どうしてあんたにそんなことが?」

「おれはおまえに不利な唯一の証人だ。そして、医者どもが楽観的に軽度の認知症と言っているものの気配がある。もしかしたら、おまえがクラレンスと一緒に車から降りてきたという確信はないかもしれない。おれを撃ち殺すかどうかおまえたちが話しあっていたのを覚えていないかもしれない。ひょっとしたらおまえは、衝突のあとおれが混乱していたときにたまたま撃ってしまった罪のない見物人かもしれない。おれを助けてくれれば、おまえを助けてやろうじゃないか」

あきらかにそそられていたが、彼はわたしを信用していなかった。「弁護人と相談しないと」

「ばかなことを言うな、金玉サポーター。証人と偽証をたくらんでいるなんて弁護人に言えるわけがないだろうが。弁護人は証人と不正な交渉をしたりはしないんだ。おまえにその気があるなら、おれと話をしろ。そして、それはいましかない」

彼はかすかな薄笑いを浮かべた。「なんで急ぐんだ?」

「おまえの仲間は、おれが乗っていた車の後部座席から男をさらっていった。あの男を生きてとりもどしたいんだ」

「ああ。あいつね」

「だれか知っているのか?」

「あんたは警察に、おれを撃っちまったのは偶然で、おれは事件にはなんの関係もないと言うんだな?」

「そう言っただろう。おれは自分の言葉に責任を持つ男だ」

「わかったよ。おれは無関係だと警察に言ってくれるなら、知ってることを話す」

わたしはノートの新しいページを開いた。「ゆっくり話してくれ、書きとめられるようにな。だが、ゆっくりすぎるのはだめだ。おれは急いでいる」

「なぜ書きとめるんだ?」

ペンで自分の頭をたたいた。「言っただろう、もの忘れがひどくてな。さあ、誘拐された男についてなにを知っている?」

「彼のことは知らないよ、その、個人的には。でも、だれなのかは知ってる。ザ・バックと呼ばれてる男だ」
「ザ・バック?」
「そうだ。ザ・バック」
ザ・ファック?

忘れたくないこと

ところで、彼がイライジャと呼ばれている理由はこうだ。

毎年春にユダヤ人は過越《すぎこし》の祭をおこなうが、これは古代エジプトで奴隷にされていたヘブライ人の解放を祝うものだ。祭の中心はセデルと呼ばれる祝宴で、そのとき家長はハガダーと呼ばれる祈禱書《きとうしょ》からエジプト脱出の物語を朗読する。

セデルでは、祖先がエジプトから逃げたときに食べていた種なしパンを、再生を意味する卵と奴隷暮らしのつらさをあらわす苦い薬草とともに食べる。そのあいだに四回、ふさわしい年齢に達した者が儀式用のワインを飲んで甘美なる自由を祝う。

大昔ラビのあいだで、過越の祭で飲むように聖書が規定しているワインは四杯か五杯か、という論争が起こった。結局、ラビたちは五杯目をついで飲まないでおくということで事態を解決した。

それに関連した古い慣習があり、正餐のあいだの決められた時間にドアを開けて、預言者エリヤ《イライジャ》を招きいれることになっている。伝承では、エリヤが訪れるのは、出席している男たちがみな割礼を受けており、過越の羊を食すのにふさわしいかどうかを確かめるためだといわれている。なぜならエリヤは——これはほんとうだ——ユダヤ教における割礼の守護聖人だからだ。

この慣習がどれほど古いものかは、次のことからもわかる。過越の祭のいけにえは二千年間ユダヤの信仰から姿を消している。なぜなら、いけにえの羊を献《ささ》げる儀式はエルサレムの神殿でしかおこなうことができず、キリストの死から三十年後にローマ人たちが古代エルサレムの町とともに神殿を燃やしてしまったからだ。

だれも聖なる肉を食べないので、割礼を確かめるほんとうの理由はもはやない。だから、現代ではこの部分はあまり重きを置かれていない。晩餐のテーブルでちんぽこについてぜひとも話したいとは、だれも思わないのだ。だが、みんなのペニスを調べるだけでなく、エリヤは律法にかんするすべての疑問と論争を解決するために救世主に先がけてあらわれる預言者ともいわれている。

たとえば、ワインの五杯目はどうなのか、といった論争だ。

そこでいまは、よぶんのカップにワインをつぎ、エリヤのためにドアを開け、彼はワインを飲んで論争を解決することになっている。そして、セデルの儀式は食事を含めて四時間半ほど続くので、最初にワインを満たしておけば、エリヤのカップは最後にはからになっている。

しかし、間違いなくワインはなくなっていても、彼が入ってくるのもワインを飲むのもだれも見ていない。エリヤはステルス機のような預言者なのだ。ユダヤ神学における最高のこそ泥野郎なのだ。

そして銀行強盗のイライジャも同じだ。ただ、彼が消すのは金であってワインではない。

乾杯《レハイム》！

26　二〇〇九年

「おれがザ・バックだ」

「いいや、ザ・バックは伝説みたいなもんだ。でなきゃ、神話かなにかだ。ただし、彼は現実にいる。スタッシュハウス（武器や物資を隠匿しておく場所）を襲う、とんでもない老いぼれロビン・フッドさ。スタッシュハウスの意味はわかるか?」

「ああ」わたしは答えた。「前は警官だったんだ」

一九六〇年代初めのイライジャの銀行強盗最盛期には、銀行を襲うことで泥棒が金持ちになれる時代が終わりを迎えようとしていた。いまの大手銀行の支店には、チャールズ・グリーンフィールドが言っていたところの〝金の詰まった部屋〟はもはやない。この二十年間で、小口取引銀行の主力は窓口係からATMに変わった。銃を振りまわしてATMから金を奪うことはできない。それに、現金での取引は激減しているので、行内に置かれている現金は前よりずっと少ないのだ。

最近の銀行に入っていって窓口係に金を出せと書いた紙を見せたとしても、ものにできるのはせいぜい五千ドルだろう。そして、紙幣の中にはダイパック（追跡用染料を含んだラジコン式焼夷弾）が含まれており、窓口係は無音の警報を鳴らし、犯人は連邦刑務所で二十年服役することになる。

昨今、金の詰まった部屋を探したいなら、いまだに大量の現ナマを扱っている数少ない商売を当たることだ。カジノ、連邦準備銀行、あるいは麻薬商人。

スタッシュハウスは、卸《おろし》の麻薬商人にとって銀行の金庫のようなものだ。秘密のアパートかビルに、ドラッグ、武器、現金が隠してある。板を打ちつけた窓、厳重きわまる鍵でロックされたドア。そういう場所は常時、ショットガンなどで武装した最低二人の信頼できる警備員に守られているはずだ。

あの男はわたしにとってほとんど伝説的な存在になっていたから、イライジャがもっぱら麻薬商人から盗みを働いていることにいささか失望した。痛ましいまでに陳腐で平凡だ。英国の王冠を盗むかクレムリンの財宝を略奪している彼を、空想していた。そもそもあのくそったれに手を貸すのを承知したのは、あまりにも怯えているように見えたので、なにかエキゾチックで魅力的な事件にかかわっていると思ったからだ。

しかしながら、実用的であまりロマンティックではないとはいえ、スタッシュハウスを狙うのは理にかなっている。そういう場所に隠匿されているのは驚くべき大金だろう。純粋なヘロインは同じ重さの金の十倍の価値がある。末端で売られるときには五パーセントの純度にまで薄められるからだ。つまり、まぜもののないアフガン産のヘロイン一キロは二十万回分になるのであり、一回分が十から十五ドルで取引されている。そして、メンフィスには売りつける中毒者が山ほどいるのだ。

ヨーロッパからまぜもののない製品を南米経由で運んでくる連中は、ひんぱんに取引して姿を見せる危険をおかしたくないので、少ない回数で大量に売る。レンガ状に圧縮された一キロのヘロインを詰めこんだスーツケース一個が、帯つきの二十ドル札の束が詰まった五十ポンドのスーツケース十二個と交換される。

そんな取引の直前にスタッシュハウスをからにできれば、軽く二、三百万ドルが手に入るだろう。だが、盗みたければまずは見つけなければならない。かんたんではない、なぜならスタッシュハウスの場所は極秘事項だから。それに、そういうちょっとした要塞を襲うにはSWATチームを連れていかなければならない。

「では、イライジャは麻薬商人から略奪したわけだ。そいつが彼をさらったのか?」

「イライジャなんて知らないよ。あんたの車から連れていかれた男はザ・バックと呼ばれてた。でも、そうだ。彼はカルロ・キャッシュってやつから盗んだんだ」

「カルロ・キャッシュ? 本名か?」

「ママがつけてくれた名前じゃないだろうけど、みんなそう呼んでる」

「何者だ?」

「いいか、いとこから聞いたことしか知らないんだ。だけど、いとこはおしゃべりだから、おれはかなりのことを知ってるはずだ」

「いとこに密告されるんじゃないかと、おまえは心配していたな」

「あいつはしゃべりたがりなんだ。おれはカルロの仲間とつるんじゃいないが、クラレンスは以前あいつらの売人をやってた。最近は用心棒として使われてたんだ、あのガタイだろ。出世したと思ってたんだ、ばかなでぶっちょがよ。ザ・バックを誘拐するときカルロの仲間に手を貸せば二百ドルになるって、クラレンスは言った。こんなことに巻きこまれるのはいやだったけど、二百じゃ断れないよ、そうだろ? おれは仕事を二つやってる。スーパーの棚の補充と、ハンバーガー屋の調理だ。両方ともパートタイムだから、残業も失業保険もない。時給七ドル二十五セントで六十時間働いて、週に四百三十五ドルだ。一時間で税金なしの二百ドルが稼げるなら、やらない手はないよ」

「わかったから、カルロについて話せ」

「メタンフェタミン、コカイン、アンフェタミン錠がほしければ、カルロのところにある。だけど、主力商品はあの上質のアフガン産ヘロインさ。どこかのメキシコ・カルテルとここでの卸売り業者として独占契約を結んでるんだ。だからメンフィスでヤクを買ったら、ほぼカルロに金が流れる。カルロと彼の仲間がやってるのはそういうことさ。この街じゃ大勢が通りや住宅団地のあちこちで商売してるけど、ブツを持ってるのはカルロとあともう一人ぐらいなんだ。だから、みんなカルロのところへ行くことになる」

「カルロ・キャッシュはうまい商売をしているようじゃないか」

「ああ、半年前まではね。いま、やつは死人同然だ」

「なにがあった?」

「ザ・バックだ」

わたしは車椅子の上で身を乗りだした。「ちょっと待て。バックはおれだ。なぜイライジャがバックと呼ばれている?」

「バックとは呼ばれてないよ。ザ・バックだ。ユダヤ人の幽霊かなんかの名前だ」

「ディバク?」

ユダヤの伝説では、ディバクは有害な霊だ。ものをこわし、人にとりつく。われわれユダヤ人は地獄や悪魔を信じていないが、ディバクは悪魔に近い存在だ。どうやらイライジャは、ちんぽこ検査官の飲んべえ預言者よりも不穏な名前を思いついたらしい。

「するとディバクはスタッシュハウスの一軒を襲ってカルロ・キャッシュから金を盗んだわけだな？」

「いや。ディバクはキャッシュのスタッシュを四軒襲ったんだ」

わたしは思わず笑った。〝キャッシュのスタッシュ〟というジャックスの言いかたがおかしかったのだが、彼はおもしろいとはまったく思っていないようだった。

「千五百万ドルも盗んだんだぜ」

「すごいな。どうやって？」

「半年前、カルロはカルテルと商談をまとめた。六百万ドルで十五キロのヤクを買う予定だったんだ」

「ヘロインか？」

「コカインなら、めちゃくちゃぼられてることになる」ジャックスは言った。コカインなら、ヘロイン一キロの値段でトラック一台分買えるのだ。「取引の前の晩、カルロのスタッシュハウスの一軒が襲われて、中では二人の警備員が死んでた」

「イライジャはどうやって殺したんだ?」わたしは尋ねた。あの盗っ人《ぬすと》は無慈悲で機略縦横ではあるが、武装した用心棒に守られている要塞のような隠れ家を、八十歳の老人が襲って成功するとは思えない。ジャックスは肩をすくめようとしたが、手錠でベッドにつながれているのでむりだった。

「さあね。だれも科学捜査班を呼んじゃいないからな。死体はどっかの穴に埋められて、デイバクは買入れ金の半分を奪って逃げた。カルロに一晩で残りの三百万ドルをつくれるわけがないけど、取引の相手はおっかないメキシコのギャングだ。だから、商談をはずすわけにはいかない。そういう相手を待たせたりはできないし、こっちを探しにこられちゃたまったもんじゃないだろう。

それに、カルロにはブツが必要だ。彼を頼りにしてるやつらが街に大勢いるんだ。金を得るためには売りものを仕入れなくちゃならない。カルロがブツを供給できなくなったら、やつらは別のところから買うだろう。あと、カルロはほかにも支払う先があるんだ。しゃべらせないために、服役中の連中にも金を払ってる。それから、買収しなくちゃならない警官たちもいる。カルロはにっちもさっちもいかなくなったのさ、わかるだろう?」

「それで、カルロは三百万ドルだけ持って取引に行ったのか?」

「ほかにどうしようもなかった。彼の片腕の一人がクラレンスに話したところによると、メキシコ人に殺されるんじゃないかとみんなビビりまくってたらしい。ところが、カルテルのやつは人当たりのいいビジネスマンみたいだったんだ。ヘロインの値段は密輸代だ。だって、アフガニスタンには金持ちのケシ栽培業者なんかいないだろう。カルロとの取引が決まったときには、ブツはもう密輸ずみだったんだ。それまでカルロの支払いはきれいだったから、メキシコ人の大物は三百万ドルでカルロにブツを全部渡した。ただし、残りは利息をつけて支払うことになった。だから、次回カルロは千二百万ドルを払わなくちゃならない。三百万は借りの分、三百万は利子、六百万は新しい品物代」

「卸の商売で、おそらくカルロはその五倍は稼いでいるはずだ」

「ああ、だけどカルロはその金のほとんどをずっと持ってはいられないんだ。大勢が支払いを待ってる。売人、見張り、用心棒、仲介人。そいつらは、カルロが金を盗まれたって知ったこっちゃない。そいつらに支払いをしなければ、裏切られる。カルロ・キャッシュと街の通りのあいだにはいくつもの層があって、そのみんなが少しでも金にありつきたがってるんだ。彼らが忠実でなければ、カルロの商売はうまくいかない。だから、この半年カルロは自分の合法的な資産を売って銀行口座をからにし、貸してた金をすべて回収し、メキシコの麻薬王よりは借りてもこわくない相手からあたりかまわず借金をした。最後には千二百万ドルかきあつめて、三ヵ所のスタッシュハウスに運びこんだんだ。

あいつはいかれた妄想野郎さ。これをスパイ大作戦かなにかと勘違いしてるんだ。手下はスタッシュの場所を一ヵ所以上知らない。尾行されたりしないように、カルロはしょっちゅう予定を変える。だけど、ディバクにとっちゃ屁でもない。ディバクは一晩で三ヵ所全部を盗みまくったんだ」

「どうやって？」

「わからない。カルロ・キャッシュのスタッシュハウスからどうやって盗めるのか知ってたら、自分でやるよ。二百万ドルでいい。カルロ・キャッシュが雇った最高に凶悪なイラク帰りのグリーンベレーどもが六人、警備してたんだぜ。あのじじい、全員を殺したんだ」

七十代のイライジャが昔より強くなっているはずはないから、接近戦でその男たちを倒したのではあるまい。撃ち殺したのでもあるまい。六人全員より彼のほうが上手《うわて》であるはずがない。

「どうやって警備員を殺したのか知っているか？」

「言っただろう、クラレンスから聞いたことしか知らないんだ」

「だが、どうやったのか考えぐらいはあるだろう。撃ったのか？　毒を盛ったのか？」

「全員が死んだってことしか知らないよ」

状況としては、ショットガンで武装した軍人並みの警備員が二人、金の詰まったアパートを守っている。窓は板でふさがれるか鉄格子がはまっている。ドアは補強されていくつもの鍵がつけられている。入るにはそこしかない。どうやったら、八十近い老人が押し入って中にいる男たちを殺せる？

いちばんいいのはおそらく、換気口かラジエーターから毒ガスを送りこむなど、気室性の高さを逆手にとることだろう。ガスの臭いがしたら、警備員たちはドアから逃げだすはずだ。その時点で、襲撃側は不意打ちできるかもしれない。しかし、イライジャに譲れない一点があるとすれば、それは人間をガス責めにすることだ。

「つまり、カルロはメキシコ人との取引を控えているが金がないわけだな」

ジャックスはうなずいた。「カルロはおしまいだ。ディバクを見つけて金をとりもどさないと、メキシコ人に殺《や》られる。それに、カルロがヤバいことになって大勢が死んだって噂が流れてる。追い落としたいやつから見れば、いまのあいつは弱味だらけだ。メキシコ人の流通経路をぶんどりたい人間は何人もいるんだ。だけどカルロはばかじゃない、ディバクの居場所を見つけた」

「どうやって?」

「知らない。でも、そういう情報がほしいときはふつう知ってるだれかを探して、金を払うか脅すかするんじゃないか」

わたしもそう思った。墓地に行くわれわれを尾行してきた者はいなかったし、出たあともいなかった。例外はイライジャの弁護士だ。レフコウィッツがキャデラックの中から携帯で、われわれがどこにいるかカルロに教えたにちがいない。

「そこでカルロはクラレンスに電話し、クラレンスはおれに電話した。で、おれたちはスタッシュを襲ったやつをさらいにいった。だけど、おまわりの車に乗ってるだなんて、ぜんぜん知らなかったよ」

「彼がどこへ連れていかれたか、思いつかないか？」わたしは聞いた。

「痛めつけて、金のありかを吐かせなくちゃならないよな」

「そうだ。だからどこだ？」

「わからないよ。カルロにはいくらでも隠し場所がある。ものを隠しておくのがあいつの仕事なんだから」

わたしは小僧をじっくりと眺めた。目をのぞきこみ、口もとを観察した。両手を見つめた。正直なところ、彼が嘘をついていると自分が思っているのか、そうであってほしいだけなのか、よくわからなかった。

「そうか」わたしは言った。

「おれを撃ったのは偶然だって、警察に言ってくれるな？」

「言うと言っただろう」

ジャカリアス・マディソンの話の大部分はたわごとだ、とくに自分について話した部分は。カルロは誘拐計画にだれかのいとこを引っぱりこんだりはぜったいにしない、たとえどれほど人員を失っていても。麻薬商人は密告の恐怖の中で生きているから、重大な罪をおかすときに知らない人間を仲間に入れたりはしないのだ。

だが、それはどうでもいい。老いぼれ銀行強盗を生かしてとりもどせれば、麻薬課ラトレッジがジャックスやカルロやほかのやつらをどうとでもしてくれる。

ここは、ジャックスから聞いた話をもとにレフコウィッツと対決することだ。うまくいけば、イライジャにたどりつける有益な情報をあの弁護士から引きだせるかもしれない。

しかし、タイムリミットは迫りつつある。

27　二〇〇九年

マイヤー・レフコウィッツを探しにいく必要はなかった。

イライジャ誘拐の現場から逃げたとき、弁護士はキャデラックを電柱に激突させ、時速四十マイルで走っていた車は〇・七秒で完全に動かなくなった。レフコウィッツ自身はそれほど早く減速せず、その結果、フロントガラスから飛びだした。

六万ドルのキャデラック・エスカレードには、ぎざぎざの破片ではなく丸みのある粒に割れる特殊安全ガラスが装備されている。だから、頭から飛びだしたとき重傷を負うことはない。しかし残念ながら、財政難のメンフィス市はまだ特殊安全歩道を整備するにはいたっていないので、レフコウィッツはただの舗装に打ちつけられてさんざんな目にあった。

彼はジャックスと同じ外傷病棟に搬送された。すぐそばにいたので、病室に行くまで迷うこともなかった。わたしは車椅子で中に入り、ドアを閉めた。

どうやら、フロントガラスにぶつかる前に彼は両腕を前に出していたらしい。片腕はギプスで完全に固定され、もう片方はガーゼの包帯にくるまれてまだ出血していた。だが、両腕を上げていたために頭は守られたようだ。あざや腫《は》れは目立つものの、顔はほとんど無傷で左頬に四角い絆創膏《ばんそうこう》が貼ってあるだけだった。

「やあ、ミスター・シャッツ。ぐあいはどうだい？」彼はほほえみ、まだ歯があることを示した。じつに幸運な着地だったにちがいない。最悪のやつらがつねにいちばん運がいい。

「前はもっとましだったよ、正直なところ」わたしは答え、車椅子を彼の折れた右腕の横に寄せた。

「わたしは驚くほど元気だよ」レフコウィッツは笑った。しこたま投与された鎮静剤が、よほど強力だったにちがいない。

総じて、大量の鎮静剤は人間の狡猾《こうかつ》さを減じ、知力を鈍らせる。これがなぜ尋問者にとってありがたいのかは、説明するまでもなかろう。

しかし、さまざまな容疑者から情報を引きだすにはさまざまな方法があるものだ。たとえ薬の影響があっても、おそらくレフコウィッツは頭がいいから、自分がクライアントを裏切って麻薬商人についたことをうっかり認めたりはしないだろう。罪を受けいれるタイプの人間には見えないし、言いくるめられて自分に不利なことを認めるには、失うものが大きすぎる。

レフコウィッツはまだくすくす笑っていた。薬のせいだとわかっていたが、むかついた。ある年齢を過ぎると、新しいものにはめったにお目にかからない。そして、マイヤー・レフコウィッツのような男はたくさん見てきた。これは、自分は刑罰とは縁がないと信じているたぐいの人間だ。社会と法体系を、自分の罪を罰するメカニズムではなく自分の地位とそれに付随する特権を守るためのセーフティネットとみなしている。

こういった弁護士、ビジネスマン、政治家、ギャング、プレイボーイたち——彼らは、女《おんな》子《こ》どもを殴ったりレイプしたり、あるいはその存在が不都合な人間を殺したりするのをやめさせようとする手が、わが身に迫ることはないと信じているのだ。

そして、たいていの場合彼らは正しい。この社会において絶対であるべき多くのものが、不確実で腐りやすい。判事は容疑者の自白を採用しない専門的な理由を見つける。重要証人はきなくさいメールを受けとって突然証言をひるがえす。証拠は警察署の鍵のかかった部屋から消える。陪審員は不可解な評決に達する。

イライジャは、国家の残虐な行為に対する反逆の人生を生きてきた。狂気に陥った国家によって彼はアウシュヴィッツで殺され、母親が目の前で撃ち殺された日にディバクとして生まれかわった。

制度としての文明についてのイライジャの考えは、決して間違っていない。あらゆる点で文明はひどく破綻している。全員を縛る規則などというものはない。社会的義務は変更がき、刑罰は不公平に科され、法律はそれを執行する人間より正しいことはぜったいにない。そして、たとえ国家によってガス室に送られていなくても、国民の権利は国民を守ってくれはしない。犯罪者は権利になど洟《はな》も引っかけない。ナチと同じだ。そして法律は彼らから守ってもらうのにあまり役には立たない。父親のふくれあがった死体が幹線道路の脇の排水溝のよどんだ水にうつぶせで浮いていた日に、わたしはそれを学んだ。

兵士になり、そして警官になったが、イライジャが考えているように国家権力の道具になることにまったく興味はない。イライジャと同じく、わたしの人格もまた両親を犠牲者にした力によって形づくられたものだ。

彼は復讐する幽霊でありたい。わたしはカミソリの刃でありたい。

だから、マイヤー・レフコウィッツの病室に入ったとき、この頭の中にあったのはそれだった。また、こうも考えていた。ソフトなアプローチが効く者もいれば、こぶしを使わなければならない者もいる。レフコウィッツにとってわたしをあざむくことはきわめて重要とはいえ、彼は臆病者だから二番目のカテゴリーに入るだろう。苦痛が彼をしゃべらせる鍵だ。だから、鎮静剤で酔っぱらっているのは残念だ。

彼にとって残念だ。

こっちは、レフコウィッツがどうかかわっているのか吐くまで痛めつける覚悟でいる。たとえ、加齢によってかつて頼ってきた多くの道具を奪われたにしても、それをやる用意はできている。もう壁にたたきつけたり、ブラックジャックであばら骨を砕いたりするのはむりだ。しかし少なくともある状況下では、まだ危険な男になれる。

息子にひげの剃りかたを教えたとき、こう言った。鋭利な新しい刃はよく剃れるがすっぱり切れることもある。一方、古くていたんだ傷だらけの錆びた刃は、顔を血だらけにするだけだ、と。

わたしは煙草の火をつけた。

「ちょっと、ここは禁煙じゃないかな」レフコウィッツは言った。

「だれが止めるというんだ？　人を呼んで、煙草を吸っていると言いつける気か？」

「ここには酸素ボンベがあると思うんだが」

「おれは危険な生きかたが好きなのかもしれない」わたしは彼の患者用ガウンに灰を落とした。

「つい最近危険な目にあったばかりじゃないか」

「消してほしいか？」

「ああ、そうだな」

わたしは最後に一吸いした。「喜んで」

彼が着ているガウンのえりは深いVネックで、胸の電極のコードをバイタルサインの監視モニターにつなげるようになっている。首の下に鎖骨の浅い溝が見え、そこに向けてわたしは煙草の先を突きだすと、柔らかな肌に燃えさしを押しつけた。

「おい、やけどになっているぞ」

「そうか?」

「そのようだ」

「ああ、ほんとうだ。臭いがする」わたしは言った。「勘弁してもらわないと。こっちは年寄りで動作がぎこちないんだ。手がすべったんだろう」

わたしは彼の胸の上で煙草の火をもみ消した。すでに、やけどは黄色っぽい灰色の醜い水ぶくれになり、縁のあたりは赤く変わっていた。彼はなにも感じていないようだった。

わたしはもう一本の煙草に火をつけた。「また手がすべったりしないように祈ろうじゃないか」

レフコウィッツの目が一瞬焦点を失い、それから彼は困惑を振りはらって言った。「ちょっと、ここは禁煙じゃないかな」

「そうか?」

「ああ。ここは病院だ」レフコウィッツは間を置いた。そして胸のやけどに目をやった。

「既視感《デジャビュ》を経験したことは? この話はさっきしたみたいな?」

「ない」わたしは答えた。「おれは八十八歳だ。記憶力がすっかり衰えてね」

「ぜったいに、同じ話をしたよ。変だなあ」彼は包帯を巻かれた左腕で胸のやけどにさわろうとしたが、その動作で縫った箇所が引きつれ、痛みで顔をしかめた。包帯の何ヵ所かに鮮血が染みだした。腕はずたずたになったのにちがいない。

いい気味だ。

「じゃあ、別の話をしようじゃないか」わたしは言った。

「ああ、そうしよう」痛みのせいで少し頭がはっきりしたようだ。さっきよりしゃきっとしていた。

「警察署までおれたちについてくるあいだに、あんたは携帯でカルロ・キャッシュに電話したな。だから、やつはどこで待ち伏せたらいいか知っていたんだ」

「していない」

わたしは煙草を一吸いした。「あんたはカルロ・キャッシュのために働いている」

「違う」

「わかっているんだ。車で走っているあいだに、おれたちの居所を教えられたのはあんただけだ。イライジャはどこへ連れていかれたのか言え」

「カルロ・キャッシュに電話なんかしていない」

「しゃべるならこれが最後のチャンスだぞ、おれが不機嫌になる前にな」

「ミスター・シャッツ、わたしはなにも知らないんだ」

「好きにしろ」わたしは左手をのばして彼のまぶたを上げた。右手で、火のついている煙草を熱が感じられるくらいまで眼球に近づけた。「あまり時間がないんだ、レフコウィッツ。おれはあの男を生きたままとりもどしたい。あんたがおれをコケにしつづけるなら、その目ん玉を焼いてやるぞ」

「そんな、やめてくれ。お願いだ。お願いだ」少なくとも、これで彼は正気に近づいた。

「あんたは組織とつるんでいる。きたならしい野郎だ」

煙草から目を遠ざけようと、彼は頭を動かしてもがきはじめた。

「気をつけろ。おれは年寄りだ。手が震える。定まらないんだ」

「わたしの専門は交通事故の処理なんだ。カルロ・キャッシュの仕事なんかしていない。ああ、頼むよ。つるんでなんかいない。刑事弁護士の仕事はほとんどしたことがないんだ、たまに飲酒運転を扱うぐらいで」

いまひとつ確信がなくなりはじめて、彼の目から煙草を離した。「どうしてイライジャの依頼を引きうけたんだ？」

「オフィスに入ってきて現金で二万ドル出したからだよ。もっと適任の弁護士を探すべきだと話したんだが、急いでいると彼は言った」

「そんな大金を渡されて、おかしいと思わなかったのか？」

「もちろんおかしいと思ったよ。だから、彼はそんな大金を出したんだろう。そこで、疑問は胸にしまっておくことしたんだ」

「信じない」わたしはなおも言った。「交通事故の処理でロレックスやキャデラックは買えないぞ」

「ものすごくたくさんやれば買えるんだ。わたしは仕事の大部分をインドにある会社に外注していて、そこが時給二十ドルで申し立てや事件摘要書を書いてくれる。わたしは一日じゅう電話に張りついて、保険会社と支払いについて交渉しているだけだ」

「嘘をついたらすぐにわかるんだぞ」

「調べてくれ。カルロ・キャッシュや彼の仲間の訴訟手続きの記録でも裁判所の意見書でも、見てみたらいい。どれでも、最初のページに登録弁護士の名前が書いてある。そういうのを扱う弁護士は決まっているんだ。わたしは一つもかかわったことはない。扱うのは交通事故だ」

わたしは煙草を彼の顔の上から自分の口に移した。

「信じるよ」火のついた煙草を目に突きつけられてわたしをだます度胸は、この男にはない。だが、だったらカルロ・キャッシュはどうやってイライジャが乗っている車を特定し、その居所をつかんだのだろうか?

忘れたくないこと

「さてさて、このバック・シャッツという男はまたもやニュースになったわけだ」

わたしはテレビを見ていた。くつろいだ様子の悪賢そうなリベラル派の司会者が、いつもネクタイをゆるめてえりのボタンをはずしている太った汗っかきの保守派と話していた。この二人が出てくると、どんなイデオロギーもたちまち魅力を失う。

「それが彼の名前？　バック・シャッツ？」汗っかきの保守派が言った。「なにかのジョークかな？」

「どうやらほんとうの名前らしい」悪賢そうなリベラル派が言った。「この九十近い高齢者がばんばん人を撃っているんだよ」

「ああ、そうだ。何ヵ月か前に彼のことを聞いたな。病院で人殺しの警官を撃ち殺したんだ。こんどはなにをした？」

「黒人の若者二人を撃って、一人を殺したんだ」悪賢いリベラル派が、ちょっとした小《こ》賢《ざか》しい長広舌をふるおうとしているのがわかった。「そう、これにはアメリカの銃規制について考えさせられるね。銃を持ってうろついて人を殺しまわる九十の年寄りが、われわれにはほんとうに必要かな？」

汗っかきの保守派はイヤフォンに指をあてた。「しかし、彼が撃った二人は警官を襲ってひどいけがをさせたグループの一味だ。シャッツが前に病院で殺した男は四件の殺人事件の犯人だった。それにシャッツは元警官だよ、だから銃の扱いかたは心得ている。多くの人々がこの男を銃社会の恩恵の偉大な例として挙げると、わたしは思うね」

悪賢いリベラル派はまさかというような誇張したテレビ向きのジェスチャーをした。

「地元メンフィスのニュースによれば、このシャッツという男は軽度の認知症を患っているそうだよ。家に客を迎えているのか侵入者が入ってきたのか区別がつかない男が、銃を持っているんだ。完全武装して老人ホームで暮らしているとはね！　彼のシーツを替えたりおまるを掃除したりするたびに、撃たれる危険にさらされる看護師にはなりたくないものだ」

汗っかきの保守派は腹をたてていた。「いいかね、大勢の人々が――げんに――彼を英雄と呼んでいるんだ。健康状態を勘ぐるのはフェアじゃないと思う」

「ふむ、今回彼が撃ったのは黒人だよ」

「この議論に人種問題を持ちこむ必要はないだろう」

「人種問題を持ちこむかどうか決める必要はないんだ。年寄りの白人が若い黒人を撃ったら、人種問題はすでに議題の一つになっている。この認知症のガンマンが黒人一人を殺し、もう一人を身障者にしたことを、あなたのような銃を崇《あが》めたてまつる少数過激派がほめたたえているのは、じつにとんでもないことだ」

「その若者たちを撃ってミスター・シャッツが救った警官も、黒人なんだよ」

悪賢いリベラル派はため息をついた。「明白な事実に対するあなたの反感は恥ずべきだが意外じゃない。彼は九十歳の引退したメンフィスの警官なんだ。この男が現役時代にメンフィス市警のような組織にいたというのは、ほめられたことじゃない。われわれが問わなければならないのは、彼が人種差別主義者かどうかではなく、どの程度の人種差別主義者かだ」

「ほう、恥ずべきだが意外じゃないといえば、きょうの大統領の発言を聞いたかね?」

「人種差別主義者といえば……」

28 二〇〇九年

イライジャをカルロ・キャッシュに売ったのがレフコウィッツでないのならだれなのか、さっぱりわからなかった。墓地に着くまでずっと、わたしはアンドレの車のバックミラーで尾行されていないのを確かめていた。イライジャも同様に、尾行があれば振りきったはずだ。

この問題には新しい目が必要だ。わたしと同じように事実を見ることができ、なおかつそこに新しいパターンを見分けることができる、頭がよくて役に立つ人間が。残念ながらそんな人間は知らないので、しかたなく孫に聞いてみた。

「電子監視機器だよ」孫は言った。「GPS車輌追跡発信機を車につけると、どこへ行こうが位置を知らせてくれるんだ」

「無線送信機みたいなものか？　アンテナに気づきそうなものだがな」

「小さいんだよ。スペアタイヤ入れの中とかフェンダーの下とかに隠せる。探そうと思わなければ、ぜったいに見つからない」

「『CSI』でそういうのを使っているのを見たことがあると思う」わたしは言った。「昔は、だれがなにをしているか知りたければ、尾行してまわるしかなかったんだ」

「いまは、だれがなにをしているか知りたかったら、ツイッターでフォローすればいい」

「なんなんだ、ツイッターっていうのは？　FOXニュースでよくその話をしているが」

テキーラは笑った。「きょうは追跡発信機の勉強だけにしておこうよ。ツイッターはまたの機会にとっとこう」

われわれは病室で医者が来るのを待っていた。わたしは電動ベッドの上に戻り、テキーラはそばの椅子にすわっていた。母親のフランはローズを迎えにヴァルハラへ行っていた。二人が戻ってくるまでに退院したいのだが、医者は抗凝血剤を飲めるようになるまで経過観察したいと言っており、鼻血で出血死しないと医者が納得するまではわたしは抗凝血剤を飲めないのだ。

「おまえのその偉そうなもの言いについても、またの機会に話しあわないとな。だがまずは、カルロ・キャッシュがどうやってレフコウィッツのキャデラックかアンドレのクラウン・ヴィクトリアにGED発信機をとりつけたのか、考える必要がある」

「GPSだよ、GEDじゃなくて」

「GFY。そう言っただろう」

テキーラは前日にわたしが書いていたノートをめくった。「発信機なんかいらないんじゃないかな？　この事実からあきらかな結論が導きだせるよ、じいちゃん。レフコウィッツがキャッシュに電話してどこで待ち伏せたらいいか教えたんだ」

「おれも最初はそう思った。だがレフコウィッツと話して、彼はやっていないとわかった。もっぱら交通事故の処理をしている、ただの救急車の追っかけ屋だ」

「嘘をついたのかもしれないよ」

「そうは思わない。きびしく問いつめたんだ」

「どういう意味かわからないけど」

「煙草の火でやけどさせた」

テキーラは目をみはり、青い顔になった。「嘘だろ、くそ」

「言葉に気をつけろ」

「罪のない人間に煙草でやけどさせたのかよ、じいちゃん」

「この話は前にしたような気がするな、シャンパン。罪のない人間はいないんだ」

彼はしばらくすわったままノートのページをめくっていたが、読んではいなかった。ようやく、こう言った。「イライジャが初めてレフコウィッツの事務所に入ってからじいちゃんが墓地で彼と会うまで、二時間しかたってない。イライジャがレフコウィッツを雇ったと知るためには相手は尾行してなくちゃならないけど、もう尾行してたんなら、見つけるために弁護士の車に発信機をつける必要はないよね」

煙草の火によるやけどはこれ以上話題にはのぼらないだろう。この新たな情報は、われわれの禁断の記憶が、思い出したくないものが詰まった金庫に保管されることになる。イライジャの命は風前の灯《ともしび》だ。わたしはいまの状況で必要と信じることをした。とはいえ、そのことを誇らしく思っているわけではない。

ほんとうのところ、これまでも誇らしく思えないことをたくさんしてきた。だが、なんであれ神の怒りが燃やしているものを振りむいたら、塩の柱になってしまうのだ。

だから、覚えておきたいことだけを書きとめてほかのことは忘れ、前へ進みつづける。歩行器でも、車椅子でも、動きつづけるのを可能にしてくれるものをなんでも使って。

「キャッシュはレフコウィッツの事務所に情報提供者を飼っていたのかもしれないな。秘書とか、警備員とか、イライジャを見かけた可能性のあるだれかを」わたしは言った。

テキーラは首を振った。「筋が通らないよ。なぜ麻薬商人が、交通事故専門の弁護士の事務所にスパイを飼っておく必要がある？　それに、その弁護士のキャデラックに仕込んだ発信機がどうやって、アンドレのクラウン・ヴィクトリアを襲えと知らせたんだ？」

「アンドレの車に発信機をとりつけられたとは思えないんだ。あの朝イライジャがおれと会ったのを、敵は知っていなくちゃならない。ヴァルハラへ来るとき、イライジャは尾行されないように注意したはずだ。そして、そのあと二、三時間しておれはアンドレに電話した。アンドレがかかわってくるのを敵が知るためには、イライジャと再会してすぐにおれの携帯電話に盗聴器をとりつけなくちゃならなかった。そして、おれの電話を盗聴する方法をなんとか敵が見つけたとしても、署に止めてあったアンドレの警察車輛に発信機をとりつける余裕は一時間もなかったんだぞ。二台のうちのどちらにとりつけたとしても、どうやったのかさっぱりわからない」

「そうだね、敵が車に追跡発信機をつけず、レフコウィッツもじいちゃんたちの居場所を教えてないのなら、どうして待ち伏せができたのか理解できないね」テキーラはあごをこすって目を閉じ、しばし体を前後に揺らしていた。「もしかしたら、イライジャの体に発信機を忍ばせたのかな。彼が敵から盗んだものに発信機がついてて、それを持ち歩いてたのかもしれない」

「そうは思わない。車に乗せる前に、アンドレは身体検査をした。イライジャが発信機を持っていたら、アンドレは見つけたはずだ」

わたしは孫からノートを受けとり、ページをめくった。

「ここにイライジャのポケットにあったもののリストがある。身分証の入っていない財布、マッチ、ホテルの鍵、それから例のボタンのない電話」

テキーラはぴんと首をのばした。「ボタンのない電話？ iPhone みたいな？」

「アイフォン、ユーフォン、だれ《フー》のフォン？」

テキーラはポケットから黒い金属とガラスの平らな板を出した「こういうの？」そして横にある小さなボタンを押した。すると、画面に数字のキーパッドと〈パスコードを入力してください〉という文字があらわれた。

「そうだ。それと同じのだった。アンドレが電源を入れて、イライジャにパスコードを聞いたんだ。イライジャは教えようとしなかった」

「なんで八十近い逃亡者に iPhone がいるんだろう？ 逃走中にメールチェックをするのかな？」

「それで彼がなにをするのか知らないし、そういうもので人がなにをするのかも知らない」

わたしは言った。

「老人ホームでだれかそういう携帯を持ってる？」

「老人ホームじゃない。高齢者のための介護付きライフスタイルコミュニティだ」

「なんでもいいよ。じいちゃんの年で、こういう携帯を持ってる人はいる?」

「知りあいにはいない」

すばらしい考えが浮かんだかのように、テキーラは勢いよくこぶしを振った。「それがイライジャの携帯じゃなかったら?」

「だったらだれかの携帯を盗んだ罪で彼を告発しないとな、八件の殺人と千五百万ドルの窃盗に加えて」

「麻薬組織の金だ。じっさいは、だれのものでもないよ。つまり、合法的な金じゃない」

「ロースクールに二年間行ったんだろう」わたしは言った。「麻薬商人から盗んでも盗みには変わりない。わかっているはずだ」

所有権の正当性について前にだれかがなにか言っていたのを、わたしは思い出した。

「ええと、ぼくが言おうとしてるのはね、彼の携帯じゃなかったら、所有者が追跡できたはずだってことなんだ」テキーラは言った。「その携帯にはGPS機能がついてる。じいちゃんがテレビで見た追跡装置みたいなものだ。アプリ——コンピューター・プログラムのことだよ——があるんだ、〈iPhoneを探す〉ってやつ。パソコンからプログラムを開くと、携帯がかなり正確な位置情報をネットで送信してくるんだよ。こういう携帯はよく盗まれるんだ。そうすると、みんなプログラムを開いて、犯人の居場所を警察に通報する。もし携帯がキャッシュか彼の仲間のものだったら、そうやって位置情報を追跡できたかもしれない」

「そんなにかんたんにイライジャの居場所がわかるなら、どうしてもっと早く誘拐しなかったんだ？」

「位置情報を送信するには、携帯がネットに接続されてないとだめなんだ。電源が入ってなかった、アンドレが電源を入れたって、じいちゃんは言っただろう。起動したから追跡できるようになったんだよ。だけど、追っ手が位置を特定できる盗んだ携帯を、なぜイライジャは持ち歩いてたんだろう？」

「なぜかわかるよ」わたしは言った。「もっと早く気づくべきだった。彼は同じようなことを前にもやっているんだ」

29

一九六五年

イライジャをぼこぼこにしてやってから二日後の朝十時半に、わたしは銀行の外で車の中にすわり、なにかが起こるのを待っていた。

安っぽくて脂っこいしろものを買ってこようかと考えていたとき、背後のデモ隊のほうから叫び声が上がった。

「なんなんだ？」

「地面に伏せろ！」

「おい、おれたちには権利があるんだぞ！」

「伏せろと言ったら伏せろ！　全員だ！」

車は駐車スペースに止めてあり、クルーグの正面玄関からは二百ヤードほどしか離れていなかったので、わたしは車から降りると騒ぎのほうへ走っていった。

警官たちが警棒を振りかざし、スト参加者の群れをかきわけては無差別に殴りつけていた。黒人数名はプラカードをかかげていたが、木の柄《え》を棍棒にするためにスローガンを書いた厚紙をはがそうとしているところだった。

ロングフェロー・モリーの大きなよく通る声が、乱闘の怒号に負けずに響きわたった。「紳士諸君、われわれは自分たちの品位を守るために行進しているんだ。挑発に乗って品位のない行動をとるな」

警官の一人がメガフォンを持って、ロングフェロー・モリーの声を圧倒した。「おまえたちを逮捕する。武器を捨て、両手を頭に置いて地面に伏せろ」

デモ隊の何人かは逃げようとした。警官が一人の女を追いかけ、警棒で頭を殴った。女は地面に倒れたが、警官は殴りつづけた。

「彼らはわれわれを犯罪者にしたいんだ」モリーは叫んでいた。「われわれを動物と同じにしたいんだ。彼らがなにをしているか、世界が目にするぞ。世界が目にするぞ」

だが、だれも彼の言うことを聞いてはいなかった。催涙ガスの缶がデモ隊の頭上で爆発し、人々は咳きこんだり目をかきむしったりしはじめた。四人のたくましい黒人が一人の巡査を地面に引き倒し、ヘルメットをとって顔面を踏みつけるのをわたしは見た。別の警官もこれを見た。近くにいた警官五、六人がホルスターから銃を抜いた。

「撃つな」わたしはバッジをかざして叫んだ。「街じゅうが暴動になるぞ！」

この現場の責任者がいるはずだが、お偉がたの姿はどこにも見当たらなかった。無線で指揮をとっているのか。あるいは、暴力が始まったとたん逃げてしまったのか。

ありがたいことに、警官全員が発砲したわけではなかった。そうなったら、デモ隊はすべて射殺され、混乱の中で同士討ちも多々あったにちがいない。しかし、三人の警官が群衆に向かって弾倉がからになるまで撃ち、あとでわかったところでは十八発が発射された。

六人の黒人が、殺されるか負傷するかして地面に倒れていた。ほかのデモ参加者は持っていた武器を捨てて逃げようとした。警官たちは彼らを追い、警棒で殴っては手錠をかけていった。

わたしはロングフェロー・モリーが血だまりの中に倒れているのを見た。片目と鼻の一部がなくなっていた。ソドムの滅亡についてアブラムスキーが言っていたことを思い出した。御使いたちが十人の正しい者を見つけられていたら、町は救われたかもしれない。

背後で、消防車のサイレンのような音がした。どこが火事なのだろうと振りかえったところで、コットン・プランターズ・ユニオン銀行の警報だと気づいた。
わたしはためらった。この大失態については調査があるはずだ。何者かがへまをした。だれがここで最初に暴力に訴えたのか知りたければ、ただちに目撃者から証言をとらなければならない。逃げたあとでは、デモの参加者たちは怯え、証言するために名乗りでたりはしないだろう。われわれは二度と彼らを見つけることはできなくなる。そして、関与した警官たちが口裏を合わせれば、真相を究明する見込みはなくなる。

しかし、わたしはそもそもストライキの現場にいるはずではなかった。人種がらみの虐殺の場で自分の名前が報告書に載るのは避けたい。歴史書で、これの横に自分の写真が載るなどごめんだ。だから、銀行のほうへ走って戻った。

このときには、付近の会社の社員たちは逃げだそうとしていた。通りは車であふれ、人々が摩天楼の回転ドアから徒歩で列をなして出てきていた。歩道がこんなに混雑しているのは奇妙だった。メンフィスでは、だれも徒歩でどこかへ行ったりしない。パニックになった会社員たちをかきわけて銀行にたどりつくのに、八分かかった。強盗は八分も続かない。わたしが着いたときには、イライジャと手下のギャングどもはもういないとわかっていた。

回転ドアは鍵がかかっていたが、中に立っていた警備員の一人がわたしを認めて入れてくれた。ロビーはほとんどからっぽだった。グリーンフィールドは行員の大部分を家に帰したようだ。副支店長のライリー・カートライトと制服姿の警備員五人だけが残っていた。

「何人だった？」わたしは聞いた。「外見は？　どっちへ逃げていった？」

「なにも起きなかったよ」グリーンフィールドは言った。「金庫を閉めるために、警備システムを作動させた、暴動に備えて用心しておくほうがいいと思ったのでね」

「強盗はなかったのか？」

彼はかぶりを振った。「ここではなにごともない。暴徒が侵入するといけないから警備員たちは警戒を続けるが、金庫はあと三時間は安全でだれも入れない」

もしかしたら、わたしはほんとうにイライジャを脅かして街から追いだせたのかもしれない。「そうか、だったらおれはほかへまわったほうがよさそうだな」わたしは言った。「なにか疑わしいことに気づいたら、警察に連絡しろ」

忘れたくないこと

あの朝の発砲事件に対する黒人側の反応は、わたしが恐れていたよりも静かだった。クルーグのストライキはダウンタウンで働く白人たちの心配の種ではあったが、メンフィス在住の黒人たちにとっては決して大きな関心事ではなかった。どうやら、たいていの人々はストを人種問題ではなく労働問題と考えていたようだ。

それに、クルーグの事務所の前で六週間続いた抗議のあいだなにごとも起きていなかったので、ついにストライキが暴徒化したとき記者連中はだれもいなかった。

死人が出たのだから全米相手のマスコミなら関心を示しただろうが、身の毛のよだつ煽情的なビジュアルがなかったので、この事件はあまりテレビ向きとはいえなかった。メンフィスの外ではだれもストライキに目を向けていなかったため、虐殺のあと時間をかけて報道していたのは地元のメディアだけだった。

そして今後もここで暮らしていかなければならないメンフィスの記者たちは取扱いに慎重を期し、人種問題よりも労働問題に焦点をしぼった。だれも、暴動を誘発するような報道をしたがらなかった。

ストライキはスケールが小さすぎて、全米規模の公民権運動組織からはあまり注目されなかった。また、運輸会社の労働者で教会へ行く者は少なかったため、メンフィスの黒人説教師たちがクルーグに対する抗議運動に参加を呼びかけることもなかった。暴力が始まったとき群集は比較的数が少なく、最初の目撃者たちの多くはその場で逮捕されてしまった。銃撃から何時間もたって市警が参加者たちを釈放しはじめるまで、いったいなにが起きていたのか正確に知っている者はほとんどいなかった。

市長は、だれかの責任を問うというよりはことを荒立てずにおきたかった。そして市警の上層部は、必然的な結論に至る徹底的かつ入念な調査さえしておけば、まずい状況はすべておおい隠せると考えていた。必然的な結論とは、警官たちは規範どおりに行動したのであり、スト参加者に加えられたかもしれない殴打も銃撃も完全に正当だった、というものだ。

暴力をもって抗議したかもしれない人々が発砲事件を知ったときには、街は警官であふれかえっていた。夜までには、これまでの一日の逮捕記録の二倍の人数が逮捕されており、留置場は黒人で満杯になった。メンフィスで暴動は起きなかった、少なくとも一九六五年には。平和は保たれた。

ただし、コットン・プランターズ・ユニオン銀行は別だ。警報による三時間の閉鎖のあと金庫が開いたとき、中にあった金はすべて消えていた。

30

二〇〇九年

わたしは電動ベッドの上に戻っていた。さっき看護婦が腕に点滴の針を刺し、貧血状態なので体内の鉄分を監視していると言った。わたしは驚かなかった。まさに交通事故にあったあとの気分だ。

麻薬課ラトレッジは、隣で病院風の安楽椅子にすわっていた。ビニールのクッションのついた安っぽいちゃちなしろものだ。背の高いラトレッジには小さすぎて、居心地が悪そうだった。左ひざに右の足首をのせ、両肘を腕木にかけていた。最初手帳かと思ったが、じつは一種の電子装置だったものを手にしていた。とても大きな携帯電話、あるいはとても小さなコンピューターだ。

孫は興奮してじっとしていられない様子で、ベッドの足もとを行ったり来たりしていた。わたしは見ているだけでいらいらしてきた。

「携帯電話からどうやってその男を見つけられるというのか、わからないな」ラトレッジが言った。「メールアドレスも登録しているパスワードもわからないんだから、オンラインで追跡できないじゃないか」

テキーラは跳びはねだした。答えを知るよりも彼が好きなものは、ほかのだれもわからないときに答えを知っていて、自分がクラスでいちばん頭がいいと感じられることだ。「電話はGPSで追跡できる」彼は言った。「だけど、位置は電話会社も三角法を使って測定できるんだ、モバイルネットワークインフラを使って。個別の携帯電話がどこの基地局で通話してるか、会社は記録してるんだよ。そしてこのデータを使えば、携帯が、そしてたぶんその持ち主が、ある特定の時間にどこにいたかわかるんだ」

ラトレッジはとまどった顔になった。「それは知っている。だが、携帯電話を追跡するには番号が必要だ。ある男が携帯を持っているから見つけてくれと言われても困る。猫も杓子《しやくし》も携帯を持っているんだから」

わたしはラトレッジのファーストネームを知らないことに思いあたった。ノートの前のほうをめくって、書きとめていたかどうか調べたが見当たらなかった。ということは、聞いていないのだ。

ファーストネームがあまりにも黒人的なので気恥ずかしいのだろうか。もしかしたらラトレッジはファーストネームで、ラストネームではないのだろうか。だが、もしそうならわたしはラストネームを知らないことになる。まさか、どちらかが麻薬課《ナーコティクス》ということはあるまい。聞いてみようかと思ったが、その手の質問には敏感ですぐに怒りだしそうだ。

「でも、携帯の種類ははっきりしてるし、モバイルネットワークはどの種類の携帯で通話してるかもわかるんだ」孫は言った。「彼は iPhone を持ってた」

「だから？　この街には何万も iPhone があるんだぞ。もしかしたら何十万も。みんな、ろくでもない iPhone ユーザーだ」

「そうだけど、プロバイダーは携帯のログだけじゃなくて基地局のログも保存してるから、ある基地局の範囲内にどの携帯が位置してるか調べられるんだ。電話番号を調べればどの基地局で通話してるかわかるのと同じだよ。ぼくたちが探してる携帯はきのうの午後三時にサウス・パークウェイのユダヤ人墓地にあったことがわかってる。墓地の隣にあるのは、貨物操車場と廃工場と広い砂利採取場だ。そのとき墓地一帯にあった iPhone はそれ一台だった可能性が高いよ。墓地をカバーしてる基地局のログを電話会社が調べれば、番号がわかる」

「番号さえわかれば、きのうからその電話がどこにあるか通常の方法で調べられる」ラトレッジは感心したようだった。「どうしてそんなことを知っていたんだ?」

「先学期に、テクノロジーの進化とプライバシーについてのセミナーに出たんだ」テキーラは言った。「法学ではとても有望な分野なんだよ。法廷は、アナログの監視を規制するために作られた規則を、携帯やインターネットといった新しい事象にあてはめようとしてるから。こういうものにかんするプライバシーの可能性について、巡回裁判区同士で見解の違いがあるんだ。とうとう最高裁が乗りだしてきて、デジタル・フットプリント（ネットワーク上でユーザーが公開する情報）は憲法修正第四条のもとで保護するべきかどうか、判断することになった」

「デジタル・フットプリントになんか縁がなくてなによりだ」わたしは言った。

「友だちのイライジャには縁があってよかったじゃないか」テキーラは言った。

「そうだな。これをやるのに令状はいるのか?」

「いや」ラトレッジは答えた。「電話会社は頼めばいつでもログを提供してくれる」

「それは憲法にかかわる問題だな。警察はそういうデータを法の規制なしで得られていいものかどうか」テキーラは言った。「そのことについて論文を書こうかな。ぼく、〈法と公共政策ジャーナル〉のスタッフをやってるんだ」

「黙っとけ」わたしは孫に命じた。

ラトレッジは例のミニコンピューターを耳に押しつけた。つまり、携帯電話だったのだろう。

「病院ではそういうものは使用禁止だぞ」わたしは言った。

「そうか?」ラトレッジは言った。「ふん、だれがおれを止めるっていうんだ?」

31

一九六五年

セントラル署刑事部のオフィスにある自分のデスクの前に、わたしはすわっていた。車は銀行の前に置いて歩いて戻ってきた。通りは激しい渋滞で運転はむりだった。

黒人の暴動を押さえこむ市警の作戦に加わる気はまったくなかったので、ロングフェロー・モリーが死んでからの数時間は、一週間前に起きた某殺人事件の手がかりを適当に洗いなおして、虐殺事件の捜査には近づかないようにした。某殺人事件の犯人はわかっていたが、起訴には持っていけそうもない。なぜなら、わたしがイライジャのことにかまけているあいだに、そいつは二人の重要証人を怖気《おじけ》づかせてしまったからだ。

そいつを探しにいってたたきのめしてやろうかとも思ったが、午前中の出来事が市警への大打撃となるのはわかっており、上層部は警官の暴力を重く見るかもしれない。それに、自分の怠慢のせいでだめにした捜査にあまり注意を引きたくはない。この一週間なにをしていたか、説明は考えてあるが、きびしく調べられればぼろが出るだろう。

いまのところ、この事件はあきらめるしかない。やつがこんどだれかを殺したら、つかまえてやる。

フォルダーにノートをしまって引き出しに入れたとき、コットン・プランターズ・ユニオン銀行が襲われたという知らせが飛びこんできた。

わたしは電話をとって銀行の交換台を呼びだした。交換手はグリーンフィールドの内線電話につなぎ、彼自身が出た。

「きみたちはどこにいるんだ?」グリーンフィールドはけわしい口調だった。「十七万ドルが盗まれたと通報してから二十分もたつのに、警察はまだ来ないぞ」

ふつうの日なら、メンフィス市警にとって銀行強盗は大事件だ。どんな刑事も、ヤク中や黒人が盗みを働いたり殺しあったりという通常の事件よりも優先して出動するだろう。

しかし、この日はふつうの日ではなかった。きょうはだれも、グリーンフィールドや彼のあほらしい金には見向きもしない。

「金庫には十五万ドルしかなかったんじゃないのか」わたしは言った。

「あれからもう一度装甲車が来たんだ」

「イライジャが狙っているとおれが警告したあとで、さらに二万ドル金庫に追加したのか？」

「そうだ。くそ、カートライトみたいなことを言うな」

「あんたはとんまだ、グリーンフィールド」

「この前話したときは、ボケと言ったぞ」

「あんたはボケでとんまだよ。まったく、あんたは陰嚢と肛門のあいだのきたないシワシワの肉だ。にもあらずってやつだ。陰嚢にもあらず、肛門にもあらず。それがあんただ」

「おほめの言葉をありがとう」

「後学のために言ってやっているんだ」

「このままわたしを侮辱しつづけるつもりか、シャッツ刑事？　それとも仕事にとりかかってこの犯罪の首謀者をつかまえるのか？」

あきらかに、イライジャをつかまえることはない。グリーンフィールドの最新式の警備システムのおかげで、盗《ぬす》っ人《と》どもは犯行が露見する前に逃げる時間を三時間稼ぐことができた。イライジャはとっくに州外に出ているはずだ。

それに、彼がつかまるところなど見たくない。なぜなら、ユダヤ人としての彼の陰謀があきらかになってほしくないからだ。銀行が襲われてしまったいま、イライジャの計画のとばっちりが自分に及ばないようにするためには、彼を無事に逃がすことだ。万が一この事件が解決するなら、わたしの熱心な努力が及ばなかった結果ということになる。

「あんたを侮辱しつづけるつもりだよ、グリーンフィールド」

「くたばれ、バック・シャッツ」

「そっちこそくたばれ」

さて、問題が一つある。ストライキが暴徒化したときにイライジャは銀行を襲う計画だと、アリ・プロトキンは話していた。なにか起こるのを銀行の外で待っているというのは有効な時間の使いかたとは思えず、盗っ人どもがそうしていたとも信じがたかった。イライジャは、銀行強盗とクルーグのストの暴発が同時に起きるように計画していたにちがいない。つまり、いつ暴力沙汰が起きるか彼は正確に知っていたのだ。

あの日、イライジャはわたしを警察内部の協力者としてスカウトしようとした。だが、彼の計画のどの部分が警官を必要としたのだろう？　すぐにぴんときた。銀行強盗からみんなの目をそらすために、クルーグの前で人種暴動を始めるようにイライジャはだれかを買収したのだ。だから、わたしが隠蔽したかったユダヤ人がらみの強盗と、すでにきびしい内部調査がおこなわれている警察による虐殺は、じつは同じ事件なのだ。

銀行強盗についてそれとなく聞いてみた結果、もっとも無能な刑事が担当を命じられたことがわかった。五ヵ月後に引退を控え、早くも怠けものの役立たずになっている、ウィット・ペッカーというすぐに息を切らすずんぐりした男だ。

これは、わたしにとっては幸運だった。グリーンフィールドはわたしと会ったことをペッカーには言うまい。支店長が強盗計画について事前に警告されていたと知ったら、保険会社は支払いを拒むだろう。うまくいけば、イライジャの名前もわたしの名前も事件と結びつけられずにすむ。

しかし、虐殺事件を捜査する男たちのほうはもっと危険だ。メンフィスのトップ3の刑事たちが、なにがあったのか探りだす仕事を命じられた。署内の噂では、これまでのところあまりうまくいっていないらしい。供述をとるべき証人が何十人もおり、出てくるのは矛盾した役に立たない話ばかりだった。黒人たちは口をそろえて最初に殴りかかったのは警官だと主張した。一方警官たちは、黒人たちが棒を振りまわしたり瓶を投げたりしはじめ、応戦したのは規則にかなっていたと主張した。

だが、わたしはその刑事たちが知らない情報を少しばかり握っていた。ユダヤ人警官を買収するというイライジャの計画を知っていた。メンフィス市警にはユダヤ人は四人しかおらず、わたしはそのうちの一人だ。だから、公式の捜査チームは五十人から五十通りの話を聞いていたが、こっちの手持ちのリストはごく短かった。親しい二、三人にちょっと聞いただけで、あのときストライキの現場にいたユダヤ人警官は一人だけだとわかった。

彼の名前はレン・ワイスコップ巡査。二十六歳で、いまやまずいことになっていた。

32　二〇〇九年

「きのうの午後三時、墓地の周辺でiPhone一台が起動した」ラトレッジが言った。「その電話番号はチャールズ・キャメロンのものだった」

「またの名をカルロ・キャッシュか？」わたしは聞いた。

「そうだ」

「麻薬商人はバーナーしか使わないと思ってた」テキーラが言った。

「バーナー？」わたしは片方の眉を吊りあげた。

テキーラが口にしたのを聞いて刑事が唇をゆがめたので、ドラッグ関連の俗語なのだろう。

「使い捨てのプリペイド携帯電話だ」ラトレッジは説明した。「彼らはそういうのをビジネスに使うが、ふつうの用途のためにふつうの電話も持っている。ふつうの人たちと同じだ。彼らも人間だとわかっているだろうね？」

「ああ、もちろん」テキーラは答えた。

「ジェイ・Z（ラッパー、ソングライター）を聴いて『ザ・ワイヤー』（アメリカの都市問題を描いたテレビドラマ）を見ているからって、自分を業界通だと思わないことだな」ラトレッジは諭した。「きみみたいなのにはよくお目にかかるよ」

テキーラの鼻の穴が広がった。「おまえがいけない」わたしは言った。わたしはジェイ・Zを聴かないし、『ザ・ワイヤー』を見ない。そして、ラトレッジがわたしみたいなのにはお目にかかったことがないとしても驚きはしない。だが、それを言うのはやめておいた。

「とにかく、われわれは電話を追跡してリヴァーサイド・ブールヴァードの倉庫をつきとめた」

「リヴァーサイド・ブールヴァードに倉庫なんかあるかな？」テキーラが言った。「公園と新しいダウンタウンの住宅しかないと思ってた」

「きみが思っているのはリヴァーサイド・ドライヴだろう」ラトレッジは言った。「リヴァーサイド・ブールヴァードはまったく違うんだ」

リヴァーサイド・ドライヴとリヴァーサイド・パークはメンフィスのダウンタウンの再開発区域だ。五億ドルかけて建設されたバスケットボール・スタジアムのおかげで、ピーボディ・ホテル周辺の数ブロックは格段によくなった。開発業者が老朽化した街の中心部を撤去して、高級アパート群、こぎれいな商店街、映画館、そしてたくさんのしゃれたレストランを建てた。

一年前、ローズとわたしはテキーラを連れてそこにあるブラジリアン・ステーキハウスへ夕食をとりにいった。ブラジリアンというのは感心しなかったが、肉のかたまりをそれほどだめにするわけもあるまいと思っていた。

三十年近く、わたしはこのあたりで仕事をしていた、アダムズ・アヴェニュー一二八にある警察署で。だが、テキーラに携帯電話で場所を調べさせなければならなかった。なぜなら、一帯が様変わりしていたからだ。ビュイックを駐車するのに八ドルもとられた。

ブラジリアン・ステーキハウスではステーキを注文しない。先に四十ドル払って皿をもらうと、ウェイターがさまざまな種類の肉を串刺しにした刀状のものを持ってまわってくるので、客は好きなだけ切り分けてもらえばいい。どういうわけか、ウェイターは明暗法《キアロスクーロ》と呼ばれている（ほんとうはシュハスケイロ）。

食事のあいだ、テキーラは話をしなかった。肉を切ったり嚙んだりもっと肉を持ってこいとウェイターを呼ぶので忙しかったからだ。孫は少なくとも、三ポンドの脇腹肉のステーキとニンニクをきかせたサーロインとパルメザンをまぶして焼いた鶏とフィレミニョンのベーコン巻きをたいらげた。わたしは感心したが、それはサーカスの見世物に感心するのと同じだった。

翌日、孫は電話してきて〝トイレの水溜まりより上まで来るうんこが出た〟と言った。

「すごいよ。肥沃な火山性の土の、新しい南の島ができたみたいだ。ぼくのトイレに」

「すばらしいニュースだ」わたしは言った。

「写真を送ろうか？」

「いい。それに、おれのはそういう携帯じゃない」

「大きすぎてパイプが詰まっちゃうんじゃないかと心配なんだ。トイレブラシで砕いてから流したほうがいいかもしれないね」

わたしの腸も詰まり気味なので、この会話は不愉快だった。緩下剤《かんげざい》を飲みはじめて三日目で、ブラジリアン・ステーキを食べても流れは改善していなかった。よけいに腹がふくれて滞った感じだった。あしたの朝食までにそこそこの量が出なければ、浣腸薬を試さなければならない。それでもだめなら、消化器科へ行かなければならない。あの医者は断トツに嫌いなのに。

事情を説明したくはなかったので、どうしてわたしが向かっ腹をたてているのか、孫はついにわからなかった。

とにかく、要はスタジアム建設で勢いづいた新しい再開発区域を通りすぎれば、大規模工業の支配が終わったメンフィスの衰退はあいかわらず続いているということだ。銀行の高層ビルや役所やブラジリアン・ステーキハウスのある地域から川沿いに二マイルも行けば、穴だらけの道路と使われていない工場と船積み場の続く一帯に出る。

河川は輸送手段としてすっかりマイナーになり、かつては何百人もの港湾労働者によって運ばれていた荷は、いまコンピューター制御の二台のクレーンによってはるかに速く積み下ろしされている。メンフィスはまだ流通の拠点ではあるが、今日《こんにち》、運輸業者は国際空港とフエデックスのまわりに集中している。

拷問してもだれにも聞こえない静かな倉庫を見つけるのは、麻薬商人にとってむずかしくはないはずだ。

「イライジャはまだそこにいると思う?」テキーラが聞いた。

ラトレッジは顔を曇らせた。「最後に携帯がネットワークに接続したのは川のまんなかだった。けさの午前二時ごろだ」

「橋の上にいたのかな?」テキーラは尋ねた。

「船の上だろう」わたしは言った。

ラトレッジはわたしに向かってうなずいた。「それ以来、携帯から発信はない。おそらく、川に沈んだんだろう」

「死体と一緒に」テキーラは言った。

「そのようだな」ラトレッジは言った。「残念だ」

「いや」わたしは言った。「イライジャの死体じゃない」

「どうしてそう思う?」ラトレッジは聞いた。

「あれはイライジャの携帯じゃないからだ」

33

一九六五年

警官がロングフェロー・モリーを射殺してから約十二時間後、市警上層部は大規模な人種暴動は起きないと判断し、超過勤務を解くと無線で通達した。わたしは新聞とコーヒーを買ってきて、四十五分時間をつぶした。それからワイスコップの自宅へ行って玄関をノックした。妻が出てきた。

「あなたのことは知っています。バルーク・シャッツでしょう」真夜中少し前にわたしが訪ねてきたのを、彼女はあきらかに変だと思っていた。変だと態度で示すべきだろうか、この人はいったいなにをしにきたのだろうかと考えているようだった。わからなかったらしく、とりあえず礼儀は守った。「わたしはデボラといいます。こんどのこと、おめでとうございます」

彼女が言っているのは、ブライアンのバル・ミツヴァについてだ。わたしは微笑した。子どもについてうれしいことを言われたときに、自動的に浮かべる笑みだ。「どうもありがとう。レンと話をしたいんだが」

「中に入ります?」

「ちょっと急いでいるんだ、だからここのポーチで話すのがいいと思う。すぐにすむから」

「呼んできますね」彼女はドアを閉めて奥へ引っこんだ。わたしはベルトからブラックジャックをはずし、柄《え》をぎゅっと握った。

ドアが開いた。ワイスコップは肩幅が広くわたしより少し背が高かったが、たくましい感じはしなかった。若干ゆがんでいなければ、ハンサムといえなくもない顔だった。やや幅の広すぎる鼻。気持ち肉厚すぎる唇。少し小さすぎて間隔が離れすぎの目。ちょいとばかり楽をしすぎているせいで、あごの線と腹まわりはいささかたるんでいた。

ワイスコップはにこやかに戸口に立ったが、不安を隠しきれてはいなかった。

「こいつは驚いた」彼は言った。「いままでちゃんと会ったことはないですよね。でも、おふくろはあなたのお母さんと知りあいだと思います」

わたしはブラックジャックでドアを示した。「ポーチに出てドアを閉めろ」

煙草をくわえ、マッチで火をつけた。ワイスコップはドアを閉めた。はっきりと不安を見せはじめていた。

「今晩、ぼくになにかお手伝いできることでも、バック？」

わたしは深々と煙を吸いこんだ。「息子になんと言えばいいか、教えてくれ」

「なんの話かよくわからないんですが」

「このあと家に帰ったら、息子はおれを待っているだろう。そして、きょうのような残虐行為をしでかす組織にどうして属していられるのか、問いただすだろう。どうして自分と折りあいをつけていられるのか、聞くだろう。そういう質問にどう答えるべきか、おれにはさっぱりわからない。だから、息子になんと話せばいいと思うかとおまえに尋ねている」

「なぜこの話をぼくにしにきたのか、わからないな」ワイスコップは言った。「たいした知りあいでもないじゃないですか」

「ふざけた口をきかないほうがいいぞ」ブラックジャックを振りかざした。「こいつであばら骨を木琴がわりにしてやってもいいんだ。そのろくでもない口の歯を全部折ってやってもいい」

彼はてのひらをこちらに向けて両手を上げた。「頼む、やめてくれ。女房は妊娠しているんだ。赤ん坊が生まれるんです」

わたしは彼の肩をつかんで後ろを向かせ、武器を持っていないか調べた。

「おまえのせいで三人が死んだ」

「黒人ですよ」

「おまえを生かしておこうと自分に言いきかせているときに、怒らせるようなことを言うな」

ポーチのしみにすぎなくなるまで彼の頭をブラックジャックで殴らない理由が一つだけあり、それは彼の妊娠している妻ではない。なぜ自分がそうしたのか、説明したくなかったからだ。虐殺の責任がユダヤ人にあることを、市警にぜったいに気づかせたくなかった。だから、この件にはふたをしなくてはならない。レン・ワイスコップを、だれにも見つからないところへ行かせなければならない。

「あの人たちを殺すためにイライジャはいくら払った？」わたしは聞いた。

「ぼくはだれも撃っていない。一人を警棒で殴っただけだ」

「だが、おまえが始めたんだ。始めさせるために、イライジャは金を払った。おまえは彼が金庫を襲っているあいだの目くらましだったんだ」

「そうだったのかもしれない、でも銀行強盗のことなんか聞いていなかったし、同僚たちがデモ隊に発砲するなんて思いもよらなかった。それにイライジャとは会ってもいないんですよ。わかっていたのは、ぼくの仕事は午前十時半ぴったりに手近な黒人をつかまえて、警棒で殴るってことだけだ。大金をちらつかされたら、あなただってあいつらのちりちり頭をかち割ったにちがいない。今週は何人を殴りたおしたんです、無料《ただ》で？」

いまこの場でもう一人殴りたおしたかったが、ぐっとこらえて挑発を無視した。「金を払ったのはだれだ？　接触してきたのは？」

「アリ・プロトキン」

くそったれが。こんどアリ・プロトキンを撃つことがあったら、忘れずに顔を吹きとばしてやる。

「いくらだ？」

「三千五百ドル」

「人殺し一件につき罪の意識と一千百ドルちょっとか」

彼は眉をひそめた。「あなたの罪の意識は死体何人分ですか、バック？　これまでで何人殺しました？」

「もう一人分くらい大丈夫だ」わたしがブラックジャックを振りあげると、彼は両腕で頭をかばって一歩下がった。

「ああ、やめてくれ！」

「どこにある？」

「なにが？」

「金だ、まぬけ」

「家の中」

「とってこい」

「え？　どうしてだ？」

「とってこなければ、いまここでブラックジャックを使っておまえを殴り殺すからだ」

彼は家の中に入った。なにをしているにしろ、ばかなことを考えているのではないかと心配になるだけの時間がかかったので、わたしはブラックジャックをベルトに戻して三五七口径を抜き、ドアの脇に寄った。そしてドアが開いたとたん、すきまに手を入れてシャツをつかみ、彼を壁に押しつけた。

身体検査をすると、銃を持ちだしてくるほどばかではないことがわかった。言われたとおり、ワイスコップは家のどこかから札束をとってきていた。

「これは持たせてはおけない」わたしは彼の手から金をとりあげた。

「そうだろうね、だが証拠にするつもりじゃないだろう」

「おれがこれをどうしようが、おまえの知ったことではない」

「それじゃ、目的は強請《ゆす》りか？」

「きょうは運がよかったと思うことだ、レン。おまえをめちゃくちゃにたたきのめしたくてたまらないんだ。こてんぱんにやられて当然だし、刑務所へ行くのが当然なんだ」

「それはぼくの金だ。家族のために、まっとうに稼いだ金なんだ」

「そうか、だったら、所有権の概念についておれが深い疑いを抱いていたのが運のつきだったな」わたしは札束を上着のポケットに入れた。「あしたの朝、おまえは巡査部長に電話して、きょう目撃したことに自分は耐えられないと言うんだ。市警をやめると伝えろ」

「仕事をなくしたら、どうしたらいいんだ？」

「荷物をまとめて街から出ていけ」

「どこへ行けっていうんだ？」

わたしは三五七の銃口を彼の額に押しつけた。「きっと、この広くてあったかい世の中のどこか知ったこっちゃない場所に、落ち着けるところがあるだろうよ。とにかく、ここにいさせるわけにはいかない」

「家があるんだ」

「だれかを雇って売りに出して、進展を報告させればいい。だが、あしたの日没までには街から出ていたほうがいいぞ。ここでぐずぐずしていたら、あるいは出ていくときに振りかえるだけでも、神の聖なる怒りの白熱した炎でおまえを焼き殺してやる。おれの言うことを信じるか?」

「信じる」彼は答えた。

わたしは銃を下ろした。「よし」

「だけど言っておくぞ、あんたは最低の偽善者だ」ワイスコップは言った。「正義漢ぶっているそばから、ぼくのよごれた金を横取りした。ぼくと同じ穴のむじなだ。少なくとも同じだけ心がねじけているし、はるかに暴力的だ。あんたを見るだけで吐き気がするよ」

「だったら、二度とおれを見ないですんでよかったじゃないか。そして、おまえがおれを見ることがあっても、逆はないほうがいいぞ。なぜなら、こんどおれがおまえを見たら、おまえは死ぬんだ」

「この偽善者」

「あしたの日没までにメンフィスから出ていけ、でないとおなかの大きい女房は葬式の準備をすることになる。ではよい夜をな、このゲス野郎」

忘れたくないこと

ブライアンが起きたとき、朝食の用意はほぼ終わっていた。いつものインスタントではなく、本物の豆を使ってコーヒーをいれた。スクランブルエッグ、ベーグル、しぼりたてのオレンジジュース、かりかりのベーコンも並べた。

ベーコンをめぐるけんかは、ローズを相手にしてわたしがようやく勝つことができた数少ない大論争の一つだ。二人ともユダヤ教の掟に従って調理をするしきたり重視の家庭に生まれたが、わたしの父が死んだあと、母は面倒な規制をいくつか無視するようになった。ハイスクールに入るころには、わたしはレストランでチーズバーガーを食べてもなんとも思わなくなっていた。

戦争中、軍の糧食はえてしてよくなかった。そして塩漬けの豚肉はたいていのほかの肉よりもましだったので、それにありつけるときはありがたく、わたしはその味が好きになった。

あれこれを目撃し、あれこれを耐えしのび、あれこれをなしてヨーロッパから帰ってきたときには、肉と乳製品の食器を分けるのはもうわずらわしくなっていた。買い物に行けば、不浄な食物を家に持ちこんだ。

ローズは最初怒ったが、やがて決まりが変わったのを理解するようになった。ユダヤ人には救いが必要だったのに、神はあらわれなかった。アメリカ軍が神にかわって神の仕事をしなければならなかった。神のための仕事をしていて、わたしはいまいましい銃弾をくらった。だから、朝なにを食べるか神に指図される謂《いわ》れはない。

ローズへの譲歩として、家じゅうを豚の脂肪の焼ける匂いで満たしたあとは、かならず煙草の匂いでごまかすようにした。

息子が眠い目をこすりながらキッチンに入ってきた。フランネルのパジャマ姿で、小さなあんよのついたベビー服を着ていたのはついこのあいだのような気がした。

わたしはブライアンの前に皿を置いた。

「そうかんたんに買収できないよ」彼は言った。

「なにも買収しようなんてしていない」わたしは言った。「朝飯を作りたくなっただけだ」

遅くまで開いているスーパーがあったので、レン・ワイスコップと話したあとそこへ行ってきた。主として、ブライアンが寝ている遅い時間に帰宅するためだった。なんと言っていいかわからなかったし、説明する準備ができていなかった。

食料品を買ったとき、イライジャがくれた百ドル札の一枚をくずした。その金を使う自分がきたならしく思えた。この一週間に起きたことはなに一つ、とりたてて誇らしくは感じられなかった。

「三人が死んだんだよ。それなのに、コーヒーと卵でぼくの尊敬をとりもどせると思う?」

「ベーコンもだ」

ブライアンはうなずいた。「そうだね。ベーコンは食べるよ」

彼は黙って食べた。わたしはスクランブルエッグをもう少し作った。

数分後、ローズがキッチンに入ってきた。わたしは妻の前に卵とトーストしたベーグルの皿を置いた。

「その不潔なものと同じフライパンで調理したんじゃないでしょうね?」彼女は聞いた。

結婚十五周年の記念日、わたしは夕食に生きたロブスター二尾を持って帰って彼女を驚かせようとした。甲殻類はユダヤ人にとって禁じられた食べもので、ローズはかんかんになった。魚市場へ戻ってお金を返してもらえと言われたが、水槽から出ていた時間が長すぎて、店はロブスターを引きとってくれなかった。

たとえローズが食べなくてもわたしは料理してみたかったが、彼女はそんな不浄なものを家に置くことを許さず、捨てろと言ってきかなかった。九ドルが窓からポイだ。

その晩わたしはソファで寝るはめになり、教訓を学んだ。

「別のフライパンを使ったよ」わたしは言った。「きみの卵は豚肉には触れていない」

「よかった。そのしろものには吐き気がするのよ」

「わかっている」

「父さんにつまらないこと言ってないで、母さん。きょうも黒人を撃ち殺すので忙しいんだから」

「おれは黒人を撃ってはいない」

「でも市警は撃った。そしてきょう、父さんはなにごともなかったみたいに仕事に行くんだ」

「きのう起きたことを言い訳しようとは思わない」わたしは言った。「あの警官たちはたぶん発砲するべきじゃなかった」

「たぶん？」ブライアンはこぶしでテーブルをたたき、オレンジジュースがこぼれそうになった。

「現場では緊張がとても高まっていた。こみいった状況だったんだよ」

「あの労働者たちは、自分たちを搾取している会社の野蛮な所業を暴こうとしてたんだ。それなのに、警察は彼らを犯罪者みたいに扱った。市警は、あのうすぎたないアルヴィン・クルーグにスト破りのごろつきがわりに利用されたんだ」

「なあ、おまえがアブラムスキーにいろいろ吹きこまれているのは知っているが」

「自分で考えてるよ。だけど、多くの点でラビは正しい」

「アブラムスキーはホロコーストで家族を亡くしているのよ」ローズが言った。「国家の権限や警察力の行使について、彼が心配するのももっともだわ」

「それはきわめて狭いものの見かただよ、きみもわかっているだろう、ハニー」わたしは言った。「心配する必要のある暴力はほかにもあるんだ。ヒモや酔っぱらいが女を殴る。麻薬商人が地域社会を脅す。強盗が通りで発砲する。警察が威圧して暴力を用いなければ、人々を守ることはできない」

ブライアンはベーコンをまるまる一切れ口に詰めこんだ。「そういう脅威は身近には思えないよ。もしかしたら、治療は病気よりも悪いかもしれない。少数の悪者が少数の人々を傷つけるのを防ぐために、ぼくたちは凶悪な市警に権力を持たせて市民を危険にさらしてるんだ」

「親父になにがあったか、話したことがあったか？」わたしは尋ねた。

「バック、この子は十二歳なのよ」ローズが言った。

「それがどうした？　大人になりたいのなら、こういうことについてもう知ってもいい。あのとき、おれは六歳だったんだ」

この朝初めて、ブライアンはまっすぐにわたしを見た。「おじいちゃんになにがあったの？」

「だめよ、その話は」ローズが言った。

わたしは最後のスクランブルエッグを自分の皿にとり、テーブルについた。だれもなにも言わなかった。わたしはベーコンを一切れ食べ、煙草に火をつけた。

ようやく、口を開いた。「警察はその制服を着ている男たちの程度で決まる。彼らの一部はそれほど善良ではない。だが、いい人間がその仕事をしなかったら、悪い人間しかしなくなる。おれは毎日出かけていって、正しいことをしようと努力しなくちゃならないんだ。言ったように、あの黒人たちを撃ってはいない」

「でも、ミスター・シュールマンを殴ったじゃない。ぼく、見たんだから」

「ああ、そうだ。そうしなくてはと思ったんだ、なぜならおれを見たとたん彼は逃げだしたから。彼がなににかかわっていたのかは、知らなかった。不審な行動を見逃していたら、罪のない人々が傷ついたかもしれない」

「ミスター・シュールマンはだれも傷つけようとしてなんかいなかったと思う」

「人間を善意に解釈しようとするのはいいことだ。しかしときには、人は見かけよりも危険なんだ」

「そしてときには、暴力が行きすぎになる」

「ああ、ときにはな」

「人を殺したこと、ある?」ブライアンは尋ねた。

ローズは噛むのをやめてわたしを見た。

わたしはフォークとナイフを皿に置き、まっすぐに息子の目を見た。「オムレツを作るには卵を割らなくちゃならないんだ」

少年はいつか大人にならなければならない。

ブライアンはあごを突きだし、口をとがらせた。「父さん、一人の死者も出さずにフルコースのカントリー・ブレックファストを作るのは可能だと、ぼくは信じてるんだ」

尋ねたとき、彼はもう答えを知っていたと思う。おそらく自分一人で導きだせるはずの事柄だ。

「そうか、だったらこれからはおまえが料理してみたらどうだ?」わたしは言った。

34　二〇〇九年

退院すると医者を説きふせるのに一時間以上かかった。〝医師の忠告を聞きいれずに〟退院するとカルテに書いておくと言って、彼は譲らなかった。なんでも必要だと思うことをどこにでも書いていいから退院させろと、わたしは言った。

フランがローズを病室に連れてきたとき、わたしはラトレッジの手を借りて車椅子に移っているところだった。だからちょっとした騒動になったが、テキーラがあとに残って祖母をなだめ、わたしは刑事と一緒に出かけた。

ローズが騒ぐことなどなかったのだ。ラトレッジがわたしを倉庫に連れていったときには、悪党どもはとっくにいなくなっていた。そこは廃墟だった。周囲の建物の半分は屋根が陥没していたし、ドライブの最後のほうはアスファルトが崩れていたせいでひどく揺れた。

倉庫のまわりには立入り禁止のテープが張られており、非常線のすぐ外にパトカーが五、六台いて回転灯を閃《ひらめ》かせていた。ほかにも、よほどのばかでないかぎりすぐに警察車輌だとわかるシボレーが何台か止まっていた。

これだけ警察が来ていれば、ふつうなら野次馬がなにが起きたかと立入り禁止のテープぎりぎりまで押し寄せてくるものだ。ここには民間人の姿は見えず、それは一帯がいかにさびれているかを物語っていた。

金のメタルフレームのめがねをかけ、薄茶色の髪が薄くなりかけた白人の男が、ラトレッジの助けで車の助手席から降りているわたしに近づいてきた。私服姿で、ラミネート加工した身分証を首から下げていた。

「ランドール・ジェニングズを撃ち殺した男と握手したくてね。あいつは歩くケツの穴だった」男は言った。

首から下がっている身分証には、彼の写真と〈科研〉という文字が見えた。わたしは刑事としての数十年の経験をもとに、鮮やかな推理をしてみせた。

「鑑識か?」

「自称メンフィス市警の自称科学捜査研究所の自称一員だよ」彼は言った。「友だちはエド・クラークと呼ぶが、女房は夕飯遅刻常習犯と呼ぶし、地元のニュースの連中は十二年遅れのレイプ・キット検査官と呼ぶ」

なかなかおもしろいやつだ。すぐに好きになった。だが、わたしには維持するべき評判というものがある。

「あんたのことは好きじゃない」煙草に火をつけながら言った。

彼は微笑した。「きっとそう言うだろうと思っていたよ」

「ミスター・シャッツを連れてきたのは、チャールズ・キャメロンことカルロ・キャッシュがきのうアンドレ・プライスの車からイライジャという強盗の容疑者を誘拐したと言っているからだ」ラトレッジが説明した。彼は車のトランクから出してきた歩行器を広げて、わたしの前に置いた。「われわれは、カルロがこの建物にイライジャを連れてきたんじゃないかと思っている。ミスター・シャッツの状況分析と、あんたがここで見つけた証拠がうまく結びつくといいんだが」

「そいつは話しあう価値がありそうだ」クラークは言って、心配そうな顔になった。「あんたたち、病院から来たのか？　プライスの容態はどうなんだ？」

ラトレッジは首を振った。「さっき家族と話したが、まだ自発呼吸していない。生きのびても、あとがたいへんだろう」

「くそ、残念だな。すごくいい若者だったのに」

「仲間だった」ラトレッジはうなずいた。「こうなったら、思い知らせてやるぞ。くそったれどもの根城をぶっつぶしてやる。やつらの巣を焼きはらってやる」

「もうイライジャに先を越されたとおれは思うね」わたしは言った。「だが、その意気やよしだ。倉庫の中がどうなっているか見よう」

倉庫の横の入口には三段の階段があり、傾斜路はなかった。身障者が出入りできない建物を作るのは違法のはずだが、この手落ちはほかにもたくさんある規則違反の一つにすぎないのだろう。

歩行器の四つの先端を立てるには階段の幅は狭すぎたので、寄りかかって体を安定させることができなかった。わたしがゆっくりと上るあいだ、ラトレッジはひじを支えていた。クラークは後ろについて、わたしの名誉のために、転がり落ちそうになったら抱きとめるためではないというふりをしていた。

倉庫の中には、薄暗い頭上の照明のほか、警察が証拠を探すために持ちこんだフラッドライトがついていた。戸口のすぐ内側の床が、大きく円形にテープと円錐形のコーンで囲ってあった。それ以外、あたりはがらんとしていた。床の大部分には厚くほこりがたまり、つい最近踏み荒らされたようだ。大勢の麻薬商人どもが上を歩き、そのあとさらに大勢の警官たちが歩いたときに。

「なんとなく拍子抜けだな」わたしは言った。

「あんたたちがなにを期待していたのかわからないが」クラークが言った。

「『ワイルドバンチ』(一九六九年公開のサム・ペキンパー監督の西部劇)のラストシーンだ」わたしは言った。

「『レザボア・ドッグス』(一九九二年公開のクエンティン・タランティーノ監督の犯罪映画)のラストシーンだ」ラトレッジが言った。

「そうか。残念だな」クラークが言った。

「ここでなにを見つけた?」わたしは尋ねた。

「うん、そこの囲った場所以外はほこりが積もっていた」クラークは言った。「そこは漂白剤を使って洗われたらしい」

「どうしてわかる?」わたしは聞いた。

「漂白剤の臭いがするからさ」彼は答えた。「別にむずかしくはないよ。でも、洗浄された床の部分から血痕を見つけた。漂白すれば血痕を隠せるとみんな思っているが、みんなばかなんだ」

「では、なにが起きたと思う?」

「だれかがそこで撃たれて、だれかが死体を運びだしてあとをきれいにした。血痕があるのはその一ヵ所だけだから、犯人は死体の動かしかたを心得ているようだな。樽に詰めこんだか、死体袋を用意していたか。ビニールシートでもかなりうまく包めるよ、血が垂れないようにちゃんとたためばね」

「きっとイライジャの血痕だ」ラトレッジが言った。「彼を殺すためにここへ連れてきたわけだし、たしかにだれかがここで殺されたようだ。大きな論理的飛躍をしなくても、あなたの友だちは死んでいるな」

「それはどうかな」わたしは言った。「血痕はカルロ・キャッシュのものだ。彼がここに来てすぐに、仲間が後頭部を撃ったんだ」

「どうしてそう断言できる?」ラトレッジは尋ねた。

そこで、わたしはイライジャがどうやってコットン・プランターズ・ユニオン銀行を襲ったか話してやった。

35

一九六五年

ロングフェロー・モリーがメンフィス市警に殺されてから二十七時間後に、メンフィス市警最低の刑事ウィット・ペッカーは、わたしがアリ・プロトキンと仲間を逮捕したこととコットン・プランターズ・ユニオン銀行が襲われたことが関係しているのに気づいた。そこで、わたしは捜査に巻きこまれることになった。

銀行強盗の計画を調べていたとなぜ教えてくれなかったのかと、ペッカーは気分を害した様子で聞いた。きのうの発砲事件の混乱ですっかり失念していたとわたしは答え、自分のケツは自分で始末しろと言ってやった。一時間後、銀行強盗は前からかかわっていたわたしの担当になったと上から言われた。別に、ペッカーにやらせておいてもかまわなかったのだが。

銀行へ出向くと、グリーンフィールドが豪勢なオフィスで待っていた。副支店長ライリー・カートライト、パンフリーとかいう顧問弁護士、スウェインとかいう死霊のような保険会社の男が一緒だった。椅子は全部ふさがっていたのでわたしは立っているしかなく、頭にきた。

客の手前、グリーンフィールドはわたしと初めて会ったようなふりをしていた。彼が呼んだ秘書に、コーヒーはいかがですかと聞かれた。アーリア的な美人で、グリーンフィールドは機会あるごとに客にみせびらかしているようだ。

ほかにだれも飲みものを頼んでいなかったので、わたしも行儀よく断るのを期待されているのだろう。そこで、一杯いただこう、クリームと砂糖二つもと答えた。

「あなたがうちの銀行を狙っていたギャングを逮捕したとは聞いていたが、まさか金庫を破れる者がいるとは夢にも思っていなかった」グリーンフィールドはわたしに言った。

そして、こっちの返答を不安そうな顔で待ちうけた。わたしの吸っていた煙草はまだ半分残っていたが、グリーンフィールドのじゅうたんの上に落としてかかとで踏み消した。それからマッチでもう一本に火をつけ、振って消したマッチも床に投げ捨てた。念のために、靴の先で黒くなったマッチの頭を踏みつぶした。

「おたくの銀行を襲う別の計画があると予期していれば、間違いなくここへ来てお話ししましたよ」わたしは言った。

顔を上げると、弁護士のパンプキンと保険屋のスウェーデンがぎょっとした表情でわたしを見つめていた。わたしは微笑した。一方、グリーンフィールドのほうはいくらかほっとしたようだった。

「警備システムが作動せず、ロックされて密閉されていたはずの金庫にどうやってか侵入されたとしか考えられませんよ」グリーンフィールドは言った。

「しかし、どうしてそんなことが？　あの金庫はほぼ難攻不落なのに」スターリンが言った。

「〝ほぼ〟というのが、われわれが保険をかける理由ですよ」パンタロンが言った。

「なぜ警備員が金庫のそばにいなかったんです？」わたしは聞いた。

「通常の手続きでは対処できない状況で、決断しなければならなかった」グリーンフィールドは答えた。「通りに面した入口側は窓になっています。つまり、ガラスだ。そしてわれわれは人種暴動になりかねない騒ぎの渦中にいた。だから、掠奪者がガラスを割って侵入してこないように、警備員全員を建物の正面に配置することにしたんです」

「金庫は無防備で？」

「いや。警報ボタンを押したから、金庫は密閉されたはずだった。開けるのは不可能のはずだったんだ。銀行強盗がどうやって入ったのか、想像もつきませんよ」

「いったいだれにこんなことができただろう？」スリーサイズが言った。「気づかれることなく最新の警備システムを破って、密閉された金庫を開けるなんて？」

「黒人どもだ」間髪を入れずグリーンフィールドが答えた。

「そう」わたしはうなずいた。「こういうことが起きると、われわれはたいてい黒人たちのしわざだと仮定する」

保険屋は不満そうだった。「刑事さん、盗まれた現金をとりもどせると思いますか？」

「あらゆる手をつくしますよ」わたしは答えた。「だが、ほんとうのところ、犯人をつかまえるのはおそらくむりでしょう。現行犯逮捕でない場合、そして顔を確認できる証人がいない場合、つかまえるチャンスがあるのは盗品を売りさばくときぐらいだ。だが、現金を盗んだ犯人は売る必要がないし、たとえこちらが現物を見つけてもそれが盗まれた紙幣だと見分けるのはむずかしい。銀行強盗は犯行直後に逮捕するか、さもなければお手上げというのが現状でしてね」

「まずいな」スリランカはうなった。「ひじょうにまずい」

ここで秘書がわたしのコーヒーを持って入ってきて、会話は中断した。わたしは一口飲んだ。とてもうまかったので、それをじゅうたんの上にぶちまけるのがうしろめたいほどだった。

「これはぶざまな」わたしは言った。「穴があったら入りたい」

そんなことはまったく思っていなかった。

グリーンフィールドはデスクのインターホンのボタンを押し、秘書を呼びもどして掃除させた。彼女が四つん這いになってじゅうたんのしみをこすっているのを見て、当惑のあまりわたしは煙草を落とし、かかとで踏みつけると、しゃがみこんで彼女を手伝った。

「そんなことはしなくてもいい、刑事さん」グリーンフィールドは言った。

「そうですか？　まったくもって申し訳ない」

「たいしたことじゃありませんから」秘書が言った。

「では」わたしは立ちあがり、マッチで煙草の火をつけるとマッチを振ってじゅうたんに落とし、足で踏みつけた。

高価なスーツを着た三人の男は、ショックを受けた居心地の悪そうな視線を長々とかわしたあと、会話を再開した。

「光明が一つありますよ——つまり、あなたにとってだが」パンナコッタが保険屋に言った。

「金庫については製造会社がかなり包括的な保証をしている。そして設置した警備会社はきちんと作業したことを保証している。金庫や警備システムの不具合が関係した損失については、支払いをする契約になっています」

「それはいいニュースだ」スリッパの顔が明るくなった。「刑事さん、報告書のほうは、金庫が約束どおりに密閉されなかった結果犯行は起こったという結論になりそうですか？」

「はっきりしたことを申し上げるにはさらに調べる必要があります」わたしは言った。「しかし、たしかにそれが起きたことのようだ」

弁護士はわたしの柔順な答えに満足したようだった。「当然ながら、われわれは御社が契約どおり損失の全額を補償してくださるものと考えます」彼はスリーアウトに言った。「だが、われわれにかかわって製造会社と警備会社に交渉すれば、支払額を分担させられるかもしれませんよ」

「お話は捜査には関係がなさそうだ」わたしは口をはさんだ。これ以上このあほうどもの言うことを聞いていたら、手持ちの煙草が切れてしまう。「そろそろ金庫を見せてもらうことにしますよ」

「もちろん」グリーンフィールドは追いはらうように手を振った。「カートライトが必要なものはなんでもお見せします」

お偉がたの会議から追いだされて、カートライトはちょっとがっかりしたようだったが、おとなしくわたしのあとからグリーンフィールドのオフィスを出た。

エレベーターに乗ると、彼は言った。「あなたは彼のじゅうたんをかなりだめにしましたね」

「残念だ」わたしは言った。「あの部屋のインテリアのかなめだったのに」

36　一九六五年

「じゃあ、金庫は営業時間中は開きっぱなしなのか?」

「武装した警備員を二人配置しています」カートライトは開いた金庫の扉の脇に立っている男たちを示した。「だが、そう、開きっぱなしです。行員が現金を補充するときやお客さまが貸金庫に用があるときに、いちいちこの複雑な装置を操作するのはあまりにも不便なので」

わたしは金庫の扉をチェックした。ほぼ一フィート半の厚さがあった。中に入り、内側からも眺めた。それから外に出た。ロックの仕組みを眺めた。金庫については不案内だが、破るには扉にドリルで穴を開けるしかないように思えた。そして扉はドリルで穴を開けられたようには見えなかった。酸やブローランプや大ハンマーで傷つけられたようにも見えなかった。わたしが判断するかぎり、この扉はいじられてはいない。

「警備員がかかわっている可能性は?」

警備員の一人がけわしいまなざしを向けてきた。

「うちの金庫を警備する者たちは、全員プロとして少なくとも十五年の経験を積んでいるし、信用についても太鼓判を押せる人間ばかりですよ」カートライトは言った。

「人の信用など、当人の評判よりも価値のあるもののそばで一人だけにするまでの話さ」わたしは言った。

「うちの警備員の一部は装甲車にも乗り組んでいる。とてつもない大金を定期的に運んでいるんですよ」カートライトは反論した。「ほかの男たちも、ここよりもっと大きな、つねに巨額の現金を保管している銀行で警備をした経験がある。立派な男たちですよ。ほとんどはわたしが自分で採用したんです」

「これほどの大金が盗まれたときには、あなたの言葉やだれかの評判だけですべての疑惑を除外できるとは思えない」

「金庫がロックされたあと何時間も、警備チームの全員が銀行の正面側を守っていたんですよ」カートライトはなおも言った。「彼らのうちだれであれ、自分であれだけの現金を運べたはずがない。それに盗みが発覚したあとも、だれ一人としておかしなふるまいをした者はいなかった」

「わかった」わたしは譲歩した。「では、いまのところ警備員たちはシロということにしよう」

廊下の先のセキュリティケージを調べた。手を通すには目が細かすぎ、かんたんに切断するには厚すぎる頑丈な金網でできていた。だが、見るかぎりこちら側に錠前はなく、ハンドルがあるだけだった。「これを開けるには鍵がいるのか？」わたしは尋ねた。

「こちら側からはいりません。消防法で、こういうドアを内側からロックするのは禁じられているんです」

ハンドルをまわそうとした。

「だめです、刑事さん。ロックされてはいないが、警備システムに接続していて、開けたら警報が鳴ってしまう」

「それじゃ、廊下の向こうの外側のドアもロックされていないのか？」

「鉄棒はついていますが、鍵なしで内側からロックを解除できます」

「鉄壁の警備システムにはかなりでかい穴があるようじゃないか。金庫をからにしたあと、ドアからさっさと出ていけるとなれば」

「ここは銀行で、刑務所じゃないんですよ。人が出ていくのを妨害するんじゃなくて、侵入するのを防ぎたいんです。警備システムで、盗《ぬす》っ人《と》が近づく前に警報が鳴って金庫は密閉される仕組みになっている。逃走を防ぐのを考えるようじゃだめなんです。それにもちろん、泥棒の逃走を防げば緊急時の避難も妨げてしまうことになる」

「問題は、その警備システムが働かず、おれたちは理由を解明しなくちゃならないってことだ」わたしは言った。「そして、金庫をさらったあと犯人がドアから出ていけるという事実は、まったく助けにはならないよ」

「もし犯人がそうやって逃げたのなら、セキュリティケージのドアを開けたときになぜ警報が鳴らなかったのかわからないな」

「すでに警報が鳴っていたとしたら?」

カートライトは肩をすくめた。

わたしは警備員たちに向きなおった。「きみたちのどちらか、事件があった午前中に金庫を警備していたか?」

一人がうなずいた。「していました。暴徒が窓を割らないように、ミスター・グリーンフィールドが警備スタッフ全員をロビーに移動させるまでは」

「金庫がロックされたとき、きみは扉の前にいたのか？」

彼は首を振った。「もう上に行っていましたが、着いたばかりでした。ミスター・グリーンフィールドはわれわれに通り側の入口へ応援にいくようにインターホンで命じ、そのあと警備システムを作動させたんです」

「こういうことか。グリーンフィールドがきみたちを上に行かせた、それから彼が警備システムを作動させた、金庫がロックされた」

「そうです」

「きみがここを離れたとき金庫は開いていたか？」

「ええ、でもそう長いことじゃなかった。せいぜい二分ほどでしょう。支店長が警備システムを作動させる前に入ってきて盗むなんて、できたはずはありませんよ」

わたしはもう一度金庫を見て、それから廊下をふさいでいるセキュリティケージを見た。それから天井を見た。

「掃除係はいるか？」カートライトに尋ねた。

「ええ、もちろん。だれかが掃除しなくちゃなりませんからね」

「ここへ呼んでくれ、そして箒《ほうき》を持ってくるように言ってくれ」

カートライトはあわてて呼びにいき、色あせた青いつなぎを着た年配の黒人を連れて戻ってきた。

「きのう銀行が襲われたとき、あんたはここにいたのか？」わたしは掃除係に聞いた。

「いいや。事務員たちと一緒に家へ帰されました。うれしくもなんともないやね。だって、彼らは月給とりだけど、こっちは時給で雇われてるんだから。働かないと、食えないんですよ」

わたしはうなずいた。「その箒を借りてもいいかな？」

「返してくださいよ」彼は箒を渡した。

わたしはそれで天井を突いた。

グリーンフィールドのオフィスの内装には贅沢な硬材が使われ、ロビーはピンクの石灰岩でできていたが、客が見ない銀行の内部は飾り気のない並みの造りだった。壁は薄く段ボールのようだし、床は安っぽいタイル材で、天井はおがくずとアスベストを圧縮した落としこみ式のパネルで、格子状の金属梁で支えられていた。

箒を使って、わたしはパネルの一枚を持ちあげた。パネルと上階のコンクリートの床のあいだには十八インチほどのすきまがあり、電気の配線や暖房のダクトが空間のほとんどを埋めていた。だが、平らになって体重を分散すれば、男一人ならそこに入っていられるし、金属梁も重みに耐えるのではないかと思った。

「あのセキュリティケージだが、続いているのは天井のパネルまで、それとももっと上まで？」わたしはカートライトに尋ねた。

「ボルトでコンクリートに固定されています。そして、だれかがこわそうとするのに備えて警報にも接続されている。配線用のすきまがあるが、狭すぎて人は通れませんよ」

わたしは天井のパネルをもとに戻し、箒を掃除係に返した。

「それで、犯人はどうやって警備システムを破ったんでしょう?」カートライトは尋ねた。

「どうやって金庫を開けたんでしょう?」

「さっぱりわからない」わたしは答えた。銀行が補償を受けられるように、グリーンフィールドは警備システムに責めを負わせたがっていた。そこで、こう続けた。「金庫か警報の動作不良としか思えないな」

そして、捜査担当バルーク・シャッツ刑事によって認証された公式の報告書の内容はこうなっている。〈人種暴動が懸念される中、警備システムの未確認の動作不良の結果、現金は正体不明の犯人たちによって奪われた〉

37

一九六五年

アウシュヴィッツの収容所には、囚人たちが眠るバラック数棟と点呼がおこなわれる練兵場があった。すべては高い壁と有刺鉄線で囲まれて、脱走を防ぐために塔の上から監視されていた。だが、当初アウシュヴィッツは労働キャンプで、監禁は二次的な目的にすぎなかった。毎日、囚人たちは門を通ってさまざまな作業に出かけていき、付き添いは武装した警備兵二人だけだった。

もちろんその兵士たちは警戒を怠らず、武力行使に制限などはなかった。囚人が逃げだせば撃ち殺し、彼らをすり抜けて逃げた者には犬がさしむけられた。

イライジャは警備兵にわいろを申し出てアウシュヴィッツから脱走したが、その警備兵によってきわめて重要な法則を学んだ。将来に向けた努力の指針となり、彼の道徳哲学らしきものを形づくった法則だ。

つまり、どんな錠前にも致命的な弱点がある。いかにメカニズムが複雑でも、また最新式でも、どれほどたくさんのピンやタンブラーがついていても、いかに頑丈な金属板にはめこまれていても、どんな錠前にも鍵がある。そして、鍵は人間の手の中にあるのだ。

最新式の錠前には金庫破りの名人も歯が立たないかもしれないし、頑丈な金庫はパワードリルやブローランプやダイナマイトにも耐えるかもしれない。

しかし、どんなテクノロジーも鍵を持っている人間を補強することはできず、その人間の良心を強化する方法はない。だから、世界一の錠前も、どこかの愚か者の高潔さより決して堅固ではありえないのだ。

コットン・プランターズ・ユニオン銀行の金庫は厚さ二フィートの壁に囲まれ、コンクリートに埋めこまれた金属の箱であり、二人の武装した警備員に守られていた。そして脅威のきざしが見えたらすぐにロックされる複雑な警備システムを備えていた。

金庫の六階上では、チャールズ・グリーンフィールドが豪勢なオフィスにすわってじっと考えこんでいた。銀行でのキャリアは成功といえるものの、いまや彼は行けるところまで登りつめてしまった。裕福ではあるが、すべてを所有しているほんとうの金持ちたちの召使にすぎない。出世したグリーンフィールドは、壁の向こう側のほんとうの金持ちたちの王国をのぞける高さに立ったが、決してそこには住めないのだ。

彼らのうちの一人にはぜったいになれない。そしておそらく、彼はそのわけを知っていた。たとえテネシー訛《なま》りが百パーセント完璧でも、たとえ彼らと同じものを着てたっぷりの油で揚げた料理を食べてサワーマッシュ製法で造られたウィスキーを飲んでいても、ほんとうの金持ちたちにとって自分はいつまでもユダヤ人にすぎないのだと、おそらく知っていた。役に立ち、柔順で、社会的には劣る存在。

ただの歯車。重要な歯車かもしれないが、歯車に変わりはない。そしてグリーンフィールドのもとでは、企業のちょっとしたつまらない非効率のせいで、毎週金庫に大金が積みあがっていく。

十一月下旬の水曜日の午前十時半ぴったりに、クルーグの外でストライキが暴徒化した。イライジャはこうなるとわかっていた。なぜなら、レン・ワイスコップ巡査を三千五百ドルで買収して、特定の日にちの特定の時間に黒人の頭をぶち割らせたからだ。

こういった出来事に対し、グリーンフィールドは警備員全員を銀行の正面側に配置して、通りに面した入口を守らせた。そのあと、警報ボタンを押して金庫をロックした。

暴動と強盗が起きていたあいだのグリーンフィールドの行動を、刑事として、あるいは保険会社の調査員として見れば、彼の決断にとりたてて間違ったところはない。ただ、その決断の結果、警備員たちが銀行の正面側へ移動させられたあと、そして警報が鳴る前の約九十秒間、金庫は開いていてだれの目もない状態になった。

イライジャが天井から這いおりたのはそのときだ。それまで、金属の梁の上に手足を広げて潜んでいた。きっとグリーンフィールドが朝早くイライジャをそこに隠したのだろう。行員たちが出勤する前で、見張りは夜警一人しかいない時間帯に。

強打されたひざとつぶされた手に体重をかけてあそこに張りついているのは、たいへんな苦痛だったにちがいない。だが、イライジャにはできた。もっとひどいことをくぐりぬけてきたのだから。

そして見返りにはそれだけの価値があった。彼は開いた金庫へ入っていき、すべての現金をバッグに詰めこみ、グリーンフィールドが警報を作動させる前に外へ出た。

セキュリティケージと裏口のドアは警報に接続されていたが、警報はすでに鳴っていたから問題ではなかった。イライジャはセキュリティケージを通って銀行の外に出ると、一帯から逃げだそうとする白人の会社員たちにまぎれて姿を消した。そして金庫はロックされていたため、三時間たつまでだれも犯行に気づきもしなかった。

イライジャがどうやってグリーンフィールドをとりこんだのかはわからないが、支店長がからんでいたのは間違いない。さもなければ計画は成立しない。

しかし、問題が残る。もしそれが計画だったなら、アリ・プロトキンの役割はなんだったのだ？　金庫を調べたあと、わたしはプロトキンを留置場から引っぱりだして取調室に入れ、なにかもらさないかと再度きびしく尋問した。このときには、自分はイライジャにはめられたとプロトキンも気づいていたと思う。なにか知っていたら、きっと仕返しに密告しただろう。だが、プロトキンの仲間からすでに聞きだしていたこと以外、彼はなにも知らなかった。彼らは銃を持って侵入し、行員から現金を奪うことになっていた。金庫を襲う計画はまったく聞かされていなかった。

わたしは自分のデスクへ行って椅子の背に寄りかかり、煙草に火をつけた。そして、さまざまな事実がどう符合するか考えた。

市警が銀行強盗の捜査をウィット・ペッカーからとりあげ、わたしにまわしたことを思った。ほんの少し前に同じ銀行を襲おうとしていた一味を逮捕していたのだから、失敗した計画は成功した盗みに関係しているというのは大いにありうる話だ。市警がわたしに捜査を担当させたのは、完璧に筋が通っている。予想された結果といっても過言ではあるまい。

最初にイライジャと会ったときのことを思った。川の悪臭とイライジャのごつい部下五人でいっぱいだった、地下のバー。彼はなぜわたしを探していたのだろう？　おそらくユダヤ人だからだ。しかし、わたしの評判は腐敗とは無縁だし、申し出に気をひかれると彼が考える理由はない。メンフィスで銀行強盗をたくらんでおり、ユダヤ人警官をリクルートしようと思っていると、なぜイライジャは話したのだ？　なぜ自分が街にいるとわたしに知らせるような危険をおかした？

ポール・シュールマンのことを考えた。シナゴーグの前でこっちを見たとたん逃げださなかったら、おそらく無視しただろう。ところが彼は逃げ、わたしは追った。

そしてつかまったとき、シュールマンは二つの重要な手がかりをもらした。計画はクルーグのストライキと関係があること、そしてプロトキンが加わっていること。

どうしてシュールマンは知っていたのだろう？　彼は三流の泥棒だし、イライジャは秘密主義で有名だ。それに、なぜわたしを見て逃げだした？　同世代の偉大な知性の一人ではないが、シュールマンは逃げれば追われることぐらいわかっていたはずだ。考えてみれば、それも予想された結果といえる。イライジャは、シュールマンを使ってわたしにその情報を伝えたのだ。

プロトキンを追うのを手控えて銀行を見張ることにしたとき、イライジャは姿をあらわしてわたしを挑発した。そしてこちらは、もっともかんたんに予想がつく反応を示し、イライジャが逮捕させたがっていた男を逮捕した。そして、プロトキンを逮捕したために結局銀行強盗の捜査を担当する流れになった。

しまいには、刑事なら——ウィット・ペッカーは違うかもしれないが、有能な刑事なら——金庫が開いていて警備員がいなかった九十秒間に犯行はおこなわれたにちがいない、そして行内の人間の手引きがなければそんなことは不可能だ、という結論に達したはずだ。イライジャとグリーンフィールドは、彼らのたくらみを暴く気のない刑事に捜査を担当させたかったのだ。信用と権威をまとう地位にいるユダヤ人がいかに社会を裏切って私腹を肥やしているかを、世間に公表したくない刑事に。

わたしはまさに彼らが望んでいたとおりのことをした。クルーグ事件の捜査陣に見つかる前にワイスコップをメンフィスから追いはらい、グリーンフィールドがイライジャのために作ってやった九十秒の間隙《かんげき》を隠蔽した。

自分のしたことが正しかったのかどうかはわからない。だが、わたしはユダヤ人を守った。家族を守ったのだ。

38 二〇〇九年

「すべての錠前の弱点は鍵を持っている人間か」ラトレッジが言った。「だから、強制収容所から逃げたければ警備兵を狙う。銀行の金庫に入りたければ、支店長を狙う」

「じゃあ、麻薬商人の金の隠し場所三ヵ所を襲いたければ？」クラークが聞いた。

「イライジャはカルロ・キャッシュの iPhone を持っていた。起動したらすぐに、カルロは〈iPhone を探す〉アプリを使って追跡できる。イライジャはカルロに見つけてほしかったんだな」ラトレッジが言った。

「だが、イライジャは警察に身柄を預けるまで起動しなかった」わたしは言った。「彼はキャッシュを警察との抗争に引っぱりこみたかったんだ」

「そして、おれたちはアンドレ・プライスへの攻撃に対して大規模な報復に出た。カルロ・キャッシュの手の者たちを通りから一掃したんだ。おれたちはだれかのよごれ仕事を引きうけていたわけか。だれのだ？」

わたしは肩をすくめた。「競争相手か？　そろそろ自分が後釜にすわるべきだと決めた下っ端か？　おれは、供給者のメキシコ人たちだと思う。しかしこっちはそいつらを知らないし、それはどうだっていいんだ。おれが追っているのはあの銀行強盗だ。麻薬商人はあんたたちにまかせるよ。だが、おれだったらまず、カルロ・キャッシュを追い落としたかったやつと半年前イライジャに最初のスタッシュハウスの場所を教えたやつは、同一人物だと仮定するね」

ラトレッジはしゃがみこんで、倉庫の床の漂白された部分を眺めた。まったくなんでもないように見えた。

「だが、八十近い泥棒がどうやって武装したギャングどもの脇をすり抜けて、カルロ・キャッシュのロックされたスタッシュハウスを襲ったんだ?」

「おれが思うに、イライジャはギャングたちを買収したんだ。ジャカリアス・マディソンが言っていたが、カルロの商売は部下たちが忠実でなければぜったいにうまくいかない。イライジャは不忠の種をまくんだ。それが彼の流儀だ」

「だが、警備員たちは殺されたとジャックスは言っていたぞ」

「ああ、だけど彼はなんで知っているんだ? どうやって殺されたのかと聞いても、彼は答えられなかった。死体はどうなったのかと聞いても、知らなかった。きっと、スタッシュハウスはからっぽで警備員はいなくなっていたんだ。カルロはみんなに部下は殺されたと話した、なぜなら仲間に裏切られて金を盗まれたとはだれにも知られるわけにはいかなかったからだ。だが、最初の盗難のあと、カルロの右腕たちは彼と一緒にメキシコ人たちと会わなければならなかった。そして金は足りなかった。ジャックスの話では、会見の場で全員殺されるんじゃないかとそいつらは心配していたらしい。そのあと、彼らはカルロ・キャッシュの下にいて今後安泰でいられるかどうかを、じっくり考えてみないわけにはいかなくなった」

ラトレッジは大型のインターネット携帯電話をとりだし、指で画面をつつきはじめた。

「一方、カルロは千二百万ドルを必死でかきあつめようとしていた。だが、金を盗まれ、メキシコ人に借金を作った彼を、部下たちは落ち目だと思っていた。イライジャが彼に近い人間をとりこむのはむずかしくはなかったはずだ」

「イライジャは彼に近い人間全員をとりこんだとおれは思う」わたしは言った。「ジャックスは、三ヵ所のスタッシュハウス全部の場所を知っていた人間はだれもいなかったと言っていた」

「どうやって？　どうやったらそんなふうに麻薬密売組織を引っくりかえせるんだ？」

「そうだな、ここから先は推測の領域になる」わたしは言った。

クラークは興味津々という顔になっていた。「推測してくれよ、バック」

「囚人のジレンマというのを聞いたことがあるか？」

「もちろん」ラトレッジはうなずいた。「もっとも基本的な尋問テクニックだ——容疑者が二人いるとする。自白がとれないと、二人とも釈放せざるをえない。おれは二人を離反させたい。そこで、二人を別々の取調室に入れて、最初に自白したほうには情状酌量があるが、もう一人のほうは重い罪になるとそれぞれに告げる。だから、二人は口を閉じたまま相手もそうしてくれることを祈るか、自白して友だちを犠牲にするか、決めなくちゃならない。おれは何度かこのテクニックを試したが、かならずどちらかが自白したよ」

「カルロのやったことも部下たちを同じ状況に置く結果になったんだ」わたしは言った。「彼は一ヵ所に金を置いておくのはあぶないと感じていたので、スタッシュハウスを三ヵ所に分けた。だが、じっさいはビタ一文失うわけにはいかなかった。チャラになる金額を持ってメキシコ人と会い、品物を仕入れられれば、カルロはトップに返り咲ける。そして前の盗難が組織にもたらしたダメージを修復できるだろう。しかし、メキシコ人に借りを返せなければどうなるかわかったものじゃない。もしかしたら、メキシコ人に全員殺されるかもしれない」

「そこで、イライジャはカルロの右腕たち一人一人と接触して、ほかの連中はすでに自分についたと話したわけか。だから、忠誠の見返りはせいぜい、カルロと一緒に沈む船と心中する特権ぐらいだと」

「イライジャは、各スタッシュハウスにカルロの組織の幹部を連れてあらわれたんだろう」わたしは推論を続けた。「中にいた警備員に、ドアを開けて分け前をもらうか、銃撃戦に突入するか、どっちでもいいと言ったんだろう。カルロの金を守ったところでたいした得にはならない。なぜなら、ほかのスタッシュハウスの金を失ってメキシコ人に支払いができなくなれば、カルロは忠誠を貫いた者たちに報いられる立場ではなくなるからだ」

「それは筋が通るな」ラトレッジは言った。「スタッシュハウスを襲うとき、警察はＳＷＡＴチームを派遣する。あいつらはボディアーマーに身を包んでプラスティック爆薬でドアを吹きとばす。それから中に突入して発煙弾を投げこむ。ああいう場所に踏みこむには、そういう騒々しいやりかたしかないんだ」

「チャールズ・グリーンフィールドが、自分のところの金庫についてそれとよく似たことを言っていたよ」

「たとえスタッシュハウスが工場地帯にあったとしても、マシンガンをぶっぱなして警察に通報されない場所なんか、この街にはない。きっとあんたの考えどおりだ。スタッシュハウスを警備していたやつらは降伏したにちがいない」

「待てよ。じゃあ、盗まれたiPhoneの話はどうなっているんだ？」クラークが聞いた。

「イライジャがきれいにずらかる唯一の方法は、カルロを消すことだ」ラトレッジは言った。

「金を盗まれたカルロはメキシコ人とヤバいことになっていたが、うまく切りぬけられれば、自分を裏切った部下たち全員に制裁を加えるだろう」

「そしてイライジャは傲慢だ」わたしは言った。「略奪した金を持って逃げるだけでは気がすまなかった。一種の競争相手を見つけて、チェスゲームをやりたかったんだ。おれがグリーンフィールドの銀行のロビーで彼とばったり会ったのは、そのためだったと思う。イライジャはおれを辱《はずかし》めたかった。おれには彼を殺せないし逮捕もできないということを、認めさせたかったんだ」

「しかし、あんたは彼をトイレへ連れていってこてんぱんにした」ラトレッジは言った。

「そうだ。イライジャはそうなるとは思っていなかっただろう。だが、殴られても彼の心の動きは変わらない。ただなにかを盗むのはいやなんだ。なんというか、イデオロギーの勝利を求めている。社会の秩序を解体したいんだ」

「そこで、彼はどこかの時点でカルロと顔を合わせて侮辱し、携帯電話を盗んだのか」クラークは言った。「携帯を起動したとたん、頭にきていたカルロが傷ついた獣《けもの》のように自分を追ってくるとわかっていたんだ。だから、警察車輛に乗ってすぐに起動した。カルロは追ってきて、うかうかと警察との戦争を始めてしまった」

「カルロはイライジャを倉庫へ連れていって殺すつもりだったが、ほんとうはイライジャがカルロを連れていったんだな。なぜなら、カルロの部下はやつの知らないところでイライジャの部下になっていたから」ラトレッジは言った。

「イライジャは自分をつかまえさせることで、部下たちがカルロを殺さざるをえないように仕向けたんだ」わたしは言った。「もしイライジャが拷問されれば、そいつらの裏切りをしゃべるだろう。なにがあったかカルロが知ったら、生かしておくにはだれにとっても危険すぎる。それに警察が報復戦に出たからには、そいつらは金を受けとってカルロを殺し、街から逃げださなくちゃならない」

「じゃあ、床の血のしみはカルロのだな。よくもこんなこみいった計画を立てたものだ」ラトレッジは感心していた。「イライジャに会ってみたいよ。できれば取調室でテーブルをはさんで。だが、いまごろはもう金を持って姿をくらましているだろう」

「さあな」わたしは言った。「警察車輌の後部座席に乗る方法はほかにいくらでもあったのに、イライジャはおれを引っぱりこんだ。おれをどうかかわらせるつもりか知らないが、まだ思惑があるような気がする」

ラトレッジの大型携帯が鳴った。彼は画面を見た。「新しくとったアンドレのCTによると、脳に広範囲の損傷があるそうだ。いま両親が病院の外科部長と話をしている」

「彼を助けられるのか？」わたしは尋ねた。

「いや」ラトレッジは沈んでいた。「話しているのは臓器提供のことだ」

39

二〇〇九年

ラトレッジに送ってもらってヴァルハラへ戻ると、ローズがわたしたちの小さな部屋で待っていた。テレビの画面に目をやっていたが、見てはいなかった。彼女は激怒していた。

「何時間も連絡しようとしていたのよ。あなたの携帯はすぐに留守番電話になったわ」

わたしは携帯をポケットから出した。

「電池がなくなったのかな」

彼女はわたしの手から携帯をとりあげて電源を入れた。小さな画面が明るくなった。

「電源が切れていただけよ。病院でだれかが切ったにちがいないわ。あなたにこれを持たせたのは三年前よ。いつになったら使いかたを覚えるの？」

わたしは携帯をとりもどした。「意味がない。八十年間携帯なしでなんの問題もなくやってきたんだ」

彼女は額に手をあてた。「あなたが理解しようとしないのはそこよ。ものごとは昔どおりじゃないの。わたしたちも昔どおりじゃないの。あなたが携帯を充電して電源を入れておく必要があるのはね、ころんだらだれかに助けにきてもらわないと起きあがれないからよ」

「その点はたいして心配していない」

「だったら、心配しなさい。ここへ移らなければならなかったのは、あなたがひどいけがをしたからよ。ばかげたナチ狩りの冒険のせいで、わたしは家をあきらめなくちゃならなかった。ナチなんか追いかけないでと言ったのに、あなたはそうせずにはいられなかったわ。家を失ってどんな気持ちか、わたしに聞きもしなかった。人生最後の数年間を、心慰められるものに囲まれて暮らしたかっただけなのに。いまやそういうものは全部トランクルームの中よ。ここで暮らさなくちゃならないから、あなたのせいで」

「悪かったな。きみに楽しい六十五年間を過ごさせ、いまおれがよぼよぼになって悪かった」

「あなたがよぼよぼだから、わたしたちはここにいるんじゃないわ。ここにいるのは、財宝をめぐって無法者《デスペラード》どもと闘って撃たれたからよ。だれがそんなことをしたと思うの？」

わたしは肩をすくめた。「おれはときどき悪党どもと取っ組みあいをするんだ。結婚したとき、どんな男かはわかっていただろう」

「わかっていると思っていたわよ。でも、あなたは変わった。自分の殻に閉じこもってしまった。ブライアンが死んで以来、別の人間になってしまったみたい」

「こっちはたいへんな二日間を過ごしたんだ、ローズ。ブライアンの話をいましなくちゃいけないのか？」

「ブライアンのことは一度も話しあっていないわ。息子は七年前に死んだのに、あなたはまだ向きあおうとすることさえできない。わたしとあなたのどこが違うか、知りたい？」

「ああ、知りたくてうずうずするよ」

「わたしはあなたより強いの。あなたはなにかを失うことに対処できない。わたしはこれまでずっとその心構えをしてきたわ。第二次大戦中は、あなたが向こうで殺されるんじゃないかとずっと心配していた。大勢の女たちが男たちのことを心配していたから、それに文句は言えない。でも、たいていの男たちは帰ってきてふつうの生活に落ち着いたの。あなたは傷だらけでわたしのもとへ帰ってきたけれど、なぜか流血と危険を好むようになっていたわ」

「それは違う」わたしは言った。「きみにはわからない、おれはぜったいきみに重荷を負わせたくなかったんだ。家族を守りたかっただけだ」

「重荷を負わせたくなかった？　三十年間、あなたの身になにか起こるんじゃないかと心配して過ごしたのよ。毎朝あなたが出かけるたびに、はたして帰ってくるのかどうかわたしにはわからなかった。仕事で遅くなっても、あなたは無事だと連絡してくることさえほとんどなかった。わたしはひたすら待っていただけ。そして、ブライアンが死んだときには一人であれこれやらなくちゃならなかった。だって、喪失に対処する心構えができていたのはわたしだけだったから。あなたの人生では、悲劇に対処する唯一のプランは先に死ぬことだけだったわ。ところが、あなたにはそれさえできなかったのよ」

「おれのプランは、悲劇に耐えずにすむようにすることだった。一人一人の面倒を見ること、みんなの安全を守ることだった」

「バック、それは愚かなプランよ。自分でもわかっているでしょう。そして、あなたはその愚かなプランが失敗したときの撤退策をまったく準備していなかった。大けがをしたとき、あなたをここへ入れるためにわたしはすべてをあきらめたわ。それはわたしが下した決断よ。あなたが弱りすぎて朝起きあがれなくても、リハビリが受けられるところへ運ばなくてすんだ。ベッドに寝かせたまま、施設の人を呼べばよかったんだもの」

「おれだってきみのために同じことをしただろう」

「いいえ、しなかった。四ヵ月前、わたしはころんで入院するはめになったわ。ところがあなたはわたしを置き去りにした。テキーラとばかげた宝探しをするために、さっさとセントルイスへ逃げだしたのよ。そして案の定最後にはけがをしたわ。なぜならもうすぐ九十歳なのに、もはや肉体的に不可能なことをやろうとしていたから。あなたは悪党どもと取っ組みあいをすることにこだわる。自分がもう弱くてすぐにだめになるという事実を認めようとしないからよ」

「きみはわかっていない。おれにはこれしかないんだ。健康を失い、仕事を失い、息子を失った。そして近いうちに、自分の記憶と過去も失うだろう。喪失に対処できないときみは言うが、おれはこうやって対処しているんだ。できるかぎり長く、自分自身でいることで。ほかになにもなくなったとき、おれには誠実さが、そして信条が残されていた。そして、おれはものごとを中途半端に終わらせたりはしないんだ」

「あなたにはわたしがいるじゃないの。それはどうでもいいの？　五十年以上だれも気に留めなかった大昔の仇敵《きゅうてき》とばかげた闘いをするために、あなたがとっとと行ってしまったことに、わたしがどう感じるか考えたことある？」

「もちろん、きみは大切だ。なによりも大切だ。だが、バック・シャッツ以外の人間になれと言われてもむりなんだよ。変わるには、もう年をとりすぎた」

「わたしも自分がどういう人間かは知っているわ」ローズはこぶしを握りしめた。「麻薬商人と銃撃戦になったせいであなたが入院したという電話を受けなければならない人間よ。死んだらどうするの？」

「どうだっていうんだ？　どうせいつか死ぬんだ。きっと近いうちに」

「だからって、死ににいくことはないでしょうに」

「電話を受けるのは、ある朝起きて冷たくなったおれを見つけるよりも悪いか？　あるいは、たとえば認知症でゆっくりと死んでいくおれを看取るよりも？」

「あなたのせいで、わたしは家を失わなければならなかった。あそこはわたしたちのものだったのに、投資用の財産をほしがる正体不明の会社に売らなくちゃならなかったのよ」

これはどこかで聞いた話だ。いつだったか、ノートに書いておいたかもしれないことだ。

だが、忘れてしまった。

「待て。どこの会社だって？」

「全部知っているでしょう。ウィリアムが説明したとき、電話に出ていたのはあなたじゃないの」

「覚えていないんだ。おれたちの家を買ったのはだれなのか教えてくれ」

「ああいう家を投機目的で買うような不動産トラストよ」

わたしは歩行器を押して部屋の隅にあるロールトップデスクの前へ行き、大切な書類を入れてある引き出しの中を探しはじめた。

「なにをしているの？」ローズは聞いた。「まだ話は終わっていないのよ」

わたしは探していた書類を見つけた。自宅を〈フィフス・カップ・ホールディングズ〉という会社に売却した記録。過越《すぎこし》の祭のセデルで用意される五杯目《フィフス》のカップはエリヤ《イライジャ》のカップだ。彼が買ったのだ。わたしの家を奪ったのだ。わたしをあざけるためだけに十万ドルを遣ったのだ。あるいは、なにかを伝えるために。ほんとうに、こんな単純な話だったのか？

「行かないと」

「え？　なにを言っているの」

「すぐに戻るよ。約束する」わたしは壁の小さな釘にかけてあったビュイックのキーをつかんだ。もう運転することもあまりないので、ローズがそこにかけておいたのだ。

「いま運転なんてだめ。もう夜よ。夜の運転はあぶないわ」

「大丈夫だ。すぐに帰ってくるから」わたしはクローゼットへ三五七マグナムをとりにいった。

「わたしがなにを言っても聞こえていないのね」

「聞こえている。わかっている。だが、男にはやらなくてはならないことがあるんだ」

ローズは理解してくれる。これまでもずっとそうだった。

40　二〇〇九年

自宅の玄関の鍵はまだ持っていたが、鍵が替えられていたので、ベルを押しておとなしく待った。

彼はここに来ていた。私道にホンダ・アコードが止まっているのを見てすぐにわかった。まさしく彼が乗りそうな車だ。なぜなら、だれも気に留めないから。排気ガスが目立つほど古くはなく、最新モデルのスマートさとくらべてもそれほど四角くはないが、新型の特徴に関心のある旧型アコード所有者の興味を引くほど新しくはない。色も、信号待ちの三分間に後ろから見て、見たことをぜったいに覚えていない前の車にありがちな色だ。このホンダ・アコードを目にしても決して記憶には残らない。透明になることの次に効果的だ。

そして後部緩衝器のあたりが下がっている。後部座席にでぶの男が二人乗っているかのように。だが、この車にでぶの男は乗っていない。

三十年間刑事をやってわかったことがある。二十ドル札、あるいはアメリカのどの金種区分も、重さは約一グラムだということだ。計算すれば、二十ドル札で五百万ドルを車のトランクに入れれば、後部座席にでぶが二人乗るのと同じだけ後部緩衝器が下がることになる。麻薬商人でない人々は現金が重いなどとは思っていないが、そもそも小額紙幣が大量にあったらどうなるかと考えたりはしない。

だが、わたしは彼が車を私道に止めたのが気に入らなかった。家の裏へまわって、人目につかないガレージに止めるのはかんたんだったはずだ。私道は駐車するには最悪の場所だ。通りかかる人から見えるのに彼からは見えない。なぜなら、家の私道側にある唯一の窓の視界は生け垣で完全にさえぎられているからだ。

通りに止めたほうが、少なくとも車を見張っていられるからまだよかっただろうに。なぜ、彼はあそこに止めたのか。極端な不注意か、あるいは驕りか。

あるいは、合図かもしれない。麻薬商人から大金を盗んだあとで身を隠している男が、自分の存在を知らせたいとはおかしな話だ。しかし、いったいだれがこのまったく目立たないホンダ・アコードをメッセージだと思うだろう?

わたしはさっきそう思った。だから、わたしはメッセージだと思うのだ。これは、わたしへの合図だ。彼がここにいるとこっちが知っていたのと同様、彼はわたしが来ると知っていた。そして待っている。

イライジャはまだ出てこないので、ふたたびベルを押した。

外は暑かったが、わたしは一九八六年の誕生日にブライアンが贈ってくれた〈メンバーズ・オンリー〉のジャンパーを着ていた。左のポケットには銀色のダクトテープが一巻き入っている。右のポケットには三五七がある。

舗道に横たわり、まばたきしない目でわたしを見ていたロングフェロー・モリーのことを思った。人工呼吸器につながれて病院のベッドに横たわっているアンドレ・プライスのことを思った。請求書の支払い期限が来た。イライジャが支払うときが。

鍵が開くカチリという音がしたが、ドアは開かなかった。ゆっくりと十秒数えてから、ノブをまわした。

中の照明は全部消えており、イライジャの気配はなかった。歩行器を押して玄関から入り、短い廊下を進んでいった。右側にダイニングルームの入口がある。そこのガラス扉のキャビネットに母から受け継いだ陶器をしまっていた。いま、陶器はどこかのトランクルームの箱の中だ。

左側の壁には、以前は家族写真がたくさん飾られていた。若いときのわたしとローズ。赤ん坊のウィリアム。ブライアン。額をかけるためにわたしが壁に開けた穴をだれかがふさいで、上からしっくいを塗っていた。

どっしりしたレンガ造りの暖炉は、改装中にひっぺがされなかったわたしの書斎の唯一の名残だ。カーペットはなくなり、下の木の床はワックスをかけられて磨かれていた。ここはもうわが家には見えなかった。わたしたちの匂いはしなかった。

六十年にわたって家族はここで暮らしてきたが、建設業者は短いあいだにわたしたちが住んだ痕跡をすべて消し去っていた。暗闇の中、かつては自分の書斎だったがもう違う書斎に立っていると、人間の努力のむなしさが感じられた。イライジャのように人目にたたずこっそりと世の中を渡っても、どなって人々を警棒で殴りながらのし歩いても、結局のところ人生の総決算はしっくいやペンキでも完全にはおおい隠せない無に収束するのだ。

時がたつにつれて人は年老い、やがては湖面に落ちた石のように消えていく。たとえ、しぶきの大きさを誇らしく思っても、湖面は静まってなにもかももとのままに戻る。まるで、その人など最初から存在しなかったかのように。

家族と一緒に朝食をとったキッチンは右側だ。ローズが二十年間口うるさくわたしになんとかしろと言ってきた、ひびだらけの黒ずんだリノリウムの床を改装業者ははがし、新しいタイルを敷いていた。ベネチアンブラインドがなくなった窓は寒々《さむざむ》しく見えたが、外の街灯の光がかなり入ってきてわたしの行く手を照らしていた。左に曲がって、廊下の先にある寝室へ向かった。

途中で客用寝室をのぞいた。ここはウィリアムが夜や週末に両親から厄介払いされて泊まっていた部屋だ。作りつけの本棚には、結婚する前からローズがきちょうめんに管理してきた分厚い革張りのフォトアルバムが並んでいた。いま、アルバムのほとんどは借りたトランクルームのロッカーの中だ。

廊下にある簡易バスルームを調べた。イライジャが隠れているかもしれないと思ったのだ。窓がなく、家じゅうでいちばん暗い部屋だから。このバスルームは熟慮された設計とはいえないので、手放しても惜しいとは思わなかった。ここで用を足すと、臭いの行き場がないのだ。

とにかく、彼はいなかった。残るは廊下の端で向かいあっているドア二つだ。アイゼンハワーが大統領だったころからローズとともにしてきた寝室のドアに手をかけ、一瞬考えた。そしてまわれ右をした。こんな狭い場所で歩行器を使ってではひと苦労だった。わたしはもう一つのドアを開け、照明のスイッチを入れた。

イライジャが部屋のまんなかで金属の折りたたみ椅子に腰かけていた。そのすわりかたさえ気にさわった。女のように、ひざを重ねて脚を組んでいた。横の床の上には大きな赤いダッフルバッグが置いてあった。彼の右手には黒い九ミリ拳銃が握られていた。

「あんたが暗闇でころんで、ここまで来る途中で死ぬんじゃないかと、なかば期待していたよ」彼は言った。「だが、こうして話す機会ができてよかった」

41　二〇〇九年

「見つけてほしくなかったのなら、ほかのどこにだって隠れられたはずだ」わたしは言った。

イライジャの顔は無表情だった。無関心しか感じられない仮面。わたしが五十年近く前にたたきのめした男の、溶けたロウ人形にしか見えなかった。「ああ、そのとおりだな」彼は言った。

「じゃあ、なにか言いたいことがあるのなら言ったらどうだ？」

彼は顔を上げ、わたしと目を合わせた。「ここは息子さんの部屋だったんだろう？」

わたしはたじろいだ。「そうだ。なぜ知っている？」

彼はこちらに向かって銃を振った。「主寝室は廊下の向かい側だ。家には寝室が三つしかない。きみたちは子どもをいちばん近い部屋に寝かせたはずだよ」

「なるほど。すばらしい推理だ」

そして、わたしは歩行器で彼を突いた。

五ポンドほどの重さしかないのに、昔のブラックジャックのように上まで持ちあげることも振ることもできなかった。胴体をひねるときに、弱った両脚では体を支えてくれない。できたのは、歩行器の足を床から上げて彼のほうに押しだすことだけだった。

だが、それでじゅうぶんだった。イライジャは驚き、避けようと反射的に腕を前に上げた。そこで、歩行器の足でからめとるようにして手の拳銃を落とさせた。

ふらつきながら一歩下がり、つかまれる前に歩行器を彼から離した。そして前側の足で拳銃を押して床の上を向こうへすべらせた。

歩行器を戻し、息をあえがせて寄りかかった。イライジャは折りたたみ椅子を倒して立ちあがった。

「こんなことをするなんて信じられない」彼は言った。「これ以上ばかげた無益な行為は想像もつかないよ。ほかになにをたくらんでいた？　おれに向かって入れ歯を吐きだすとか？」

わたしはにやりとした。「おれの歯は全部自前だ。まがいものの歯はおまえのほうだろう」

「これはインプラントなんだ。きわめて高価な歯科矯正学の白眉《はくび》だよ。だから吐きだせない」

「入れ歯は入れ歯だ。ともあれ、どうやってその歯をやってもらったんだ？　あれからずっと、逃亡者として生きてきたんじゃなかったのか？」

「現金で払ったのさ、医者に行くときはいつもそうしている。そして、あとで歯の治療記録を破棄してもらうために追加も払った。さらに、念のために歯科医のオフィスを焼きはらった」イライジャは一歩下がって歩行器の攻撃範囲の外に出た。「またおれをぶちのめすつもりだったのか、あのとき銀行でやったみたいに？　あんたはもう強くはないんだ、バルーク。死にぞこないの病人なんだよ」

自分はまだ刑事だと信じている脳の呆けた部分が、頭蓋骨の中で叫んでいた。おれは素手だけでこの男を六通りの方法で倒してやれる、と。それは嘘だった。衰えた両手はもうろくになにも倒《ブレイク》せはしない。まだ屁《ブレイク・ウィンド》はこけるが、それだけだ。

「ぶちのめそうとしたんじゃない。銃を遠ざけたかっただけだ」

「これでか？　おれはそこに行って拾えるぞ。あんたはゆっくり苦労して部屋を横切っていかなくちゃならない。それに床から銃を拾うためにかがめば、すっころんで頭をかち割る。おれより先に銃を手にするのはむりだ。あまりよく考えていなかったようだな」

彼は銃のほうへ一歩踏みだした。

「おれならやめておく」わたしは言った。

「なぜだ？」

ポケットから三五七を出して彼に向けた。「なぜなら、おまえが思っているよりもおれは慎重に考えているからだよ、あほう。さて、すわってもらおうか」

イライジャは折りたたみ椅子を立てようとした。

「そこじゃない。床にだ」落ちている九ミリからいちばん遠い部屋の隅を、銃で示した。こっちが銃をかんたんには拾えないという彼の言い分は正しい。だが、彼の手も届かなければまったく問題はない。

「頼むよ、バルーク」イライジャは言った。「おれは膝関節が悪いんだ」

「知ったことか。痛いぐらい我慢できるだろう。すわれ」

「もちろん銃は持ってくるだろうさ。かならずその盲目的崇拝の対象を引っつかんで追ってくると思っていた」

「ちょっとした防御手段になるかもしれないと思ってね、話しあいが決裂して銃撃戦になった場合に」

「そんなことになるとは思わない」イライジャは言った。

「そうかな、おまえのプランとおれのプランは違うらしい」

「どうなるかきっちりわかっていなかったら、あんたに見つかるような場所に隠れたりすると思うか？」

イライジャは手をのばして大きなダッフルバッグをつかんだ。

「よせ」わたしは言った。

彼は離した。「悪かった。バッグの中身はまったく無害なものだが、おれに持たせる前に中を見ておきたい理由はわかるよ。どうぞ自分で調べてくれ」

わたしは間を置いた。彼に銃口を向けたままバッグのジッパーを開けることはできないし、たとえ歩行器に寄りかかっていても、かがんでバッグを開ける体勢は相手が飛びかかってきた場合に不利だ。

「ジッパーを開けろ、ゆっくりとな。そして中に手を入れるな。自分はすばやいと思っているかもしれないが、おまえを殺すには引き金を引くだけでいいんだ」

「わかった。二度は警告しないんだったな」彼はゆっくりとジッパーを開けた。バッグの中には二十ドル札の束が詰まっていた。

「そいつはなんなんだ？」わたしは聞いた。

「足だけじゃなくて目も悪いのか、バルーク？　百万ドルだよ」

「ああ、だがなんのつもりだ？」

「おれのプランは、あんたに選ばせてやることだった。現金の詰まったダッフルバッグを持っていってもいいし、無意味な最後の対決をしてもいい。思うに、おれは武装解除されてしまったから計画は少しばかり変更だな。金を持っていっておれを行かせるか、あるいはおれを殺すかだ」

「おまえを殺して金を持っていくことだってできるぞ」

イライジャは首を振った。「あんたの家は閑静な住宅街にある。その手の震えようじゃ、おれを殺すには何度か発砲しなくちゃなるまい。このあたりで複数の銃声がしたと通報があれば、すぐに警察が駆けつけてくるだろう。バッグの重さは百ポンド以上ある。そしてあんたが撃ってから警察が来るまでせいぜい四分というところだ。金を持ってまにあうように逃げるのはむりだよ」

「警察に通報しておまえを突きだすだけでいいかもしれない。おまえが報いを受けるのを見られるのは、おれにとってはその金より価値があるかもしれないぞ」

「あんたはおれを殺さざるをえない」彼は言った。「おれはむざむざ国家に監禁される気は毛頭ない。通報しようとすればおれは襲いかかるから、あんたはおれを射殺することになる。さもなければおれがあんたを素手で殴り殺す、このうえなく満足のいく結果だ」

「ああ、おれもおまえが好きじゃないよ。それじゃ、なぜ百万ドルをくれようというんだ？」

「やろうというんじゃない。買うんだ。そのバッグをとっておれを行かせたら、あんたは自分が大切にしているものを手放すことになる。おれはそれを求めているんだ。金なんかどうでもいい」イライジャはしゃべりながらインプラントの歯をきしらせた。「すでに使いきれない量の金を盗んだ。洗濯しきれない量の金を。必要だから盗むんじゃない。どこだったか覚えてすらいないあちこちに、収縮包装した大量の金を隠してある。おれの汚物でよごすには自分の一部は大切すぎる。あんたはそう考えているだろう。その一部を売ってほしいのさ。あんたがそこに立って、おれがドアから出ていくのをなすすべもなく見送るという図には、百万ドル以上の価値がある」

「ばか野郎」わたしは鼻で笑った。「どこまで完璧なばか野郎なんだ、おまえは。おれはじきに九十だぞ。こんなに妥協だらけの生活を送っているのにおれが妥協しないだなんて、よく思えるな？　警官としての三十年間を経て汚《けが》されていない部分が残っていたとしても、それは三年前に汚物だらけになったんだ。初めて、小便をしにトイレに行くのがまにあわなかったときに。自分の尊厳をおれが気にするとでも思うのか？　そんなものはとっくの昔になくなった。この数ヵ月間、他人の目の前でありとあらゆる醜態をさらしてきたんだ。

自分はナチと戦う側だった。もし覚えていてくれる人がいるなら、おれはそう記憶されたい。そして警察では、身を守るすべのない女子《おんなこ》どもを好んで襲うやつらをつかまえるために全力をつくした。だが、守護者としての警察の存在意義がほんとうはだれのためなのかわかっているし、法の掟と社会の安定でいちばん得をするのがだれなのかもわかっている。おれは警察の仕事をロマンティックに考えてなどいない。法律を気にするならもっとちゃんと従ってきたし、正邪の概念を尊重するならおまえの銀行強盗に加担したチャールズ・グリーンフィールドを見逃しはしなかった」

「あんたがグリーンフィールドのことを黙っていたのは、ユダヤ人への不当な報復を恐れたからだ。そういう報復をする連中のために、あんたは働いていた。自分の立場の偽善性に気づくように、おれはむりやり仕向けたのさ。自分の属している組織のグロテスクな偏見に直面するようにな」

「それはわかっていた。それでも、さらに九年おれは刑事として働いた。よごれないまま人生を終える者はだれもいないんだ。だが、おれの行動が直接の引き金になって三人の公民権運動の参加者が死ぬようなことはなかった。そんなことを一生引きずっていくのはごめんだね」

彼はけわしい顔になった。「おれのせいじゃない。おれは都合のいい時間に騒ぎを起こさせただけだ。この街の敵意と偏見の刺激的なごった煮に、なに一つ加えたわけじゃない。少しばかり鍋をかきまぜてやっただけだ。買収した警官は銃を抜きさえしなかった。警察があのデモ隊を殺したんだ。そして、撃った警官たちは処罰もされなかった」

「だれが撃ったのか、市警が調査してもわからなかったんだ」

「おれが買収した警官を見つけるのに、あんたはどのくらいかかった？　十分か？　調査したやつらは彼を見つけたのか？」

「おれが街から出した」

「その気があれば、市警は追跡できたはずだ。撃ったやつらも見つけられたはずだ。現場にいた警官全員の銃をとりあげて臭いを嗅げばいい、最近発砲されたのがどれか、すぐにわかる」

それがうまくいかなかった理由はいくつもあった、間違いない。しかし、どういう理由だったか思い出せなかったので、こう言った。「そうかもしれない」

「それにとにかく、クルーグのストライキが警察の暴力で阻止されなかったとしても、どうだというんだ？　クルーグが三週間以内にスト参加者全員のかわりを補充していたのを知っていたか？　ストをしていた連中は、頭数が完全にそろっている作業場でピケを張っていたんだ。彼らはすでに全員解雇されていた。補充の労働者はすべて黒人で、スト参加者が抗議していたのと同じ賃金で働いていた。しまいには、ストは放棄せざるをえなかっただろう。おれは彼らを敗北から救ったんだ。一種のシンボルにしてやった。おれが介入しなければ、彼らの大義は失われていたよ」

「ロングフェロー・モリーはシンボルになどなりたくなかっただろう」

「だれだって？」

「アンドレ・プライスはどうなんだ？　だれだったか覚えているか？」

「気休めかもしれないが、今回のおれの仕事は巨大かつ凶暴なドラッグ帝国を壊滅させたぞ」

「とってかわられるだけだ、おそらく、おまえに最初のスタッシュハウスの場所を教えた連中に」

イライジャはわずかに眉をひそめた。計画のその部分にわたしが気づいていたとは思っていなかったのだ。「あんたは見かけよりも優秀な刑事だな、バック。そうだ、悪人どもを倒しても、新しい悪人どもがあらわれる」

わたしはうなずいた。「そしておまえが金庫から有り金残らずかっさらっても、銀行はさらに多くの金でまたいっぱいにするだけだ」

イライジャは床の上で足を動かし、曲げたときに痛みで顔をしかめた。「ものごとを悲観的に見るか、楽観的に見るかだな」

「一つだけ知りたい」わたしは言った。「どうしておれなんだ？　どうしてこの麻薬商人がらみのドタバタ劇におれを引きずりこんだ？」

「別にいいだろう？　最近おれがなにかをする唯一の理由は、なにかをするためなんだ。わかるだろう、やめたらそれまでだ。それに、キャッシュの仲間が銃を構えて登場したらあんたがどう出るか見てみたかった」

「殺されていたかもしれないんだぞ」

イライジャは肩をすくめた。「どうだっていい。おれはあんたが好きじゃない」

これには笑った。「ある意味、おまえとおれは妙に似ている」

「おれたちは老人だ」イライジャは言った。「あんたは生涯強くあろうとしてきて、いまやぼろぼろになりつつある。おれは生涯煙であろうとしてきて、いまやあとかたもなく消えつつある。あんたは生涯、混乱した世界に秩序をもたらそうとしてきた。おれは生涯、残酷な世界に復讐をしようとしてきた。世界はまだ混乱しているし、まだ残酷だ。それでもおれたちは同じことをしつづけている、なぜならしていることがおれたちのすべてだからだ。これるのか?」がものごとの道理だ、おれはそう思う。さて、あんたはおれを殺すのか? それとも行かせるのか?」

イライジャを生かしたままつかまえる方法は思いつけなかったし、死んでしまっては意味がない。わたしは彼の物語がほしかった。彼がやったこととわたしが彼をつかまえたことを、世界じゅうに知ってほしかった。だが、きっと世界のほうは興味がないだろう。イライジャが存在していることすら知らないのだ。それに結局のところ、彼の物語に百万ドルの価値はない。

「食えない性分は年をとったからといって衰えたりはしないと言ったとき、おまえはおれを誤解していたよ。以前なら、主義を貫いておまえのクソ頭を吹きとばしていただろう」

「食えない性分は衰えないよ」イライジャは言った。「だが、主義はそこまで耐久性がない」

「とっととおれの家から出ていけ」わたしは言った。「そしてバッグを置いていけ」

42

二〇〇九年

ホンダのちっぽけな芝刈り機エンジンの音がするのを待ちうけたが、五分以上たっても聞こえてこなかった。そこで、耳が少し遠くなって高音域の音が聞こえにくくなっていたのを思い出し、歩行器を押して廊下を進んで、玄関から外をのぞいた。

車は私道から消えていた。

わたしは自分の安物の携帯電話でポプラ・アヴェニュー二〇一の市警の交換台にかけ、麻薬課ラトレッジにつないでくれと言った。

「麻薬課ラトレッジ」電話をとった彼が言った。

「なにかなくさなかったか？」

「ああ、ちくしょう。携帯がないんだ。あんたが盗んだのか？　どうしておれの携帯なんか盗んだ？」

理由はかなり説明しづらいものだった。殺害現場からヴァルハラへ帰るあいだ、わたしはラトレッジの覆面パトカーの助手席にすわり、彼はなぜクエンティン・タランチュラがサム・ペキンパーよりもすぐれた映画監督なのか延々と説明していた。彼が映画についてなにをのたもうと、こっちはこれっぽっちも興味はなかった。

ラトレッジの携帯は二人のあいだのカップホルダーに立ててあり、わたしがそれを手にしたのは、どうやって使うのか見てみたかったからだと思う。ボタンもないのにいったいどうやってダイヤルするのか。線もないのにどうやってインターネットにつなぐのか。混乱していたのかぼんやりしていたのか、わたしはそれをカップホルダーに戻さずに、なんの気なくポケットに入れてしまった。

百パーセント意図的ではなかった。ほんとうだ。

だが、かつての自宅を調べるためにビュイックに乗ったとき、わたしはまだそれを持っていた。そして、イライジャがキャッシュに自分を追ってこさせるために携帯を利用したこと、テキーラがコンピューターのプログラムでなにができるか説明していたことが頭に浮かんだ。だから家のどの窓からも見えない私道に逃走用の車が止まっているのを見たとき、イライジャがわたしの手から逃げた場合追跡できるように、ラトレッジの携帯をフェンダーの下にダクトテープで止めておくべきだと思った。

ビュイックのグローブボックスにダクトテープが入っていたのは偶然ではない。わたしはいつもそこにダクトテープを入れておく。ダクトテープは万能なのだ。切れた燃料ホースの応急処置や容疑者の拘束など、なんにでも使える。

ラトレッジにはこう聞いた。「その携帯、オンラインで追跡する例のやつはできるか?」

「できると思う。おれのはAndroidでiPhoneじゃないが、同じようなアプリが入っている」

「なにを言っているのかさっぱりわからない」

「たぶん追跡できる」

「すぐやってみたほうがいいぞ」

「いまちょっと忙しいんだ、バック。リヴァーサイド・パークの歩行者が川に死体が浮いているのを見つけた。行って、それがカルロ・キャッシュかどうか確かめなくちゃならない」

「だれかほかのやつを行かせて、自分の携帯を探せ」

「なぜだ？」

イライジャを行かせたことをラトレッジに話せば、百万ドルのことに触れずにどう答えるべきかわからない質問を、山のように浴びせられるだろう。

もちろん、金のことをラトレッジに話さなかったとしても、彼がイライジャを生きたままつかまえれば、わたしのもらった報酬がばれる可能性は高い。しかし、少なくともその場合、イライジャは生きて監禁され、自白することになる。

なにもかも知った上でも、はたしてラトレッジがイライジャを追うかどうか確信はなかった。カルロ・キャッシュ殺害については、彼のかつての仲間のだれでも犯人にできるのだし、陪審団にイライジャとは何者かを説明するよりも単純明快なドラッグ殺人にしてしまったほうが話はかんたんだ。奇妙で複雑な事件を好む警官もいるが、たいていは夕食にまにあうように家に帰りたいのだ。

「おれを信じてくれ」わたしは言った。「なにをするよりもまずは携帯を探すべきだ」

「わかったよ、バック」

「ほんとうだ、ラトレッジ。おれは頭がおかしくなっているわけじゃないし、そこまで老いぼれちゃいない。ちゃんとした理由があって言っているんだ」

「ご忠告はうけたまわっておく」

「いますぐ追跡しろ。最優先で」

「そうしよう。じゃあな」

ラトレッジは電話を切った。

彼が自分の携帯を追跡する気になったかどうかはわからないが、わたしは自分の役割を果たし、金を手にしていいだけのことはやったと思った。

43　二〇〇九年

金の詰まったダッフルバッグをかんたんに家から運びだして車に積めたはずの時代もあったが、この十五年間というもの、その手のことはまずできていなかった。

わたしはダッフルバッグからすべての金を床に出した。それからイライジャの折りたたみ椅子にすわって、自分が持てると思うだけの紙幣をバッグに戻した。それからその重さを支えるために前の歩行器に寄りかかりながら、バッグを車に運んだ。トランクに金を入れ、家の中に戻り、この手順をくりかえした。

七回往復した。つまり、一度になんとか十五ポンドほどの重量を運んだということだ。二回休憩して煙草を吸った。全額をトランクに運びおえると、またダッフルバッグに詰めた。金の使いみちはもうあまりない。高級車もいらないし、いい女を振りむかせようという気もない。テクノロジーを駆使したおもちゃや上等な服にも興味がない。海外旅行にも行かない。十時間も飛行機の中ですわっていたら、血がかたまってしまう。それにたとえ歩行器があっても、心配なくビーチの散歩に出かけたり、クルーズ船のすべりやすい甲板をちゃんと歩いたりできる体調にはない。

自宅に戻るのもあまり意味がないように思えた。わたしには毎日のリハビリが必要で、ヴァルハラにはクラウディ－アーがいる。それに、わたしたちはあそこに落ち着いてしまった。そしてまた、いまの自宅はもうほんとうのわが家ではなくなっていた。

もし医療保険《メディケア》がリハビリの費用をカットしたら、イライジャの金はクラウディ－アーへの支払いに役立つだろう。さらなる介護やホスピスが必要になっても、費用の心配をしなくてすむだろう。あとは、百万ドルがあってもなくてもたいした違いはない。

だが、それでも百万ドルは百万ドルだ。

一晩車に置いておく以外どうしようもなかった、ヴァルハラへ運びいれる方法を思いつかなかったからだ。あれだけの大金を外のビュイックのトランクに入れっぱなしではおちおち寝ていられなかったし、ローズがわたしと話すのを拒否したのもこたえた。だが、なにごともなく一晩が過ぎた。

翌朝、わたしは車を運転して近くの銀行へ行き、いちばん大きな貸し金庫を借りた。料金を払い、わたしの死亡証明書を提示すれば孫が金庫を開けられるように手続きした。

重いバッグを車から貸し金庫室まで運んでくれたあと、行員はわたしを一人にした。バッグになにが入っているのかだれも聞かなかった、銀行にはかかわりのないことだからだ。金を移してから貸し金庫を閉じ、さっきの行員を呼んだ。からのダッフルバッグを持って金庫室から出ると、行員が扉をロックした。

この決断に、わたしは満足だった。結局、大金を隠すには現代の銀行の金庫ほど安全な場所はないのだ。

*

忘れたくないこと

バル・ミツヴァの日、ブライアンはネクタイを結べなかったので結んでやったのを覚えている。以下がブライアンのスピーチだ。わたしは原稿を書くのを手伝ったりしなかったが、きっと妻が手伝ったのだと思う。でなければ、ラビが。

お集まりの友人、家族、信徒のみなさん、アブラムスキー師、そしてお父さんとお母さん。

ぼくがユダヤ社会の大人の仲間入りをするきょう、みなさんがここで大切なときをご一緒してくださることに感謝します。きょうは大きな喜びの日ですが、厳粛な日でもあります。祈りを捧げ、戒律を守るという新しい義務と責任を負う日だからです。

そして、ユダヤ人の男として責務を負うにあたり、この日が全員にとって喜ばしい日ではないことを記憶に留めておくのが、ぼくに課せられたつとめです。公正な賃金とよりよい生活を求めて雇用主の搾取に抗議のデモをしていた黒人たちが、いま病院のベッドに横たわっています。体を穴だらけにされて、命にしがみつこうと闘っています。ほかに三人が警察の手によって死に至りました。平和的な集会という罪に対して、この男たちに下されたのは恐ろしい罰でした。このアメリカで。このメンフィスで。

きょうぼくたちが読んだ律法はワイイェーラーでした。その中に、主が古代都市ソドムとゴモラを焼きつくし、住民を殺すのを、アブラハムが思いとどまらせることができなかったという話があります。ですから、裁きについて、そしてユダヤ人にとって裁きがなにを意味するかについて語るのに、きょうはふさわしい日です。

いずれ、ほかの先唱者《ハザン》が〈モーセの歌〉をみなさんに歌うことでしょう。イスラエルにくだされたもっとも偉大なユダヤ人預言者が、砂漠に出て死ぬ前に語った最後の聖なる言葉です。

この最後の偉大な勧告の中で、モーセは主の正義の哲学をこう説明しています。〝わたしが報復し、報いをする〟と主は言われます。〝彼らの足がよろめく時まで。彼らの災いの日は近い。彼らの終わりは速やかに来る〟（「申命記」三十二章三十五節）。なぜなら、ハシェム以外に主はおられないからです。主が命を与え、死を与えられる。傷つけ、そして癒される。そして天国にも地上にも、裁かれた者を主の御手から救いだせる勢力は存在しません。

きょう、ぼくたちは祝いの場に集っていますが、人生がすべて――いいえ、そのおおかたでさえも――喜びから成っているわけではないということを忘れてはなりません。礼拝堂の外の壁は追悼の銘板でおおわれています。そのそれぞれに家族の喪失、家族の悲劇の名前と月日が刻まれています。ぼくたちはきょうを祝います、なぜならすぐに自分たちが苦しむときが来るとわかっているからです。願わくは、ぼくたちの苦しみがナチの大量虐殺に耐えたヨーロッパの同胞や、きょう傷ついた兄弟の枕辺《まくらべ》で寝ずの番をしている黒人たちの苦しみほど、きびしいものになりませんように。しかし、それでもなお苦しみがやってくるのは間違いありません。

主は全能にして全知です。人間になにが起きるかをごぞんじで、それを止める力をお持ちです。でも、主はそうはされません。傍観し、ぼくたちが苦しむのを放っておかれます。いったいなぜでしょう？　それは、苦しみの中で人間が自分自身を発見するからだとぼくは思います。打ち砕かれて、大切にしていたものや自分の特徴と考えていたものを奪われたときのみ、人間はみずからがほんとうは何者なのかを知るのです。

エデンの園で暮らしていたアダムとイブに、主は苦しみと死のない豊かな生活を与えられました。そして苦しむことのない二人には選択肢もありませんでした。きっと信じられないほど退屈だったにちがいありません。

二人にできた行為といえば、主が定められた一つだけの掟に逆らうことでした。禁断の木の実を食べるなという掟です。だから、当然二人は食べました。ほかになにができたでしょう？

なにもかもごぞんじでお見通しの主は、二人が罪をおかしたとき驚いたと思いますか？ 主が驚くことなどぜったいにないと、ぼくは思います。

そこで、話をきょうの律法の箇所に戻します。十人の正しい者を見つけられたらソドムの町を助けようとおっしゃったとき、主は町を滅ぼす決断を本気で考えなおすつもりはなかったのです。ソドムに十人の正しい者はいないと、知っておられました。主はなにもかもごぞんじだからです。

主がその条件を出されたのは、町を滅ぼすという決断は正しいのだとアブラハムに示すためでした。ソドムに行って十人の正しい者を見つけられなかったことで、アブラハムは主の審判の正しさを理解したのです。ソドムには救いにあたいするものはなに一つなく、町は燃やされるしかありませんでした。

この話から得る教訓は二つあります。人間は決して主の審判に疑いを抱いてはならない、そして主を怒らせてはならないということです。ソドムの滅亡は古代の出来事ですが、よこしまな町はいまも燃えています。ぼくの高祖父であるハーシェル・シャッツは、一八六四年にシャーマン将軍がアトランタを焼くのを目撃しました。もっと最近では、連合軍の爆撃機がドレスデンを灰にしました。

教訓はあきらかです。主を長く怒らせてはいけない、足がよろめくことになる。黒人への虐待は主に対する侮辱です。近いうちに主の忍耐が尽きて、災いの日が訪れるかもしれません。ぼくたちは悔いあらためなければなりません。変わらなければ。いまよりもっといい人間にならなければ。

きょう、ぼくは大人になりました。町を滅びから救うには十人の正しい者が必要だと主はアブラハムに言われました。ぼくはその一人になりたいと思います。あとの九人がいることを祈ろうではありませんか。

44

二〇〇九年

みんながいたく感心している一流どころでのインターンシップを再開するために、ウィリアムは午後ニューヨークへ戻ることになっていた。だが、大学へ行ってからこれほど命日に近い時期に帰郷したのは初めてなので、出発の前に墓参りに行きたいと言いだした。わたしは墓地になんか行きたくなかった。どうせすぐにそこで長い時間を過ごすのだ。だが、最近のわたしの跳ねっかえりぶりにローズは爆発寸前で、この件で言いあいを始めるのは得策ではないと思えた。

だから、この三日間で二度目に、息子の墓を眺めることになった。ほかの墓と代わりばえはしなかった。ここにいれば息子のそばにいるような気がするはずだが、墓石の前に立つと彼がほかの場所にいたときと同様に遠く感じられた。

孫は腕組みをしており、サングラスの奥でまばたきして涙をこらえているのがわかった。母親のフランは後ろに立って、両手でセーターの裾をいじっていた。

「ここの葬式で最悪なのはコンクリートの柩収納箱だ」わたしは言った。「川に近いので地下水面が高い、だから柩をただ地中に下ろすわけにはいかないんだ」

「わかっているわ、バック。見たじゃないの」ローズが言った。

しかしどういうわけか、わたしはしゃべるのをやめられなかった。

「だから、遺体の入った木の柩をもっと大きなコンクリートの収納箱に入れなくちゃならない。その重いコンクリートのふたを、墓地で働く黒人の若者が布のストラップを使って閉めるんだ。四人がかりでだ、たくましい若者が。そのあとみんなでコンクリートの上にシャベルで土をかける」

「もうやめて、バック」

「ここにくるたびに、考えるのはそのことだけだ。コンクリートのふたがコンクリートの箱に擦れる音。だから、そんなものに入れて埋められたら土には返れないよ、おれはそう思う。ここじゃ朽ち果てるだけだろう」

フランが泣きはじめた。

「それでご満足?」ローズが聞いた。「ほんとうにそんなことを言う必要があったの?」

かなり暑いのにまだ着ている〈メンバーズ・オンリー〉のジャンパーのポケットに、わたしは両手を突っこんだ。「おれの気持ちを話してほしいと言っていたじゃないか。だから説明しようとしているだけだ」

「あなたが話しているのは気持ちなんかじゃないわ。ぞっとするだけ」

「同感だね。だからいつも話さないようにしているんだ」

わたしたちは黙って数分間立っていた。墓石の上に置いた小石の小さな山をわたしは眺め、それはなんの象徴だったか思い出そうとした。だめだった。

「どうしてブライアンて名前にしたの？」テキーラが聞いた。「ブライアンていう名前のユダヤ人なんて聞いたことがないよ」

「アイルランド系の名前だと思うわ」フランが言った。

「そうだね」テキーラはうなずいた。「どうして息子にアイルランド系の名前をつけたの？」

「ブライアンは、おれの死んだ友だちの名前だ」

「警官？」テキーラは尋ねた。

「いや。戦争で同じ部隊だった。ジョージア州のフォート・ベニングで一緒に基礎訓練を受けて、ノルマンディー上陸作戦では同じ上陸用舟艇に乗っていた。彼はおれのすぐ隣に立っていて、顔を撃たれた」

「だから息子に彼の名前をつけた？」

「ああ。別にかまわないだろう？　彼はいいやつだった。立派な名前だ」

「じいちゃんのお父さんは、じいちゃんがまだ若いときに死んだんじゃなかった？」

「おれは六歳だった」わたしは墓地の古い区画を指さした。「あそこに埋葬されている」

「なんていう名前だった？」

「アーノルド」

「どうしてお父さんの名前を息子につけなかったの？」

「息子を見るたびに死んだ父親のことを考えたくはなかったからさ」わたしは答えた。「おまえは自分の息子に父親の名前をつけるつもりなのか？」

「いや」テキーラは否定した。「息子が、変なアイルランド系の名前のユダヤ人少年になるのはいやだ」

「まったくかわいげのないやつだ」わたしは言った。

「あなたたち二人ともね」ローズが言った。

忘れたくないこと

ところで、わたしの名前バルークの謂《いわ》れを言っておこう。

〝幸《ブレスト》いなる〟という意味だ。（blessedには反語的表現で〝いまいましい〟という意味がある）

著者あとがき

祖父ハロルド・〝バディ〟・フリードマンは二〇一三年十月八日にこの世を去った。九十七歳だった。バディはバック・シャッツのモデルといってもいい存在なので、このシリーズの読者のみなさんも彼がどんな男だったのか、ご興味があるのではないかと思う。

バディはテネシー州メンフィスに生まれ、第二次大戦中は太平洋方面で戦った。三十年間旅まわりのセールスマンとして働き、二人の息子を大学院まで行かせた。祖母マーガレット・フリードマンと結婚し、七十二年間生活をともにした。

他人のために時間を使うのを惜しまない人で、福祉活動に熱心だった。九十歳をゆうに超えても、恵まれない生徒たちのために放課後教室を作ったり、ユダヤ人コミュニティセンターでシニア世代をしつこくボランティア活動に誘ったり、忙しくしていた。だが、この前会ったときよりも相手が五ポンド太っていたら、かならずそう言ってやる性格でもあった。

祖父は強い男だったが、永遠に強いままでいられる人間はいない。旅で商売をしていたので、自分の車にはいつも特別な誇りを持っていた。だが、反射神経が鈍ってくると、安全のために運転をあきらめざるをえなかった。

九十歳になっても、まだユダヤ人コミュニティセンターで定期的にトレーニングしていたが、亡くなる前の二年間は転倒する危険があったので、しかたなく歩行器を使っていた。ポップカルチャーにおける老齢の描写は、長寿に対して人々が払う代償をきちんと捉えてはいないと思う。みんなが先に死んでしまう心理的な重荷、弱っていく肉体に閉じこめられている感覚、衰える健康とともにプライバシーや尊厳が失われていく苦しみ、きょうよりもあしたのほうがおそらく事態は悪くなるというあきらめ。

多くの人々が直面するさまざまな困難にバディは誇り高く向きあったが、こういうありがちな表現は、手垢のついた決まり文句や卑怯で遠まわしな言いかたと同じように、きれいごとになるだろう。わたしがバック・シャッツの本を書いたのは、祖父がいたからだ。

バック・イズ・バック！
——誠実なるアンチ・ヒーローの魂の核の理非を問う

川出正樹

「悪に抵抗しないことは、自動的にそれを善に変えることにはならず、たんに悪を増大するだけである」

ハリイ・ケメルマン『ラビとの対話』

「おれが過去にもどってるんじゃなく、過去のほうが現在に割りこもうとしているようなんだ」

L・A・モース『オールド・ディック』

バック・シャッツが帰ってきた！

ノルマンディー上陸作戦に参加し、捕虜収容所での苛酷な生活を生き抜き、戦後三〇年間にわたってテネシー州メンフィスの悪党どもから畏怖され続けた伝説のタフガイ刑事バック・シャッツが。

齢《よわい》八十七となるこのシニカルで頑固なジジイが、ニューヨークのロー・スクールに通う孫のビリーとともに、仇敵《きゅうてき》であるナチスの逃亡将校と掠奪された金塊の行方を探るシリーズ第一作『もう年はとれない』は、二〇一三年に世界最大のミステリ・ファン・クラブであるミステリ・リーダーズ・インターナショナルが主催するマカヴィティ賞最優秀新人賞を受賞、日本でも雑誌「IN★POCKET」の「'14年文庫翻訳ミステリーベスト10」読者部門で見事第一位に輝いたのを始めとして、年間ベスト・テン企画で軒並み上位にランク・インした。

肉体と記憶力の衰えを痛感しつつ、ラッキーストライクと三五七マグナムを携え、痛烈な皮肉を飛ばしながら連続殺人の謎を追うこの作品は、単に矍鑠《かくしゃく》とした食えないジジイが大暴れするだけの目先の変わったハードボイルドというわけではない。ヒーローが死と老いから目をそらさず、諦念を抱きつつも信念を曲げることなく日々を送る姿が胸に響く、滋味深くて爽快な逸品だった。


あれから早一年、バック・シャッツが帰ってきた。よりハードに、よりディープに、よりシリアスになって。

本書『もう過去はいらない』は、前作のラストから四ヶ月後の二〇〇九年六月のとある日、妻ローズとともに介護付きアパートに入居しているバックの前に、伝説の怪盗イライジャが突如現れるシーンで幕を開ける。

つらいリハビリとまずい食事、そして歩行器を手放せない日々に苛立《いらだ》ちを募らせていたバックに対してイライジャは言う、「身の安全を守ってほしいんだ。そして、おれが殺されたら敵に復讐の雨を降らせてほしい」と。

四十四年前に、強面《こわもて》の刑事だったバックを犯罪計画に誘ったものの痛烈に拒絶されたイライジャが、なぜ今になって宿敵である彼に保護を依頼しにきたのか。一体、何を企《たくら》んでいるのか。再び会うことがあったら殺してやるとまで思っていた因縁浅からぬ悪党からの申し出に、危険な臭いをかぎ取るバック。だがトラブルを好み、単調な日常に倦《う》んでいた彼は、本来の自分を取り戻せるかもしれない数少ないチャンスを摑む誘惑に抗《あらが》えず、イライジャの依頼を引き受ける。

実は、内外ともに好評だったデビュー作に次ぐ二作目ということで、大いに期待する一方、一抹の不安もあった。というのも、後期高齢者となった元タフガイ刑事という奇抜な設定は諸刃《もろは》の剣であり、単独作ならともかくシリーズとなるとたちまちマンネリズムに陥ったハードボイルドのパロディになりかねないと恐れていたからだ。

けれども作者は、そんな杞憂を軽く吹き飛ばしてくれた。交互に描かれる現在と過去の事件はより堅固に、テーマはより深く、そして主人公を取り巻く状況はより深刻になり、バックは前作以上に老いを痛感しつつ、半世紀近い因縁に決着をつけるべく、みずから再びトラブルに巻き込まれにいく。本書『過去はもういらない』は、前作をしのぐ傑作だ。

その最大の要因は、イライジャという悪のカリスマを生み出した点にある。バックよりも十歳若い彼は、父の店と家を没収されナチスによりゲットーに押し込められた後、十三歳でアウシュヴィッツ強制収容所に送られ家族を鏖殺《おうさつ》される。そして一人生き延びた後、「人が所有物を持っていられるのは、おれが奪うのを阻止できるあいだだけさ」と豪語する、恐れ知らずの、まるで幽霊のように出没する怪盗として甦《よみがえ》り、一九六五年にタフガイとして名を知られていたバックの前に現れ、犯罪計画に取り込もうとする。

だが、「強く有能なユダヤ人は、異教徒の政府から恩義を受けるべきではない。社会にとって、われわれは永遠にアウトサイダーだ。だから、社会の安定がどうだというんだ？ たとえ規則に従っていても、われわれは投獄され、処刑される。だから、法をおかしたところでかまわないじゃないか？」というイライジャの歪《ゆが》んだ論理は、病んだ組織に属しながらも自分が社会の崩壊をくいとめる最後の砦だと本気で信じているバックの価値観を侮辱し、彼の人生と、拠って立つものを蔑《さげす》むものであり、受け入れることはおろか、共感することさえ恥ずべきものであった。

故《ゆえ》にもしバックが、ごく普通のキリスト教徒の白人だったとしたら、イライジャとの接触を警察の上層部に報告し、彼を逮捕するために同僚と共に全力をつくして捜査すれば済んでいただろう。けれどもユダヤ人であるバックには、その選択肢は問題外だった。なぜなら黒人やユダヤ人に対する差別を当然のことと考える無教養な白人のお偉がたどもが、ユダヤ人の窃盗団がユダヤ人の警官を買収してユダヤ人の陰謀を進めようとしていると知ったら、署内でユダヤ人狩りを始め、ユダヤ人社会を脅かすキャンペーンを組織全体でやりかねないからだ。かくてバックは、イライジャを街から追い出すか、おとなしくさせておくことで内密に事態を処理すべく、たった一人で捜査を開始する。

そんな、ただでさえ面倒な事態に加えて、私生活でも悩ましい事態が発生していた。バル・ミツヴァを間近に控えて、ラビの影響もあり急速に自我が芽生えてきた息子ブライアンが、搾取される黒人労働者に対して何もしようとしない警察官の一員であるバックの生き方に疑問と反発を覚えるようになり出したのだ。

自分が信頼していない組織にどっぷりとつかり、社会秩序を維持するためには、規則を逸脱し暴力を用いることもやむなしとしてきたバックは、ここにきて公私両面からアイデンティティのあり方を見つめ直すことを迫られる。無残に殺された父親と夫の死後幼い息子を抱えて苛酷な現実と闘い続けた母親によって形作られた、バックという誠実なるアンチ・ヒーローの魂の核の理非が問われることになるのだ。

作者はこうした重厚なテーマに取り組む一方で、謎解きミステリとしての工夫にも怠りない。前作がストレートなWhodunitだったのに対して、今回は一九六五年と二〇〇九年の事件が響き合うHowdunitとWhydunitの複合技。なんと、密室状況の謎を中心に据えた複雑精緻な犯罪を、シャーロック・ホームズを揶揄《やゆ》しつつ、バックが頭を使って解き明かすのだから面白い。もちろん銃も使いますが。あっ、それとテキーラことビリーのファンの皆様、この愛すべきナイーブな青年は、コメディ・リリーフとして前作同様、今回も食えないジジイをサポートするのでご安心を。

作者のダニエル・フリードマンは、九十七歳で亡くなった祖父をモデルにバック・シャッツを生み出したと語る一方、自身についてはほとんど語っていない。その経歴はつまびらかにはなっていないが、本シリーズの舞台であるメンフィスに生まれ、テキーラ同様ニューヨークの大学のロースクールで学び、ニューヨークで弁護士として働くかたわら、二〇一二年に『もう年はとれない』でデビュー。二〇一四年に本書『もう過去はいらない』を刊行したのに続いて、二〇一五年十二月にはケンブリッジ大学在学中のロマン派詩人・バイロン卿が、下宿屋で発見された若き女性の遺体を巡る謎を追う*RIOT MOST UNCOUTH*を刊行予定。気になる《バック・シャッツ》シリーズは、第三作と第四作が二〇一六年と二〇一七年に刊行されることが決定している。

バックの年齢を考えれば、この先彼を取り巻く状況がよりシリアスになっていくだろうことは想像に難《かた》くないけれども、ここは一つ腰を据えて、この食えないジジイの行く末を見届けていきたい。Come Back Soon, Buck!

検印
廃止

訳者紹介 1954年神奈川県生まれ。東京外国語大学英米語学科卒業。出版社勤務を経て翻訳家に。フリードマン「もう年はとれない」，フェイ「ゴッサムの神々」「7は秘密」，ボックス「復讐のトレイル」，クルーガー「血の咆哮」など訳書多数。

もう過去はいらない

2015年8月28日 初版

著者 ダニエル・フリードマン

訳者 野《の》口《ぐち》百《ゆ》合《り》子《こ》

発行所 (株)東京創元社
代表者 長谷川晋一

162-0814/東京都新宿区新小川町1-5
電話 03・3268・8231-営業部
03・3268・8204-編集部
URL http://www.tsogen.co.jp
振替 00160-9-1565
精興社・本間製本

ISBN978-4-488-12206-5 C0197

伝説の元殺人課刑事、87歳

DON’T EVER GET OLD◆Daniel Friedman

もう年はとれない

ダニエル・フリードマン

野口百合子 訳　創元推理文庫

◆

戦友の臨終になど立ちあわなければよかったのだ。

どうせ葬式でたっぷり会えるのだから。

第二次世界大戦中の捕虜収容所で、ユダヤ人のわたしに親切とはいえなかったナチスの将校が生きているかもしれない——そう告白されたところで、あちこちにガタがきている87歳の元殺人課刑事になにができるというのだ。

だが、将校が黄金を山ほど持っていたことが知られ、周囲がそれを狙いはじめる。

そしてついにわたしも、大学院生の孫とともに、宿敵と黄金を追うことになるが……。

武器は357マグナムと痛烈な皮肉、敵は老い。

最高に格好いいヒーローを生み出した、
鮮烈なデビュー作！

高級老人ホーム〈海の上のカムデン〉に暮らす
前向きすぎる老人探偵団が起こす大騒動

〈海の上のカムデン騒動記〉

コリン・ホルト・ソーヤー◎中村有希 訳

創元推理文庫

老人たちの生活と推理
氷の女王が死んだ
フクロウは夜ふかしをする
ピーナッツバター殺人事件
殺しはノンカロリー
メリー殺しマス
年寄り工場の秘密
旅のお供に殺人を

ぼくには殺人者の心がわかる

I HUNT KILLERS◆Barry Lyga

さよなら、シリアルキラー

バリー・ライガ

満園真木 訳 創元推理文庫

◆

ジャズは高校三年生。田舎町ロボズ・ノッドではちょっとした有名人だ。ある日平和な町で衝撃的な事件が起きた。指を切り取られた女性の死体が発見されたのだ。これは連続殺人だとジャズは訴えたが、保安官はまったくとりあおうとしない。だがジャズの懸念どおり、事件はそれだけでは終わらなかった。なぜジャズには確信があったのか。それは彼が21世紀最悪といわれる連続殺人犯の息子で、幼い頃から殺人鬼としての英才教育を受けてきたからだった。親友を大切に思い、恋人を愛する普通の高校生ジャズは、内なる怪物に苦悩しつつも、自らの手で犯人を捕まえようとする。

僕には連続殺人犯の血が流れている、ぼくには殺人者の心がわかる……。全米で大評判の衝撃の青春ミステリ。